本城雅人

代理人

善場圭一の事件簿

実業之日本社

実業之日本社文庫

目次

代理人

善場圭一の事件簿

第一話

標的の表裏

1

新田琢磨《にったたくま》がホテルのロビーを横切った時、フロントマンから怪しむような目で見られた。ベースボールキャップから金髪が襟足に伸びた風貌に、高級ホテルにはそぐわない不審者だと思われたのだろう。最初に来た時には警備員が出てきて止められた。だが何度か通っているうちに覚えてくれたようだ。フロントマンは琢磨の顔を認めるとそのまま仕事に戻った。

エレベーターに乗り、言われた通りの部屋に向かう。

女優かモデルならいいと思った。前回頼まれた時がモデルで、外にカメラマンが張り込んでいるから一緒にホテルから出てやってくれと琢磨は呼び出された。モデルはわがままで、なんであんたなのと家に着くまでずっと文句を言っていた。その前の女優も同じだ。芸能人は大抵そうだが、それでも泣いている女よりはいい。

部屋の前でブザーを押したが反応はなかった。渡されていたカードキーでドアを開ける。

「送っていくように言われてきました」

そう言いながら中に入ると、部屋はダウンライトが一つ灯《とも》るだけで気味が悪いほど薄暗かった。

全裸でベッドに寝ているかもしれないと思ったが、この日の女性は服を着てベッドの隅に座っていた。

灯《あか》りは顔まで届いていなくても、ショックを受けているのは分かった。女性は左の頬を押さえていた。どうやらきょうの相手は、わがままな芸能人ではないようだ。

「暗いので電気をつけますね」

スイッチを押すとベッドの両側のサイドライトが灯った。彼女は頬を押さえたまま、右手を目の上に翳《かざ》した。

「あの……以前に会いましたっけ？」

女性は琢磨に少しだけ顔を向けた。どこにでもいるおとなしそうな女性だ。首を横に振る。前に見たと思ったが、違った。

ハンガーにかけてあった彼女の上着を取る。下着が床に投げ捨てられていることもあり、そういう時は拾っていいものか悩んでしまう。彼女は無言で上着を受け取り袖を通した。泣いていると思った顔に涙はなかった。きっと悲しすぎて涸《か》れてしまったのだろう。

琢磨は革ジャンのポケットに手を入れ、十万円の入った封筒を出した。この瞬間が毎回苦手だ。ホスト時代は女に金を使わせ、百万以上のロレックスを買わせたこともあるが、その時でもこれほど疚《やま》しく思ったことはない。

「あの……これ」

この金はなにかと聞かれた時のために説明は用意しているが、彼女は聞いてくることもなければ、中身を見ることもなく受け取った。この女性は金の意味が分かっている──少し安堵《あんど》した。

彼女とともに地下駐車場への直通エレベーターに乗る。目立つ車なのですぐ見つかった。

助手席に乗せ、エンジンをかけてスロープを上がる。通りに出るとカメラマンが張り込んでいないことを確認してから、琢磨はアクセルを強く踏んだ。

2

善場《ぜんば》圭一《けいいち》がタクシーを降りると、ビルの前に集まっていたマスコミの一人が顎で指し「ゼニバだ」と叫んだ。

記者やテレビレポーターがすさまじい勢いで近づいてくる。ちょうど昼休み時間だったことから、多くの通行人までが立ち止まって、善場たちを見ていた。

「善場さん、谷上《たにがみ》選手のことですか?」

「羽田《はだ》社長からの要請ですか？」

「善場さんは谷上さんの代理人ではないのにどうして来られたのですか？」

矢継ぎ早に質問してくる。さすがに面と向かって「ゼニバ」と呼ぶ記者はいない。記事やテレビ番組でその言葉が出れば、善場はすぐさま、名誉毀損の内容証明書を会社の責任者宛てに送る。

このビルには有名スポーツ選手を多数抱えるマネージジメント会社、グリーンパークが入っている。カメラクルーまでいて行く手を遮る。質問はまだ続いたが、善場は「通してくれ」とだけ言い、メディアの群れを抜けた。

「まったく困ったことです。今朝になって谷上から電話があり、警察に任意で呼ばれたと言われたんです。その時はなんの容疑かも言わなかったんですけど、私が丸《まる》の内《うち》署に着いた九時には準強制性交等罪の容疑で逮捕状が出ました」

高価な応接セットで、グリーンパークの社長、羽田貴子《たかこ》から説明を聞いた。善場より三歳若い三十四歳。スポーツ選手のマネージメントを担うこの会社を二十代で設立し、今では野球、サッカー、テニス、ゴルフ、フィギュアスケートなど人気選手を五十人以上抱えている。

普段は美貌を際立たせるメイクに華やかな色合いの服を着る彼女が、この日は違った。契約するプロ野球、千葉オーシャンズの遊撃手、谷上宏樹《ひろき》がレイプ事件で逮捕されたとあって、化粧も控えめで、服もシンプルなスーツだった。

「どうして私がここに呼ばれたのですか」

善場はずっと感じていた疑問を口にした。

自宅にいたところ、助手から「グリーンパークの羽田さんからすぐに会社に来てほしいと言われました」と連絡を受けた。胸騒ぎがしてテレビをつけると、どの番組も谷上宏樹の逮捕一色だった。しかし善場は谷上と代理人契約しているわけではなく、まったく無関係である。

「逮捕はされましたが、まだ有罪と決まったわけでもなければ、検察に送致されてもいません。そこで善場さんの協力を得られないかと思ってお越しいただいた次第です」

「それでしたら弁護士に頼むべきですよ。谷上選手が代理人契約している先生がいらっしゃるじゃないですか」

谷上は数年前から契約交渉に代理人を同席させている。

「善場さんも法曹資格をお持ちになっているではないですか。弁護士会にも入っておられます」

「それは日本のプロ野球界が、弁護士であることを代理人の条件の一つにしているからです」

代理人の資格を得られるのは弁護士法が定める弁護士、またはメジャーリーグの選手会に登録された者、もしくは日本の選手会が実施する試験に合格した者という規定がある。

「弁護士はいくらでもいますが、プロプレーヤーの役割や気持ちが分かる人となると善場さんを上回る方は思い当たりません」

持ち上げられても善場は嬉《うれ》しく思わなかった。彼女からは過去にも依頼を受けたことがあるが、大抵、なにか魂胆が隠れている。

「仮に私が優秀な弁護士であったとしても、罪を犯した人間を無罪にすることはできません。おそらく女性から被害届が出ているのでしょう。警察も送検する自信があるから発表したわけでしょうし」

報道によると事件が起きたのは三日前の九月二十五日深夜三時頃、場所は日比谷《ひびや》のホテルだ。被害者は二十代の一般女性と報じられていたが、飲食店で知り合ったというから、ホステスの仕事をしていたのかもしれない。

オーシャンズはその日、本拠地でゲームがあり、チームは敗れたものの、谷上は四打数二安打、三打点と結果を出した。翌日に試合がなかったことから、谷上は一人で都内に飲みに出たそうだ。

「谷上は無罪ですよ」

丁寧だった羽田貴子の口調が変わり、相手を萎縮させるほど力のある瞳を善場に向けた。

「根拠はなんですか。まさか谷上選手を信頼しているとおっしゃるのではないでしょうね」

谷上は好感度の高い選手だ。去年プロ七年目でブレイクした苦労人であること。爽やかでマスクがいいこと。インタビューにも丁寧で、活躍しても浮《うわ》ついたコメントはしないこと。それらにスター性を見出《みい》だし、羽田貴子はいち早くマネージメント契約を持ちかけたのだろう。

「信頼もありますが、無罪と言えるのは私の長年の経験からです。これでも過去に百人近いアスリートのお世話をさせていただきました。谷上とは逮捕後に数分だけ面談しましたが、彼は女性と肉体関係があったのは本当だが、けっして無理やりではないと必死に訴えていました。鼻を啜《すす》り、最後には目頭を押さえ、ホテルに誘ったことを後悔していました」

「それが演技だったということは」

「そうだとしても、その世界にいた私には解《わか》ることはあります」

細く描いた眉毛を若干吊《つ》り上げて彼女は言った。羽田貴子は二十代前半までは女優だった。映画で準主役を張るほど将来を嘱望されていたが、監督にセクハラまがいのことをされたとの噂《うわさ》とともに、芸能界をきっぱりと引退した。

「いずれにせよ私に頼むのは筋違いです。冤罪《えんざい》に強い弁護士をお探しなら、私も当ってみますが」

席を立とうとしたのだが、羽田貴子は「善場さんには今年の谷上の成績の説明は不要ですよね」とさらりと話を変えた。

「もちろん知っています」

一昨年までは取りたてて目立つ選手ではなかった。それが昨年、開幕スタメンに抜擢《ばってき》されるとレギュラーを奪い、打率三割二分で首位打者を獲得した。今年チームは四位でクライマックスシリーズ進出を逃したが、谷上は消化試合を四試合残した現時点で、三割七分五厘の高打率をマーク。二年連続タイトルをほぼ手中に入れている。本塁打も去年の七本から十七本と大きく増やした。

「まだ年俸は六千万ですが、これだけの成績を挙げたのですから今年の契約更改では、一億五千万はいくのではないでしょうか」

少し語尾を上げ、彼女は上目で善場を見た。彼女の専門はCMやテレビ、イベント出演など野球以外の仕事のマネージメントなので、契約交渉には関わらない。

「その額でサインしたらチームが喜ぶだけです。おそらく球団はチームが四位でクライマックスシリーズに進出できなかったことを理由に挙げてくると思いますが、それは監督やフロントの責任です。リーグ平均成績の打者に置き換えたら、チームはどれだけの得点を損してしまうのか……アメリカの契約交渉でよく使われる数値を示せば、一億五千万なんて数字は出せないはずです」

思ったことを述べた。

「では善場さんが代理人でしたらどれくらいを要求されますか」

「年齢的にも、今後ケガをする心配も考えると複数年契約は不可欠ですね。私なら四年八億円が最低ライン、三年目以降はこちらの希望で契約破棄《オプトアウト》できる条項をつけます」

実際、善場が二年前に契約した福岡シーホークスの三番打者永淵《ながぶち》が、今年の谷上とよく似ていた。初めて三割三十本をマークした永淵に、球団の最初の提示額は三年で五億だった。善場は永淵の活躍によって、チーム成績がどれだけ上がったか、観客動員やグッズの売り上げなどあらゆる効果を資料に示し、四年八億円、プラス三年目以降はオプトアウトの契約を勝ち取った。

永淵は外野手だが、谷上はショートを守る内野手という付加価値もある。守備もよく、二年連続ゴールデン・グラブ賞を受賞している。

「善場さんなら契約以外の面はどうされますか」

「それは私が代理人として谷上選手をどのようにバックアップしていくかという意味でしょうか」

「練習方法や生活態度などもアドバイスして選手の価値を上げていくのも、善場さんに代理人を頼むメリットだと聞いてますが」

「谷上選手の場合、正しいウエイトトレーニングで今の体脂肪率のまま五キロ体重を増やせば三十本塁打も可能でしょう。もちろんそれは、私が信頼するトレーナーがそうした方がいいと判断した場合ですが」

「善場さんの独断ではお決めにはならないと？」

「私はトレーニングの専門家ではありませんから」

「なるほど。善場さんの選手《クライアント》が活躍する理由が分かりました」

彼女は視線を向けたまま口角を上げた。

「今朝、谷上と話し合った結果、今季の交渉も含めて、善場さんに代理人をお願いしたいという結論に達しました。こんな形で代理人になってもらうのですから、去年更改した年俸からも代理人手数料をお支払いします」

弁護士費用なら聞き流した。だが彼女は代理人手数料と言った。善場の手数料は年俸の五パーセント、六千万円だから三百万円になる。

「今年の年俸分は支度金として受け取っていただいて結構です。その他、かかった経費は別途請求してください」

「支度金ということは裁判で有罪になったとしても三百万はいただけるのですか」

「もちろんです」

「ですけど今年これだけ活躍されて切られたとなると、これまでの代理人が納得されないのではないですか」

「あんな弁護士、代理人の資格もありません」

「優秀な弁護士さんだと聞いていますが」

「法律家としては優れていても選手の代理人としてはまったく役に立ちません。弊社とのマネージメント契約が先でしたら、あのような冷酷な人間には頼まない方がいいと谷上に忠告していました」

「なにかあったのですか」

「一緒に丸の内署まで行ったんですが、谷上が有罪であるのが決まっているかのように、早く罪を認めて示談に持ち込むべきだと説得していました。谷上は激高し、その場で契約解除を言い渡しました」

弁護士がそう進言したのは明らかに状況が不利だからだろう。示談で被害届を取り下げてもらうこともできるが容疑を否認し続けて示談に持ち込むのは極めて困難で、警察や検察の取調べも否認すればより厳しさを増す。

「私は自分の選手で手一杯です」

悪くない条件だが、善場は断った。

「善場さんが三人の選手としか契約しないのは存じあげています」

選手が出場するゲームはすべて自分の目で確認する。球場に行けない場合は映像でチェックする。彼らのプレーを見て、その時になにを考えていたかまで理解しようとすると、三人が限度だ。

「ですが今年から助手を雇われたそうじゃないですか。珍しく夕刊紙でインタビューを受けておられたのを読みました。三百万あればその助手さんを雇われる助けになるのではないですか」

羽田貴子は瞳に笑みを宿して言った。記者のほとんどは敵だが、一人だけたまに情報交換をする夕刊紙の記者がいる。その記者がアメリカ支局に転勤になったため、餞《せん》別《べつ》代わりにインタビューに応じた。

もっともスキャンダルや風俗記事が載る夕刊紙まで、フェミニストとしても活動している羽田貴子が目を通していたのは意外だった。

「そこまでうちの事務所の内情をご承知でしたら、引き受けさせていただきます。ただし条件があります。羽田社長が無罪にこだわるのは、当然谷上選手が出演しているテレビＣＭの違約金が発生するからですよね」

羽田貴子は顔を顰《しか》めた。一瞬考える素振りを見せたが、「はい。なにせ二社で四千万円なので」と否定はしなかった。

「今の時代にしてはずいぶん高額ですね」

「二つとも新しい会社ですので。テレビCMだけでなく、イベントや会社のパーティーへの参加費込みの値段です」

中古車のネット販売とサプリメントの会社だ。羽田のことだから、すでに知名度の高い大企業を次のクライアントとして探していることだろう。

「CMの五パーセントもいただけますか」

「先ほどの金額では不服だと」

大きな瞳が絞られていき、視線だけが強くなった。

「助手はまだ見習いなのでそれだけあれば十分ですが、雇い主として雇用保険や健康保険、年金も用意しなくてはなりません」

合わせて五百万円になることに、難色を示すと思ったが、羽田貴子は穏やかな表情に戻して「承知しました。それも谷上に払わせます」と言った。自腹を切るのではなく、谷上に支払わせるところが彼女らしい。

「ただし、その分は検察に身柄送致されずに無罪となった時の成功報酬とさせてください」

「逮捕後四十八時間以内ということですか？　さすがにそれは難しい」

すでに午前九時の逮捕から三時間は経過しているから残り四十五時間だ。「それに四十八時間は法律で決められているリミットであって、警察は今すぐ検察に身柄を送致するかもしれません」

検察に送致されると、検事は裁判所に勾留請求をする。そこから起訴まで十日間、だが羽田の要求はその期間で無罪になったところで二つ目の報酬は払わないということだ。

「その点ならご安心ください。四十八時間ぎりぎりまで送検しないことで警察と話がついていますから」

「そんなことができるのですか」

「うちで契約するテニス選手のお父さまが、警察庁の長官官房にいらっしゃるのです。ですが約束できたのは身柄送致までの時間だけで、警察は必ず起訴できると自信満々のようでしたが」

それで彼女が面会したことも合点がいった。通常、逮捕後七十二時間に会えるのは弁護士のみ。家族でも会えない。

「分かりました。期限は明後日九月三十日の九時ということになりますね。確約はできませんが、できる限りのことはやってみます」

「よろしくお願いいたします」

その後、契約書にサインし、捜査容疑、及び被害者がどのように暴行されたと話しているのか、彼女が知る限りの状況を聞いた。

ビルの外にはまだ記者が待ち構えていた。再び質問攻めにあったが、善場はコメントすることなく、タクシーで飯田橋の事務所に戻った。

3

事務所では、ストップウオッチを両手に握った助手の川井直之《かわいなおゆき》が、三台あるテレビモニターの右端の一台を目を凝らして見ていた。

「あっ、お帰りなさい」

直之が善場に気づいた。彼は元スポーツ新聞のカメラマンで、仕事がないというから助手として雇った。けっして要領はよくないが、どんな面倒な作業も一生懸命にやる点を善場は買っている。

「直、今、画面が切り替わったぞ」

「あっ、すみません」そう言って、二つのストップウオッチを止めた。

「どうだ。永淵が映っている時間は」

「結構出てますね。三番バッターの永淵さんの方が、四番バッターより多いのには驚きました。それでも、ピッチャーの中里《なかざと》さんと比べたら三分の一もありませんけど」

シーホークスの永淵は今季、トリプルスリーを記録した。中里は東京セネターズのエースで、十三勝七敗だった。善場が代理人になったのはともに二年前からで、メンタル医やトレーナーを付けたことで彼らの成績はさらに上昇した。

だが二人とももっと高い年俸を貰《もら》っていいと思っている。どの球団も経営が苦しいと泣き言を言うが、よく調べると収支決算書は曖昧《あいまい》で、内部留保や親会社に献上している球団もある。

その金を引き出すためにも、選手の成績だけでなく、地上波からBS、CSを含めたテレビに露出している時間を計測し、どれだけチームの人気やイメージアップに貢献しているかまで数値化する。その上で将来のFA移籍などをちらつかせ、新契約を結び直すつもりでいる。

「画面に映っている時間はピッチャーの方が圧倒的だからな。こう言ったら打者は文句を言うが、野球は投手一人に対して、野手八人で釣り合っている競技と言ってもいい」

ただし先発投手は週一度しか投げないわけだから、そこで野手との均衡は取れるのだが。

「スポーツメーカーのロゴとなるとピッチャーの中里さんがさらに長くなります」

右手のストップウオッチは選手が映る時間を計測しているが、左手では投手はグラブのロゴ、打者はバットのロゴが映った時間を計らせている。投手はグラブを構えた瞬間にメーカーの名前が見えるが、バットのロゴが見えることはほとんどない。このデータもアドバイザリー契約しているメーカーとの交渉に使う。

「羽田社長はやはり谷上選手の件でしたか」

直之は顔を曇らせて聞いてきた。昨夜はこの事務所で眠った直之は、取った受話器から「グリーンパークの羽田と申します」との畏《かしこ》まった声を聞き、一発で目が覚めたそうだ。

「代理人を頼まれることになった。代理人というより弁護士だな。彼女の要求は四十八時間以内の無実の証明だ」

「どうして四十八時間なんですか」

「逮捕後、四十八時間以内で検察に身柄送致されるからだ」

「逮捕されたんだから同じじゃないですか」

「送検されればスポンサーはCMの違約金を求めてくる。おそらくスポンサーは今すぐにでも契約解除したいと思っているんだろうが、羽田社長が送検までに無罪になるから待ってほしいと押さえているようだ」

スポンサーはCMを自粛している。自ら取りやめているので現時点では違約金は発生しない。

「無罪は無理でしょう。示談ではダメなんですか」

「それでは金で罪を揉《も》み消したと世間から見られるし、違約金を求められる」

契約金の倍額と言われる違約金は、本人と事務所の折半だ。グリーンパークにとっても大きな損害になる。

「羽田社長は気になることを言っていた。今回被害者に榎下《えのきした》という人権派弁護士がついたらしい」

「その人なら知ってます。神経質そうな顔で検察批判をしている会見を見たことがありますよ」

話題性のある裁判を手掛けてきた腕利きだ。最近では政治資金規正法違反で告発された政治家を無罪にした。

「お金のためなら何でもやる人ですよね」そう言ったところで、善場と目が合うと、

「あっ」と左手で口を押さえた。

「俺と同類だと言いたいんだろ。別に構わないよ。弁護士も代理人もクライアントのために戦う。クライアントが利益を得れば、我々に金が入るのは当然だ」

高い契約を取ることだけでなく、善場は選手が酷使されれば起用法を注意するし、

首脳陣に選手を使う気がないとトレードを要求する。善場がそこまでするのは、すべて金のためだとメディアは言う。半分は正解だが、半分は違っている。

「谷上さんってイケメンで、女性からはいくらでもモテるでしょうから、本当に罠《わな》に嵌《は》められたのかもしれませんね」

直之は顔の良さを冤罪の可能性に挙げたが、善場は谷上のキャリアが今回の容疑と結びつかなかった。控えが長かった選手がようやく定位置を掴《つか》み、首位打者まで獲得したのだ。いくら性癖があったとしても、人生を台無しにするような行動は控えるだろう。

「善場さんはこの件、どう思ってるんですか」

「それは調べないことには分からんが、不審な点はある。被害女性が事件から二日経《た》った昨日になって、被害届を出していることだ」

「女性の心理を考えたらありうるんじゃないですか。自分の名前が世間に知られてしまうかもしれないし、相手は有名人だし、相当悩んだ末の覚悟だったと思いますよ」

「それも含めて調べるのが今回の俺たちの仕事だ。直にも手伝ってもらうから、映像のチェックは一時中断してくれ。中里のはもう終わったよな」

「はい。ピッチャーは映ってる時間が長いので二日間泊まり込みになりましたけど」

マウンドにいる時だけでなくベンチで仲間を応援している時間も計測するため、早送りも気軽にできない。去年までは善場が一人でやっていた作業なので苦労は分かる。

「そういえば中里さん、五月の試合で谷上選手にホームランを打たれたんですよね。勝っていた六回に逆転ツーランを打たれて。あの一勝があれば最多勝のタイトルが獲《と》れたのに」

そのゲームなら球場に観《み》に行ったので覚えている。二死二塁だったが、前の二打席で谷上を三振に取っていたから油断したと、中里はゲーム後話していた。

直之はそのシーンを三台ある真ん中のテレビモニターで再生させた。

「谷上さんってグリップの左手と右手を少し空けて持つんですね。初めて知りました」

元カメラマンとあって直之は細かい点まで観察しようという意欲はある。

「指一本分くらいだけどな。空け始めたのは成績が上がった去年からだ」

「どうしてそうしたんですかね」

「非力さを補うためじゃないか。空けて握ることで、バットのヘッドが立って球に押し負けなくなる。さらに谷上は打つポイントを近くに置き、バットの走りを良くした」

最初はファウルで粘って四球での出塁を増やしていたが、次第にヒット数が増え、彼は首位打者になった。

「それに谷上さんは足も速いからピッチャーは嫌でしょうね。俊足の左打者は当てただけで内野安打になりますし。野球選手が右投げ左打ちが多いのも分かります」

「俺も右投げ左打ちだったんだぞ。中継ぎ投手だったからプロでは三回しか打席に立ってないけど」

それでも一本はセンター返しでヒットにした。高校では三番を打っていたから打撃には自信があった。

「左打ちにしたということは、善場さんも足が速かったんですか」

「俺は物心がついた時から左で打ってた。プロに入った時、上の人から『プロで長くピッチャーをやりたかったら、右打ちにしろ』とアドバイスされて試したんだけど、右打席は景色が違うというか、どうもしっくりこなくて結局、左のままだった」

「プロで長くプレーすることと右打ちにするのがどう関係するんですか」

「デッドボールの危険があるからな。利き腕にぶつけられたら、投げられなくなるだろ」

「確かに左打ちだと右腕が前に来ますものね」

中里がセットポジションからボールを投げた。一四二キロ、回転のかかった得意のカットボールが、左打席の谷上の内角に切れていく。高さが少し甘かった。

谷上は腕をうまく畳みバットを振った。芯に当てたが少し差し込まれた。それでも振り切って、フォロースルーまで持っていく。

右翼ポール際への大飛球だった。打たれた中里は切れていくと思ったのだろう。一瞬カメラが切り替わったが、ボールの行方を確認しただけで平然としていた。

バックネット裏で観戦していた善場もそう思った。あのスイングなら最後は失速してファウルになる——だが打球はフェンス間際でひと伸びし、右翼席に入った。

4

夕方、善場は丸の内署に谷上の面会に行った。

甘いマスクの優男に見えるが、グラウンドではは強気で、ぶつけられた時は相手が外国人投手でも睨《にら》み返す。グリップを空ける握りも、大きな活躍ができないままプロ野球人生が終わってたまるかという強い思いがあって決意したのだろう。バットの握り方一つにしても、二十代後半に差し掛かった選手が変更するのは結構な勇気がいる。

だが紺のジャケットを着て連れられてきた谷上は、自分が知っている顔とは違った。朝からの厳しい取調べが続いたせいか、目はどんよりと暗く、唇は紫色に変化していた。

「羽田社長が善場さんの名前を出された時、僕もすぐにお願いしたいと言いました。

前回の交渉の時も善場さんにお願いしたかったのですが、善場さんは面倒を見る選手は三人と聞いていたので、諦めたんです」

　ガラス越しでも聞き取れるように、彼は一言ずつ丁寧に話した。二十九歳の独身。今年四月、女優とホテルを出てきたところを写真週刊誌に撮られたが、羽田貴子の話ではその女優とは別れ、今はフリーだという。

「谷上さん」

　ひげの跡すらない滑らかな素肌を見ながら、善場が呼びかけると、谷上は「はい」と返事をした。

「世間は私のことを『ゼニバ』と呼び、大金を稼げる才能のある選手しか見向きもしないと言います。才能のある選手に興味があるのは否定しませんが、私にはそれ以上に大事にしていることがあります。それは信頼です。あなたが私を信頼し、私があなたを信頼できないことには我々の関係は成立しません」

　そのセリフは選手から依頼を受けた時、必ず話す。某球団の四番を打つスラッガーからは「あんたの言いなりになるってことか」と迫力を込めた声で聞き返された。その瞬間、善場は「お引き取り願います」と断った。

　谷上は善場の言外の意味も汲《く》み取っていた。

「僕は選手と代理人は対等だと思っています。ですから自分の専門外にまで口出しすることはしません」

「それでは事件のことは私に任せて、正直に話していただけますね」

「善場さんには嘘《うそ》はつきません」

視線を逸《そ》らさずに答えた。そこで善場は持ってきた鞄《かばん》から手帳を出した。

「警察の逮捕容疑の確認ですが、被害届を出した女性と関係があったことは認めますね」

「はい」

被害者は黒木尚美《くろきなおみ》、二十五歳。六本木《ろっぽんぎ》の「エルフィン」というラウンジで「アリサ」という名前で働いていた。このことは羽田貴子から聞いた。

「女性とは以前から顔見知りですか」

「いいえ、初めてです。ただあの店にはこれまでも何回か行ったことはあります」

「他の女性と関係を結んだことは」

「いいえ」そう言ってから「すみません、正直に話すんでしたね。これまでに五人くらいいます。この三、四年の話ですが」と言い換えた。

「全員合意ですか」

「もちろんです。そうでなければできないです」

「その女性たちは今も働いていますか」

「見かけなくなったので、やめていると思います」

「では三日前の夜の話に戻します。あなたは女性と近くのバーで待ち合わせ、そこで三十分ほど酒を飲んだ後に、家まで送っていくと言ってタクシーに乗り、日比谷のホテルに向かったそうですね」

「送っていこうかと言ったのは事実ですが、タクシーの中で『俺のホテルに寄っていく?』って小声で聞いたら彼女は頷《うなず》いたんです。それで最初は四谷《よつや》だった行き先を日比谷に変えてもらいました」

「それは彼女が泥酔していたからなんじゃないですか」

「泥酔なんてしていません。彼女の出身地や昼職について会話したくらいですから」

「どんな会話ですか。具体的にお願いします」

「二十五歳で、昼間は洋服屋で働いていると話していました」

羽田貴子が警察から聞いたことと一致していた。洋服メーカーの社員で、銀座《ぎんざ》の店舗で売り子をしているらしい。

「タクシーの運転手に聞いてもらえば分かると思います。彼女、九州っぽい訛《なま》りがあったんで、『九州出身?』って聞いたんです。そうだと言いました。運転席を見たらドライバーのプレートが『上園《うえぞの》』となっていて、うちのチームの鹿児島出身の選手と同じだったんです。それで『きみの苗字《みょうじ》も九州に多い苗字なの』と聞きました」

「彼女はなんて？」

「違うと。じゃあなにって聞いたんですけど、それは教えてくれなかったです」

実際は黒木だから宮崎に多い苗字だ。そこまで細かい会話をしたのなら運転手が覚えている可能性はある。

「警察からはなんて言われましたか」

「被害者が、僕に無理やり頼まれてホテルの部屋まで送らされた。そこで帰るつもりだったけど、少しだけ飲んでいくように引き止められた。彼女は水を飲んだが、その途中に意識がなくなって、目が覚めた時はベッドで、僕が伸《の》し掛かっていたと」

「そうなんですか」

「まさか、僕は彼女と同意の上で行為に及びました。冷蔵庫からペットボトルの水を出して、それをコップに入れてあげましたが、彼女は意識なんて失っていません」

「暴力についても、すでに警察が発表しています。彼女は大声を出そうとしたが、あなたに右手で口を押さえられた。さらにその手で頬を殴られたと」

「ありえないです」声を荒らげることなく否定した。

「そのことについて取調べでは？」

「やったと決めつけたような言いようでした。僕は無理やり彼女の下着に手を入れ、片方の足だけ脱がしてセックスしたそうです。さらに挿入中も彼女が騒ぐと頬を殴ったと。もちろん僕は事実でないと否定しました」

「彼女の証言はずいぶん具体的なんですね。事実でないのにこんなに詳細に話せますか」

「彼女がどう言おうが、僕は絶対にしてません」

今度も声は普通だったが、否定する意思はより強く感じられた。

「それって僕が渡したコップに睡眠薬を入れたってことですよね。そんなことをすれば検査されたら終わりじゃないですか」

「その点は私も懐疑的に見ています。彼女は事件の二日後に警察に被害届を出しました。尿検査も受けましたが、睡眠薬は出なかったですし、二日経っていますから、よほどあなたが強く殴っていない限り、顔の腫れも引いているでしょう」

「僕は女性を殴ったりはしません」

さすがに苛立《いらだ》ちが声に少し混じっていた。

「それに警察に行く前に有名な弁護士の元に相談に行ったことにも私は疑問を抱いています」

被害女性がそこまで冷静に行動できるだろうか。それでも親や友人に相談したなら時間を置いて行くことも考えられなくもないが。

「全部、罠です。それしか考えられません」

「なにか心当たりはあるのですか」

「それは、過去に女性とはいろいろありましたので。自分で言うのも恥ずかしいですが、プロに入ってしばらくは浮かれていましたからね。遊びで付き合った女性も何人かいました。当時はこっちもたいした成績を残してなかったので、向こうも本気で付き合う気はないんだろうと気にしなかったですが」

プロ選手でも本当に華やかなのは一握りだ。今やプロ野球が地上波テレビで放送される機会は減り、よほどのファンでなければ名前を知られていない選手が多くいる。谷上も二年前まではその一人だった。

「善場さんならプロに入ったくらいでは浮かれなかったでしょうけど」

「私の場合は一年で引退しましたからね」

国立大を出てドラフトの下位で入団した善場は、一年目から中継ぎで七十試合に登板、最後は肘の腱《けん》が切れたような感覚になるまで投げた。マウンドに来た投手コーチに交代を願い出たが、「リリーフがいないから続投しろ、でなきゃ二軍落ちだ」と命じられた。善場は続投指令を無視して自分からマウンドを降り、その日のうちに引退届を提出した。

「あなたは行為の後、女性にお礼をしましたか」

善場が尋ねると、谷上は少し言い淀《よど》んだが、小声で「家まで送れない代わりに現金を渡しました」と答えた。

「いくらですか」

「十万です」

タクシー代の域を超えている。

「いつもそうなんですか」

「いつもって」

「セックスの代償にお金を支払うことです」

「額はまちまちですが、それなりに払います。以前付き合っていた彼女と写真週刊誌に撮られたことがあるので、それ以来、別々にホテルを出るようにしてるんです」

「今回の女性は素直に受け取りましたか」

「もちろんです。けれど、僕が無理やり口止め料を渡し、それを受け取ったせいで通報するのが遅れたと警察には話しているみたいですが」

「行為中に嫌がったことは」

「ありません。彼女、終わった後もシャワーも浴びずに眠りそうになっていたくらいです。僕は翌日にトレーニングがあるので、『先に帰るね』と伝えました。彼女はちゃんと目を開けて頷いてました」

顔で嘘をついているか判断できるほど自分の目に自信があるわけではないが、話を聞く限り、谷上の説明に矛盾は感じられない。

「それでは最後に一つだけ質問させてください。あなたは普段、睡眠薬は服用してますか」

そう尋ねると精悍《せいかん》な表情が曇り、黙った。

「信頼が大切だと話したはずです。警察に嘘の供述をしたとしても、私は今回、弁護士として雇われたのですから口外しません」

「飲んでます。昔からチャンスで打てずにむしゃくしゃした日は眠れなくなるので。月に二、三回ですが」

「あの晩も持ち歩いていましたか」

「外泊してもいいようにいつも財布に一錠だけ入れてます」

薬のことを隠さずに認めたことには好感が持てた。そのことも警察は暴行した根拠にしているかもしれない。

あるいは女性が睡眠薬の袋を持っていて、谷上のものと一致したか？　だとしたらこれまでの説明は嘘になるが。

警察官が入ってきて「そろそろいいですか」と伝えてきた。

「ではまた来ます」

善場は目尻に皺《しわ》を寄せて言ったが、谷上は不安な表情のまま接見室を出ていった。

5

タクシーの運転手は直之が突き止めてきた。谷上は領収書をもらっていなかったが、大手タクシーであることは記憶していた。

上園という名前の運転手は一人だけで、初老のドライバーは谷上を乗せたのを覚えていたそうだ。

「運転手は谷上選手が九州出身と尋ねたことも、九州に多い苗字かと質問したのも聞いてました」

「二人はどういう感じで座っていたんだ」

「普通に少し距離を空けて座ってたみたいです。でも手くらいは繋《つな》いでいたかもしれないって言ってましたけど」

「なぜそう思ったんだ。恋人同士という感じに見えたってことか」

「出身地を聞いてたくらいだから、そうは思わなかったようですけど、乗ってしばらくして行き先が日比谷のホテルに変わったそうですから、こっそり口説いたと感じたんじゃないですかね。ホテルは玄関ではなく、本来、タクシーが入ることのできない地下駐車場でおろしたそうです」

「どうして駐車場に入れたんだ」

「守衛が谷上さんと顔見知りで、入れてくれたと言ってました」

正面からは入りたくない常連の有名人が使う手だ。

「ホテルでの目撃談は」

「ありません。あのホテル、宿泊者はフロントを通らずに部屋まで行けるんです」

「チェックインは必要だろ」

「谷上さんは飲みに行く前にチェックインしていたみたいですね」

「それじゃ、最初から女性を連れて帰るつもりだったってことか」

「そうなりますね。谷上さんのイメージと違って、なんかがっかりしますけど」

駐車場から真っすぐ部屋に行ったのであれば、誰にも見られなかったかもしれない。これでは彼女がそんなに酔っていなかったという証言も取れない。

「谷上さん、いつも通り、車で来たみたいです。アウディのR8ですって。アウディなら善場さんと同じですね」

「レーシングカーみたいな車だろ。俺のはそんな高級車じゃない」

週刊誌に「ゼニバは球団に法外な要求をして得た金でいい服を着て、いい靴を履き、高級車を乗り回している」と書かれるが、実際は言われるほど儲《もう》けてはいない。エージェントフィーは五パーセント、それも三選手しか持たないのだから額は知れている。

車にしてもう六年も乗っている。

質素な服装をして、大衆車に乗り替えればメディア批判も少しは収まるが、今度は選手がこの代理人に任せようと思わなくなる。代理人が儲かっているということは、すなわち選手が高い契約を手にした証《あか》しである。

「車はどうしたんだ?」

「置いて帰ったみたいですよ。タクシーで一人で帰ったのを見た従業員がいましたから」

一人で帰ったことも疑問だ。本当に暴行したなら女性を部屋には残さないだろう。

「ところで直、ラウンジってなんだ」

「ホテルの一階にあるお茶飲むとこじゃないですか。カメラマンの頃よく張り込みました」

「そのラウンジではなく、飲み屋のことだよ。被害者の黒木尚美が働いていた店、クラブではなくて、ラウンジと呼ぶそうだ」

「クラブじゃないならキャバクラみたいなものですかね」

直之はスマートフォンで調べ始めた。

「ここに書いてあるサイトによると値段的にクラブ、キャバクラ、ラウンジの順番みたいですね。高級クラブみたいに女性の接客に厳しくなくて、ノルマもなくて、クラブより働きやすいって書いてますけど」

　働きやすいと言われても善場はその手の店には行かないので想像がつかない。酒は飲まなくはないが、恋人の香苗《かなえ》が買ってきたワインに付き合う程度だ。

「もう少し詳しく調べてくれよ、キャバクラとも違うんだろ」

　再びスマートフォンを弄《いじ》った直之が「知恵袋にはないな」と独り言を呟《つぶや》き検索を続けた。

「地方によってラウンジの定義は異なるようですが、クラブやキャバクラは営業時間に制約があるけど、ラウンジは深夜営業もしているっていうのがよく出てきますね」

　谷上がラウンジに行ったのは深夜零時過ぎ、出たのは深夜一時半頃だ。

「ちなみにガールズバーというのもあります」

「女性がバーテンなんだろ？」

　それくらいは知っているつもりだったが、「当たってなくはないけど本質は違いますよ」と笑われた。

「ガールズバーは女の子が隣には座らないんです。カウンターの向こうに立ってお客の相手をするだけです」

「酒も作らずにか」

「作る女性もいれば作らない女性もいます」

なんのために女性が立っている必要があるのかその意味すら善場には分からない。

「善場さんは元野球選手なのにそういうのは全然興味ないんですね。僕だってキャバクラやガールズバーには行ったことがあるのに」

「俺は年俸四百万で引退したからな」

それでもほぼワンシーズン一軍にいたため、一軍最低年俸だった千二百万との差額もプラスしてもらえた。法学部卒だった善場は、その金で法科大学院に通い、司法試験に合格した。

「とりあえず、これから行ってみるか」

「いいんですか」目を輝かせる。

「遊びに行くんじゃないぞ。調査に行くんだ」

それでも直之は喜んでいた。

6

六本木交差点近く、ビルの三階にあるエルフィンに到着したのは深夜零時だった。

直之がその手の遊びに詳しい新聞記者に聞いたところ、記者はエルフィンに行ったことがあり、日付が変わった時間帯でないと女の子は少ないぞと言われたらしい。

「ご指名は」と聞いてきた黒服に、「いない」と返答すると、伊達《だて》眼鏡をかけた直之が「かわいい子をお願いします」と伝えた。

善場が尻を軽く膝蹴《ひざげ》りすると、直之は両手でおおげさに尻を押さえてふざけた。初めてのラウンジに嬉しくて仕方がないようだ。

善場は契約交渉に行く時と同じ紺のスーツ、直之もジャケットを羽織っていたため、少しは羽振りがいい客と思われたのかもしれない。十人くらいは入れそうな個室に通された。

そこに女の子が二人入ってきた。一人は女優にもいそうな長身ではっきりした顔、もう一人はショートカット。二人とも高級クラブでも通用しそうな美人だが、髪はセットもせず、ドレスではなく私服、ショートカットの子はデニムのミニスカートだった。

「こんばんは」

二人から挨拶された。ショートカットの子は酒焼けしているのかずいぶんハスキーボイスだ。名前を聞かれたので事前に用意した嘘の苗字を答える。水割りを頼むと、彼女たちも飲んでいいかと聞かれた。二人はワインを頼んだ。クラブのように水割りセットが出てきて女性が作るのではなく、グラスに入ったものを黒服が運んできた。

事前に風営法について調べたこともあり、このあたりからクラブやキャバクラとの違いが少しずつ分かってきた。

ラウンジというのは風営法の接待飲食等営業のうちの、通称1号営業の許可を取っていない店をいうようだ。許可を取ったクラブやキャバクラの営業時間は通常、深夜一時までだが、このラウンジは五時まで営業している。

ただし許可を取っていない店舗は接待ができない。だから女性はお酌もしなければ水割りも作らないのだ。彼女たちに確認すると、ショートカットの彼女が「カラオケのデュエットもダメだし、手拍子やヒューとか声を出してもいけないことになってんだよ」と教えてくれた。店に来た女性が、同席した客と勝手に飲んでいるとの体裁を取ることで、風営法の摘発を受けないようにしているのだ。

「だけどそんなカラオケのルールまで、守っちゃいないけどね。面倒くさいから酒だってうちらで作るし」

いつしか善場とショートカットの女性、直之は長身の美人という組み合せに分かれていた。長身美人が直之と同じ長野出身とあり、彼は鼻の下を伸ばし、調査で来たことを忘れている。

それでも女性と仲よくなり、手掛かりになることを聞き出してくれればいいと、善場は好きにさせた。ショートカットの子はしゃがれた声でよく喋《しゃべ》るのだが、だんだん聞くのにうんざりしてきて「ちょっとトイレに行ってくる」と席を立った。すでに三杯目のワインを飲んでいた彼女は「部屋出て左だよ」と座ったまま場所だけ手で指示した。

善場はトイレとは逆方向に行き、店内を回った。このラウンジはすべて個室のようだ。時間が十二時二十分と、まだクラブやキャバクラに客が残っている時間帯のせいか、小窓から見えたのは、二人の男性が一組だけだった。

その二人組はスポーツ選手ではないかと思ったほど体格は良かったが、選手ではなさそうだ。他に女性が二人、スーツを着た従業員らしき男性がいた。

振り返ってトイレがある方向に戻ろうとすると、真後ろにハスキーボイスの彼女、綾乃《あやの》と名乗った女性が立っていた。

「あっ、トイレ、逆だったね」

ここに来た目的が、彼女たちの同僚だった女性を暴行した男を弁護するための調査とは思われたくないと咄嗟《とっさ》に惚《とぼ》けた。だが彼女に笑われた。

「ゼニバさんだよね。テレビで見たよ。あの晩の事件を調べてんでしょ」

顔が知られているなら否定しても仕方ないと「そうだ」と認める。

店に告げ口され追い返されるのも覚悟したが、「うちもあの席にいたから話してあげるよ。おいで」と彼女は手招きして個室に戻った。

7

「アリサはウチの店の子じゃないよ。普段はこのビルの七階にあるクラブで働いてるみたい。うちもあの晩、初めて見たから」

綾乃はそう説明した。もう一人の長身女性は、三日前にはいなかったため、チップを渡して去ってもらった。彼女は昼職があるらしく、これで早上がりできると喜んでいた。

綾乃も昼間は、浅草《あさくさ》で母親が営む定食屋を手伝っているらしい。見た目とのギャップに直之が大袈裟《おおげさ》に驚き、頭を叩《たた》かれていた。

「それならアリサさんはどうして来たんだろうか？」

「それがよく分かんないんだよ。谷上さんが来たのはうちが店に来た直後だから十二時くらい。それから二十分もしないうちにあの子が入ってきて。たぶんうちと一緒に付いた女の子が呼んだんじゃないかな」

「女の子って」

「マキちゃんだよ」

「他の店から女性を呼ぶこともできるのか」

「お客さんがもっと女の子がいないかと言った時は、ウチは自由だよ。七階は系列だし、営業は一時までだし。といってもラストオーダーを取るだけで二時くらいまで客は残ってんだけどね」

「谷上選手が呼んだ可能性もあるのかな」

「それはないね」

ネイルアートをした指を伸ばして左右に振った。

「どうして」

「だってアリサって子が部屋に入ってきた時、谷上さん、しばらく無言で見てたんだよ。ああ、この人、やっぱりこういう地味な子がタイプなんだなって思ったから」

無言だったのは知り合いだったからではないかと聞き返したが、綾乃は「だったらいろいろ話すでしょ」と言った。挨拶した程度で、二人はまったくと言っていいほど会話を交わさなかったらしい。

「まっ、谷上さんがああいう子が好みなのはうちらも分かってたけどね。これまでもそうだし、一緒についたマキちゃんもおとなしめで、だからマネージャーもつけたんだろうし」

「じゃあ、お姉さんはどうしてついたの？」

メモしていた直之が口を挟むと「うち？　うちがいないと盛り上がんないっしょ」

と掠《かす》れた声をいっそう張り上げる。

「お姉さんは刺身のつまみたいなもんか」

「それを言うなら引き立て役って言いなさいよ」

彼女はまた直之の頭をはたいた。

「痛っ」

結構な強さに直之は左手で頭を押さえた。

「あんたの頭、いい音するね」

綾乃はもう一発叩き、声を引きつらせて笑っていた。

彼女はほかにも谷上について知っていることを話した。

谷上がエルフィンに来るのは年に五、六回だが、ここのオーナーとは昔から知り合いで、上のクラブを含めれば月一ペースで来ている。毎回好みの女性をアフターに誘い、酒を飲みに来るというより女を物色しに来ているようだったが、「ここに来る男の大半はそうだから」と彼女は気にしていなかった。

「谷上はあの晩、マキさんとアリサさん、どっちを誘っていた?」

「そりゃ断然、マキちゃんだよ。だってアリサって子は一言も喋ってないんだから。この子、なにしに来たんだって思ったくらい無口だったよ」

「なら、谷上はどうやって誘ったんだろ」

聞いたところで「もう一杯いい？」と空のワイングラスを持ち上げて聞かれた。

「どうぞ」

善場が言うと、綾乃はブザーで黒服を呼び、ワインを注文する。

「それが分かんないのよね。だって谷上さん、マキちゃんを口説くのに必死だったんだよ。でもマキちゃん、朝が早いからって断ってた」

それでアリサこと黒木尚美に切り替えたのか。だが会話をせずにどうやって誘うのだ。

「お姉さんがトイレに行った時に聞いたんじゃない」

直之が言うが、「行ってないわよ」とまた手を振り上げて叩こうとする。直之は左手で頭を押さえる。今度は真似《まね》だけだった。

「その時にいたマキさんって子、きょうはいないのかな」

いるのなら呼んでもらおうと思った。

「あの日以来、行方不明で、昨日も一昨日もシフトに入っていたのに無断欠勤したってマネージャーが嘆いてた」

「連絡もつかないのかな」

「携帯も解約されてるのか繋がらないんだってさ。さっきの部屋で話していた男が二人いたでしょ。あれは刑事で、マキちゃんのことも聞いてきたよ。うちもマネージャーと一緒に最初に呼ばれたし」

やはりそうか。後ろ姿を見ただけだが、刑事ではないかと雰囲気から察した。

さらにその晩の状況を聞いてから善場は会計を頼んだ。黒服がバインダーに伝票を挟んできた。

善場と直之は一杯ずつしか飲んでいないが、女の子の分も入れて五万もした。カードで精算している間、善場は綾乃に「もう一度さっきの部屋覗《のぞ》きに行っていいかな」と尋ねた。

「いいよ、一人で行ったら怪しまれるからうちが案内したげるよ」

綾乃が先に部屋を出た。

「きみは親切だね」

「刑事は一杯も飲ませてくれなかったからね。あいつら、うちらの仕事を舐《な》めてるよ」

綾乃だけではなく店の女の子たちはみな、客が使った金の一部が歩合で入る契約になっているようだ。そうなるとこの店は風営法に完全に違反していることになるが。

まだ刑事はいた。だがさっきまでいた従業員と女性の三人はいなくなり、今はスーツ姿の年配の男と金髪の若者がいた。

「スーツ着てるのがここのオーナーだよ。谷上さんの高校の先輩でずっと応援してんだって。上のクラブを含めて六本木で数店舗やってるやり手だよ」

「もう一人は」

彼女の立つ位置からは金髪の若者は見えなかったようだ。移動して小窓から覗き込む。

「あれっ、琢ちゃん？」

「店員じゃないよね」

黒服ではなく革ジャンを着ている。

「新田琢磨っていうオーナーの知り合いの元ホスト。だけどどうして琢ちゃんがいるんだろ。店に来ることは滅多にないのに」

「彼がマキさんの居所を知ってるのかな」

それなら善場も待って聞こうと思ったが、「それはないね」と手を振られた。「琢ちゃんはオーナーの小間使いで、小遣いもらってる身だからね。店の子には手を出せないよ」

そこでマネージャーがカードの控えを持ってきたため、善場は直之と店を出た。

見送りに出てきた綾乃がエレベーターの下階行きのボタンを押したが、善場は時計を見た。午前一時十分。

「七階のクラブ、まだ人はいるよね」

「全然いるよ。でもこれからだと店には入れないけどね」

「一応、覗くだけ行ってみるよ」

そう言うと彼女は「あいよ」と返事をし、上階のボタンも押した。

すぐにエレベーターが昇ってきた。綾乃はわざわざ中に入って七階のボタンまで押して出ていった。彼女が手を振っているのを見ながらエレベーターは上昇していく。

「不思議なのは谷上がどうやって黒木尚美を誘ったかだよな。綾乃って子が言っているのが事実なら二人に会話はなかったわけだし」

疑問に思ったことを呟くと、すぐに直之が「それなら判明しました。これです」とスマホを出した。

LINEに「きょうはチップまでくれてありがとう。また飲みに来てくださいね」とメッセージが入っていた。

「おまえ、いつのまに」

「話している時に彼女の方からLINEのIDを聞いてきたんですよ」

「黒木尚美は、谷上とはほとんど話してないんだろ？　IDだって分からないじゃないか」

「名刺の裏にIDか携帯アドレスが書いてあった可能性はありますよね。それなら話さなくても連絡を取り合うことはできます」

「なるほど名刺ね」

きょう貰った二人のには印刷されていなかったから、黒木尚美が裏に書いたのか。となると女性から誘った可能性が高くなるが。

七階でエレベーターが止まり、扉が開く。メガネをかけた神経質そうな男が立っていた。

善場は目を合わせずに横を通り過ぎようとしたが、「もう閉店ですよ」と言われた。

「知ってますよ」

直之が答えると、男は嘲笑を混ぜた声で言った。

「被害女性のプライベートを詮索するようなことはよしてくださいよ、善場さん」

女性の弁護を引き受けた榎下弁護士だった。

「詮索するつもりはありません。ただ事実関係を確認しているだけです」

善場は榎下の細い目を見返して言う。メタルフレームが嫌みなほどよく光っている。

「善場さんは目立つ人間ですからね。こうやって彼女が週に一、二度、お手伝いしていたお店に顔を出せば、彼女がまるでプロのホステスだと誤解して報道されます」

報道では会社員になっているが、記者だって水商売をしていたことは知っているだろう。

「そういう榎下さんもメディアから恐れられていますから、目立つのは同じですよ」

「私はあなたみたいにお金にがめついという理由でマスコミから嫌われているわけじゃないですけどね」

そう皮肉を言うと、「世の女性から尊敬されている羽田社長までが、暴行男の肩を持つとは驚きです。グリーンパークの評判も今回のことでガタ落ちするんじゃないですかね」と細い目をにたつかせた。

「谷上選手は逮捕されましたが、まだ有罪と決まったわけではありません。検察に身柄送致もされていませんし」

「そんなのは時間の問題です。でなければ警察は逮捕しませんよ」

「警察も必死に調べているみたいですよ」

目線を床に落として言った。榎下もそれが三階のエルフィンだと分かったようだ。

「そりゃ調べますよ。こういう歪《ゆが》んだ性犯罪は、一度成功したら必ずまた繰り返しますからね。裏を返せば過去に同様の犯罪があったということです」

口は止《や》みそうになかったので、善場は話を変えた。

「ところで榎下先生は、エルフィンのマキさんはご存じですか」

「はぁ」口を開けて聞き返してきた。

「事件以来、行方不明だそうですね。先生が身を隠すように命じたんじゃないですか」

「私がなぜ命じるんですか」

質問を繰り返したことに榎下がなにか大事なことを隠していると感じた。だが質問を続けようとした時には「いずれ警察が暴き出してくれるでしょう」と自信に溢《あふ》れた笑みを浮かべ、榎下は降りてきたエレベーターに乗った。

8

〈谷上本人は今回の事件に対して無実を主張しています〉

〈羽田社長は、今は捜査の推移を見守るということですか〉

〈いいえ、私は彼の今回の逮捕容疑は事実に反すると信じております〉

テレビでは朝の情報番組がグリーンパーク前から羽田貴子の取材を生中継していた。表示されていた時間が変わり午前九時を知らせた。逮捕されて二十四時間経過。まだ検察に身柄送致されていないが、それは羽田貴子が警察官僚に頼んだからであり、このままでは時間の問題だろう。

「羽田さんってこの時期にわざわざテレビの前に出てこんなことを言わなくてもいいのに、よほど出たがりなんですかね」

「スポンサーに向けて、まだ契約を打ち切るのは待ってほしいとのアピールもあるんだろ」

企業も「捜査の推移を見守る」とだけコメントしている。今契約解除してその後に無罪となれば、羽田貴子が黙っていない。善場が野球界のフロントから煙たがられている以上に、彼女は芸能界では一目置かれる存在だ。

煩型《うるさがた》ではあるが、嫌われても気にしないパワーと影響力がある。

直之がそこで欠伸《あくび》をした。善場と目が合ったので彼は左手で押さえた。

「欠伸くらい気にせずしろ。俺だって眠たいよ」

昨夜帰ってきたのが三時。善場はソファーで、直之は持ち込んでいる寝袋で三時間ほど仮眠を取った。

七階のクラブでは店長から黒木尚美について聞いた。彼女は一年前から週に一、二度働いていた。売り上げ制ではなく時給制で、積極的にお客を捕まえるタイプではなかった。それでも彼女のような水商売に染まっていないホステスを好む男は結構いて、少ないが指名はあったそうだ。谷上は三年前から月一ペースで来ていたが、彼女が付いたことはないと話した。

クラブで話を聞いた後は、二人が待ち合わせたバーに寄った。聞いていた通り、二人はあの晩、バーで三十分ほど過ごしていた。

谷上は水割りを二杯、女性はワインを二杯飲んだ。店員が見た限り、女性の足取りはしっかりしていて、「少なくともフラフラになっている感じではなかったです」と証言した。

「エルフィンにいたお客さんたち、ちゃんと寝坊せずに会社に行ってるんですかね」

バーを出て、直之がエルフィンに伊達眼鏡を忘れたのに気づいて取りに戻った。深夜二時半を回っていたのに中は賑《にぎ》わっていて、その時間から入ろうとしたサラリーマンもいた。

「彼らは眠るより酒を飲む方がエネルギーになるんだろうな」

「僕も楽しかったですけど、でも酒はほどほどで、寝る方がいいですけどね」

また欠伸をしたが、今度は手で押さえなかった。

「なぁ、直はどうして左手で押さえるんだ」

まずいことを口走った時も左手を使う。昨晩綾乃に頭を叩かれた時も左で押さえていた。

「それはもともと左利きだからです。でも子供の時、右手も使えるように親が矯正してくれたんです。おかげでカメラマンになって苦労しなくて済みましたけどね。昔は左利き用のカメラも売ってたみたいですけど、今はないですから」

右手も使えるように慣らしたが、咄嗟にシャッターを押すチャンスでの反応は鈍るそうだ。だから普段から右手を意識していると話したのだが、途中から善場は直之の話が耳に入ってこなくなった。

「直に調べてほしいことがある」

「なんでも言ってくださいよ。昨日、高い飲み代をご馳走《ちそう》になったからなんでもやりますよ」

いつもの呑気《のんき》な調子で答えた。

「谷上って水戸《みと》出身だよな。今からバイクを飛ばして実家に行ってくれないか。住所はメールで知らせる。実家に誰もいなかったら、谷上を幼い頃から知っている人に聞いてくれ」

直之は中型バイクで通勤している。水戸に行くなら電車の方が早いが、そこで動き回るならバイクが便利だ。

「聞くってなにをですか」

要求はたいしたことではなかった。だが「きょうの夕方までに頼む」と言うと、

「そんな、たった半日もないじゃないですか」と表情が変わった。

「あと二十四時間しかないんだ。それが分からないと警察とも話ができない」

「警察って、警察と交渉するんですか」

「詳しくは後で話す。これガソリンと高速代だ」

二万円渡して促すと、彼は急いで出ていった。善場は携帯電話を手にした。

〈はい、羽田ですが〉

会社の危機だというのに女社長はまったく動じていなかった。谷上の実家の住所を聞き、「つかぬことをお聞きしますけど」と尋ねた。

「なんでしょうか」

彼女に話を聞いている最中も、中里のカットボールに差し込まれながらも谷上がスタンドインさせたシーンが、善場の頭を支配していた。

9

九月三十日午前八時過ぎ、善場は羽田貴子と丸の内署の廊下の長椅子に座っていた。検察庁への身柄送致まで一時間を切った。

廊下の先にある一室の扉が開く。女性が二人出てくる。二人とも細身だが、化粧っ気はなかった。

おそらく一人が黒木尚美でもう一人は行方を晦《くら》ませていたマキという女性だろう。警察からお灸《きゅう》を据えられたのか、二人とも肩を落とし、善場たちには一切顔を向けずに通り過ぎていった。

再び扉が開いた。今度は榎下弁護士が出てきた。

鞄を持ち、羽田貴子とともに立ち上がった。二人で頭を下げる。一昨日の晩は皮肉をぶつけてきた榎下も、苦虫を噛《か》み潰した顔で黙礼した。

「被害届は取り下げていただけたでしょうか」

羽田貴子が口火を切った。無罪になったというのに、彼女はこの日も黒のワンピースを着て、髪を後ろで結わいている。

榎下は羽田には答えなかった。だが善場には「警察とあなたがそこまで調べたのなら引き下がるしかない」と取り下げを認めた。

「ご納得いただき良かったです」善場が言った。

「私もたまに野球を見ますが、右利きの選手が左で打つことはあっても、左利きの選手が右で投げるとは思いもしませんでしたよ」

憎たらしいとしか感じたことのない榎下が謙虚に話した。

直之の調査によると、左利きで生まれた谷上を幼い頃、箸と鉛筆の使い方、それと野球が好きだった父親が「左投げでは守れるポジションが少なくなる」とボールを投げることを右に矯正したそうだ。

「それでプロでゴールデン・グラブを獲るんだから、左のままならすごいサウスポーになってたんじゃないか」

両親は不在だったが、当時を知る近所の人が感心していた。

「たまたま気づいただけです」

善場も謙虚に答えた。普通は利き腕に引っ張られて、右投げ左打ちのフェンス際の打球はファウルゾーンに切れていく。だが谷上の打球は最後にもうひと伸びした。グリップを離して持つ左手でしっかり押し込んだこともあるが、差し込まれたボールなのだ。ボールが当たったところの近くを持つ左手は、右利きだとバットから離れるか、握っていても痺《しび》れて押しが利かない。

もっとも羽田貴子は善場が知るより先に、彼の利き腕に気づいていた。

――それが演技だったということは。

――そうだとしても、その世界にいた私には解ることはあります。

善場が抱いた疑念に羽田貴子はこう返した。

彼女は谷上が演技していることを見抜いていた。

鼻を啜ったり、目頭を押さえたり……そうした谷上の演技がすべて左手で行われていたことで、彼女は谷上の利き腕が分かった。

被害者は騒いだ時に口を押さえられ、頬を殴られた。さらには下着の脱がされ方まで詳細に話した。それらの手はすべて右手だった……。

「榎下先生にしても、最初から怪しいと思われていたのではないですか。だから黒木さんが勤めていたお店も調べられた」

黒木尚美が相談に来たため、警察に被害届を出させた。むしろ逮捕という早とちりをしたのは警察であり、榎下の動きを見る限り、彼は不審を抱いていた。

「私がどう思ったにせよ、今回はあなたの勝利であり、私の負けです」

榎下は言い訳をしなかった。

「我々はともにクライアントのために動いただけです。彼らがこの後、どうなるかが大事なのであって、我々に勝ち負けはありません」

「そうですね。そうなるとおたくも大変なことになる。その覚悟はできているんですか」

榎下はそこで初めて羽田貴子に目を向けた。

「もちろんです、強く責任を感じています」

彼女も滅多に見せない謙虚な表情で答えた。

10

「谷上さん、あなたはどうして彼女からメールアドレスを聞いたことを話してくれなかったのですか」

前回同様、ガラスを挟んだ接見室で善場は谷上と向き合った。婦女暴行の被害届が取り下げられたことに谷上は安堵していた。

「それはメールを消してしまったからです。彼女がくれた名刺にアドレスが書いてあったんですから、ちゃんと言うべきでしたね」

谷上は予想していた通りのことを述べた。

「ですけど羽田社長は、僕が左利きなのが分かっていたのにどうしてその場で聞いてくれなかったんですかね。そうしたらもっと早く釈放されたかもしれないのに」

善場にもそのことは謎だった。無罪と分かっているならなにも善場に頼むことはない。だが今は彼女の意図は理解している。

「あなたは他にも話してくれなかったことがありますね。エルフィンのマキさんが呼んだ女性が、個室に入ってきた時、あなたは、知っている女性だと驚いたのではないですか」

――アリサって子が部屋に入ってきた時、谷上さん、しばらく無言で見てたんだよ。

エルフィンの綾乃はそれが谷上の好みだったと勘違いした。好みであったのは間違いないが、それが見つめていた理由ではない。

「彼女はあなたが以前、関係を持った女性の妹さんだそうです。マキさんは、そのお姉さんの親友です。二人は最初からあなたに会うためにあの系列店で働き始めた。目的はあなたに復讐《ふくしゅう》するためです」

い。

「復讐？　どういうことですか」

　急に善場が味方ではなくなったのを、この男は感じたようだ。声がそれまでより高
「谷上さんは物静かな雰囲気の女性を無理やり暴行するのがお好きなようですね。被害者が手を口で押さえられ、殴られたと警察に話したのは、二年前、系列のクラブに勤めていた彼女のお姉さんがそうやって暴行を受けたからでしょう。睡眠薬もその時に使った。残念ながら妹もマキさんもあなたの利き腕が左だとは思いもしなかったため、告発は嘘だとばれてしまいましたが」

「善場さんの話している意味が僕には分かりません。要は彼女らがデタラメの告発をしたということですよね」

　谷上はまだ強気だった。

「あなたも最初は以前暴行した女性と似ていることに警戒し、店では会話をしなかった。だけどマキさんから断られたこともあって、メールで誘った。それでも気になってタクシーでも彼女の本名や出身地を質問した」

　彼女の姉が本名の黒木と宮崎出身であることを話していたのだろう。妹は九州出身は認めたが、本名は答えずにはぐらかした。

「そこまで警戒していたのに、それでもホテルまで連れて帰ったのですから、よほど

好きなタイプだったのでしょうね」

「タイプだったのは認めますよ。だけど同意の下での行為であって、無理には絶対してません」

「だから被害届は取り下げたではないですか。スター選手となり、あなたも女性を暴行する欲求は抑えた」

「そんな欲求、元からありませんよ」

顔を強張《こわば》らせて谷上は否定した。だが言葉とは裏腹にさっきまではなかった汗が、もみあげあたりから滲《にじ》み浮かんでいる。

「今回は暴行してない。ですけど二年前まではやっていた。それで間違いないですね」

「違いますよ、してません」

「警察は今回の事件前から捜査をしていたようです。この後、任意で話を聞くと言っていました」

「えっ、僕は釈放されるんじゃないんですか」

黒木尚美の姉は、親友や妹に暴行を受けたことを明かした。だが当時は親告罪だったため、本人が被害届を出すことを望まなければ事件にならなかった。

だが警察には他から被害届が出ていた。

当初、届けを出したのは一人だけで、発生から時間が経過し、女性も酔っていて証言も曖昧だったことから、警察は捜査に慎重だった。

それが谷上の名前が広まったことで、また一人被害届を出した。最初の被害者はホステスだったが、次は夜の商売とは関係のない女子大生で、谷上には街中で声をかけられたようだ。二人とも、相手は谷上宏樹で間違いないと言い、左手で暴力を振るわれ、左手で下腹部を触られ犯されたと話しているという。

羽田貴子の抱えるテニス選手の父親が「必ず起訴できる」と言ったのは、すでに複数の被害者が出ていたからなのだろう。

「善場さん、なんとかしてください。二年も前のことを聞かれても僕は記憶にないし、それに取調べって任意でしょ。だったら拒否できるってことじゃないですか。直ちに釈放するよう警察に要求してください」

その時には頰の汗は滝のように机に落ちていた。

「拒否すれば令状を取られて強制捜査になるだけです。すでにあなたをよく知るエルフィンの社長、それからあなたが暴行した女の子に口止め料を渡す役目をしていた新田琢磨という元ホストも取調べを受けています。今回も事件当日、新田さんに女性を送らせてますね。そのことも私は一切、聞いておりません」

「動揺して頭の中がよく整理できなかっただけです。二年前が無理やりだったかなんて、今さら証明できないじゃないですか。僕は絶対に無罪になります。そうしたら善場さんに次の契約更改もお願いします。必死に努力して、ここまで来られたんです。僕の契約は善場さんにも大きな仕事になるはずです」

捲《まく》し立てた谷上に向かって、善場はゆっくりと首を左右に振った。

「信頼できない選手とは代理人契約を結べないと最初に言ったはずです。無罪になりたければ、裁判に強い弁護士を雇ってください。ただし法律の専門家の一人として意見を言わせてもらえば、有期刑は確実で、素直に罪を認めた方が懲役期間は短くなると思います」

そこで善場は一息入れ、こめかみに力を入れて、宙を泳ぐ谷上の目に視線をぶつけた。

「あなたは努力したとおっしゃいましたが、プロ選手にとって一番の努力はファンが応援したい選手であり続けることです。あなたは控え選手時代から応援してくれていたファンまで裏切ったのですから再起は無理でしょう」

「そんな……」

整った顔が泣き崩れていく。だが被害に遭った女性の心を想像すると怒りしか湧いてこなかった。

「羽田社長からも契約解除の申し出がありましたので、この書類に署名をお願いします」

鞄から書類の入ったクリアファイルを出す。

「今回の準強制性交等罪は無罪になりましたので、お約束したエージェントフィーも頂きます。ご了承ください」

谷上に見せてから請求書をファイルに挟んだ。

第二話
モンティホールの罠

1

ゼニバが訴えられた——。

夕刊紙、東日スポーツの記者、古見沢俊明《ふるみざわとしあき》が朝刊スポーツ紙のウェブ記事を読んだのは、ワールドシリーズが行われているニューヨークのヤンキースタジアムの記者席でだった。

入社して十五年、日本のプロ野球担当一筋だった古見沢は、今春、ニューヨーク行きを命じられた。スラッガー大原悠介《おおはらゆうすけ》がポスティングシステムでヤンキース入りしたためだ。

日本では、夕刊紙は朝刊スポーツ紙が書かない裏ネタを求められるが、時差がある米国では仕事が逆転する。

大原初安打、初本塁打、ヤ軍首位、大原オールスターに選出、そしてリーグ制覇……それらを夕刊に入るよう速報したのは古見沢だが、目の前で起きた事実にコメントをくっつけて送っただけで、こんなん誰が書いても同じやろと、毎回うんざりしている。

それでも体格もパワーもメジャーリーガーと比べても遜色ない大原が、名門ヤンキースの六番に入り、打率二割九分六厘、十八本塁打したのは日本人として誇らしい。

さすがに一年目からすんなり世界一になれるほど甘くはなく、ドジャースとのワールドシリーズは二勝三敗と追い込まれ、この第六戦もリードされて終盤に入った。

〈古見沢か、ついに八回になってしまったな。大原の打席はあと一回かぁ……〉

東京のデスクからの嘆き電話がかかってきた。

「残念ながらきょうの大原は期待薄ですわ。サイ・ヤング賞投手のモンタナ相手に手も足も出ません」

〇対二とヤンキース打線は沈黙、大原も三打数ノーヒットだ。

〈毎日楽しみだった大原が来春まで見られなくなるとは、俺はこれから大原ロスになるよ〉

「なに言うてるんですか、デスク。これから裏ネタを書いてやりまっせ」

張り切って言ったのだが、デスクの反応がなかった。これだけ熱狂的ファンになってしまうと、仮に古見沢が大原の女性スキャンダルを獲ってこようが、掲載してくれないかもしれない。

〈このまま負けたら一面は「大原よく頑張った」でいくからな。本文七十行、インタビューを百行、それとこの日の大原への全配球も図にして送ってくれ〉

「へいへい」

テレビで見てるんやから、配球図くらい自分らで書けや。心の中で毒づきながら生返事した。

普段は「俺たちは、朝刊紙が書けないことを書くんだ」と夕刊紙としての使命感に燃え、選手関係者の私生活を探れと命じるデスクも、今は自分たちの存在意義すら忘れている。

それほどまでに大原は、今や国民的ヒーローだということだ。そのスーパースターのプレーを生で見られるメジャー担当記者は、誰からも羨《うらや》ましがられる仕事であるが、今の古見沢の興味はここにはなかった。

「それよりメールで送ってくれたゼニバの記事、さすがにあれはやり過ぎやないですか」

ゼニバが代理人をしている選手の一人、神戸ブルズの久宝純《くぼうじゅん》が、三年前に肘の手術を受けた。だがリハビリが失敗して再手術になったため、ゼニバは自分に久宝の再手術後のリハビリを任せるよう球団に申し出た。

その結果、久宝は今季復活して十勝を挙げたのだが、今年八月、久宝の肘の腱《けん》はまた切れてしまった。ゼニバに任せたのに再発したことに怒ったブルズのフロントは、手術費を返金するようゼニバを訴えた……。

もっともそれを書いたのは朝刊スポーツ紙であり、夕刊の東日は内容を変えていた。

善場氏、選手の財テクも失敗
運用しているのは恋人の証券トレーダー

最後まで読んだが、今回の久宝の件とはまったく関係がない。大原に対しては野球ファンのように無邪気に応援していたデスクも、今はいつもの夕刊紙の一員に戻っている。

〈ゼニバが選手の財テクも任されていて、その運用を証券会社の恋人に任せていると書いたのは古見沢じゃないか〉

確かにその記事は古見沢が書いたものだ。だがそれは「銭儲けばかり考えて球団に無理難題を押し付けている」とゼニバの悪口ばかり書いていた頃の話である。今も金にがめつい代理人であるという考えは変わっていないが、ヤツがどうして選手の年俸にこだわるのか、少しは理解しているつもりでいる。

「財テク失敗と決めつけてましたけど、損したかどうかはデスクの推測でしょ？　恋人がどの株を買うてるかも知らんわけやし」

〈なにを買っても下がってるさ。東京市場は急激な円高のせいで、この一週間全面安なんだからな〉

それが事実だとしてもゼニバが納得するはずがなく、おそらく抗議してくる。米国行きが決まった時には「なんか餞別をくれや」と頼み、古見沢はインタビューを取った。内容はありきたりでたいして面白くなかったが、ゼニバがメディアの単独インタビューに応じたのは初めてだったことでネットニュースにも引っ張られるほど話題にはなった。戻ったら帰国祝いの第二弾を頼むつもりだったが、この記事で台無しだ。

〈おっ、この回、大原にチャンスが回ってきそうだな。また後で電話する〉

興奮した口ぶりでデスクは電話を切った。〇対二の八回裏、ヤンキースは二死から四番が死球、五番はツーボールからストレートを打ち、外野の前に落とした。二死一、三塁で六番の大原に打順が回ってきた。

一点でも取れれば流れは変わる。もちろん期待しているのは逆転スリーランだ。緊張する場面にもかかわらず、二十五歳の若者は平然とした顔のまま、普段通りに三回素振りをして打席に入った。

右腕のモンタナの持ち球は「一六〇キロのストレート」「緩いカーブ」「外に落ちていくチェンジアップ」の三つだ。三打席ともストレートにやっつけられている大原は、おそらくこの打席、やられたストレートを狙っている。モンタナのチェンジアップは一四〇キロ台、カーブは一二〇キロ台と緩急差があるため、変化球を意識するとストレートについていけなくなる。

バッテリーも逆読みしたようで、二球続けてカーブを投げてきた。モンタナも力が入っているのか、指にかからず二球ともボールになった。走者を溜《た》めたくない状況だけに、カーブを続けてくることはないだろう。「ストレート」「カーブ」「チェンジアップ」の三択から、「ストレート」「チェンジアップ」の二択になった。

「狙い球を変えろ、大原。来るのはストレートやない、チェンジアップや！」

打席の大原に向かって声を出した。前に座る記者が驚いて自分を見たが、気にしなかった。

モンタナは左足を高く上げたフォームから上腕を反らせて三球目を投じた。チェンジアップだ。それも真ん中だ。大原は振りに行った。

「よしゃ、いったれ！」

古見沢はそう声を出したが、バットの先っぽで、泳がされての遊ゴロだった。大原は全力疾走するが、アウトでチャンスの目は潰《つい》えた。残念ながら大原は、最後までストレートを狙っていたようだ。

そのまま打席は回ってこず、ヤンキースは敗れた。大原の一年目からのワールドシリーズ制覇はならなかった。

試合後、大原は悔しそうな顔で記者の前に出てきた。記者たちが「よく頑張りましたね」と激励していた。

古見沢も一年目から結果を残した若武者に拍手を送りたい気分だった。高校時代から将来はメジャーに行きたいと言い続け、その夢を叶《かな》えた。大原ならこれに満足することなくこれからも努力するだろう。目標に向かって初志貫徹で突き進んでいく精神は、彼のプレースタイルや、一流投手と対戦する時の狙い球の待ち方にも表れている。

それがファンを惹き付ける大原の魅力でもあるが、ヤツならきっとこう言いそうだ。

努力の方向性として初志貫徹は悪くはありません。ですけど、それはけっして数学的ではないのです――と。

2

日曜日の朝、善場圭一は自宅のダイニングテーブルで、テレビ画面を眺めながら朝食を取っていた。テーブルにはフレンチトーストと搾ったオレンジジュース、サラダが並んでいる。毎週末に泊まりに来る香苗が作ってくれた。

・テーブルの上の携帯電話が震えた。ブルズの代表かと思ったが、登録していない番号だった。

「出なくていいの？」

向かい側の席でフレンチトーストにナイフを入れながら香苗が聞いてきた。家事が好きでないのも前の旦那と別れた理由だと話していたが、善場と付き合ううちに、彼女の料理のバリエーションは増えた。外食で美味《おい》しいものに出会うと、彼女はどうすればこのような味になるか考え、即実践する。失敗もあるが、その意欲と探求心も善場が彼女を好きになった点の一つだ。

このフレンチトーストは先週、テラスのあるレストランで朝食を食べた時、「これ、リコッタチーズとバニラエッセンスが入ってんじゃない？」と言い出したから試したのだろう。いつもより表面はふっくらしているのに中はしっとりとし、バニラの甘い香りがする。

携帯がまた鳴った。今度も未登録の番号だ。

「どうせ記者だよ」今度は善場が先に言った。

昨日のスポーツ紙に「ブルズが善場氏を訴えた」という記事が載ってから、善場の携帯電話はひっきりなしに鳴っている。

さらに夕刊の東日スポーツが、善場が選手から預かった金を損させたという記事を掲載した。もう少し書かせておいて、いずれまとめて訴え、高い慰謝料を取るつもりでいる。

「出ないなら携帯電話を切っとけばいいのに」

「そうしたいところだけど、ブルズの代表から掛かってくる可能性があるからな」

一昨年、再手術となった久宝投手のリハビリについて何度も話し合いをしたので、佐藤《さとう》球団代表の番号は登録されている。

昨日の朝刊には、リハビリを担った善場に手術費を返還するようブルズが裁判を起こしたと書いてあったが、佐藤の本音はおそらく違う。佐藤がしたいのは、久宝との契約を解除して戦力外通告することであり、告訴したのであればきているはずの訴状も、善場の元には届いていない。

「香苗さんには迷惑をかけたな。この記事では、まるで俺が公私混同で頼んで、香苗さんが投資に失敗したみたいだ」

テーブルの隅に置かれた東日スポーツを眺めながら善場は謝罪した。記事にあるように香苗に運用を任せているのは事実だが、それは彼女が有能なトレーダーだからであり、善場が契約する三選手も了解している。日本の代理人は交渉の手伝いをするだけだが、海外の代理人の中には、トレーニングコーチ、理学療法士、メンタルトレーナー、さらに税理士や資金運用者も選手の希望によって用意するものもいる。善場も彼らと同じことをしているだけである。

「東日って、私が圭一さんと写ってる写真を載せて、これがゼニバの女だって書いた新聞よね？」

「そうだよ。書いたのは古見沢という記者だ。関西弁丸出しでデリカシーのまるでない二流記者だけどな」

「でも圭一さんはその記者が好きなんでしょ」

「好きなもんか。他の記者のようにつるんで仕事をしない分だけマシという程度だよ」

他の記者は横並びで取材に来て、たいして質問もせずに事実無根の批判記事を書く。古見沢は一人で現れる。昔ほどデタラメな記事はなくなったが、東日スポーツじたいがゴシップ紙なので、悪意に満ちているのは他紙と変わらない。

「いいのよ。その記者さんが書いた記事のおかげで、あのゼニバさんが任せるくらいだからこの会社のトレーダーは有能だって、うちの会社のお客さんも増えたんだもの」

実際、預けたことで選手たちの資産は増えている。ここ一カ月は急激な円高傾向を嫌って、十パーセント値下がりしたが、それでも日経平均の十二パーセントより下げ幅は低く、トータルでは今年は十月までで十五パーセント増だ。五年前から年俸の一部を預けている久宝の投資額は、約二十五パーセントも増えた。

「だけど会社は怒ってるんじゃないか。こんな記事を書かれたんじゃ信頼を損なうだろ」

古見沢は香苗が勤務する外資系証券会社の社名まで特定した。

「全然平気よ。うちのトップはアメリカ人で、向こうではセレブの資産運用も任されていて、わざとパパラッチに書かれることで名を売る有名トレーダーだっているから」

「いいと言うなら訴えるのはやめておくけど。香苗さんだって、法廷には出たくないだろうし」

「あら、私が出られるの？　せっかくの機会だから出てみようかな」

「そんなことすればメディアの晒《さら》し者になるぞ」

「はい、裁判長。私がゼニバの女です、って堂々と宣誓すればいいんでしょ？」

そう言いながらケラケラ笑う。善場も一緒に笑うしかなかった。ゼニバと呼ばれて怒らない相手は香苗と、あとは古見沢くらいか。

彼女と出会ったのは、善場がプロ野球選手になった年だから、十四年前になる。最初にファンレターをくれたのが、当時十九歳だった彼女だった。大学時代は無名で、ドラフト五位で入団した善場は、メディアからもまったく期待されず、女性ファンにも素通りされた。

その時は手紙を貰っただけで会話もしていない。善場は一年でプロを引退、大学卒業後、証券会社に入った彼女は、二十五歳で結婚したが、二年で離婚した。

その頃、法曹資格を得て世間から悪徳代理人呼ばわりされていた善場の元に、彼女が再び現れ、「選手のために頑張ってください」とまた手紙をくれた。彼女の顔を覚えていた善場は返信し、その後、交際がスタートした。

「圭一さんは本当に訴状が来たらどうするつもりなの？　中には手術費だけでなく、久宝さんの年俸のうち、圭一さんの取り分も返させると書いてある新聞があるじゃない」

善場の取り分は年俸の五パーセント、久宝は五年前に五年十五億円で契約したため、代理人フィーは七千五百万円だ。

「そんなの裁判所は絶対に認めないさ。だいたい俺が探した理学療法士の助けがなければ、久宝投手は復活していなかったかもしれないんだから」

善場との契約一年目に十七勝を挙げ、最多勝と沢村《さわむら》賞を獲得した久宝は、二年目も八月まで十三勝した。

だが肘の腱が切れて、「トミー・ジョン」と呼ばれる側副靱帯《じんたい》を再建する手術を受けた。

三年目は球団主導でリハビリしたが、回復せずに秋に再手術になった。そこで善場は、ブルズのリハビリ方法が間違っていると主張し、再手術後のリハビリを任せるよう佐藤球団代表に同意させた。

有能な理学療法士の力もあり、肘は順調に回復、五年目の今年四月中旬に一軍復帰した久宝は、八月末までに十勝七敗と完全復活した。

五年前に結んだ契約には、「五年の契約期間中に三度、十勝以上をマークすれば、二年間契約を自動延長する」とのオプションをつけている。つまり三度目の二桁勝利をマークした久宝を、球団は契約上、切ることはできないのだ。

「この記事のこと、久宝さんはなんて言ってるの？」

食べ終えた食器を片づけながら聞いてきた。すでに終えていた善場も香苗が運べなかった分を手伝う。

「昨日から電話してるけど出ないんだよ。たぶん球団から契約延長はしないと言われたんじゃないかな。相当、落ち込んでいると思う」

ただでさえ肘痛が再発してから久宝は元気を失っていた。善場も理学療法士も最善を尽くした。だが、球持ちが長く、左足を右打者の打席方向に踏み出し、上半身を捻《ひね》って投げる久宝の投球フォームは、肘への負担がかなり大きく、故障するリスクを払拭するのは不可能だった。

テレビ画面には今年の八月三十日、久宝が十勝目を挙げたゲームの録画が流れている。

六回までで三対二、二死を取った段階で球数は九十球、佐藤代表との話し合いで「今季は百球を超えて次の打者には投げない」と決めたので、この回で交代だと久宝は理解してマウンドに上がっている。

佐藤には球数だけでなく、「トータルで一四〇イニングを超えたら、三位以上に入ってもクライマックスシリーズには出場しない」という条件もつけた。トータルイニング数は余裕があったが、球数制限で降板した後にリリーフ陣が打たれ、逆転負けした試合が数試合ある。そのたびに独善的なオーナーから「どうして久宝を降ろすんだ」と佐藤に怒りの電話が入ったそうだ。

そういった経緯もあり、佐藤はいっそう善場に恨みを抱いているのだろう。

「この試合でおかしくなったのね。どの場面なの？」

皿を軽く水洗いして食洗機に入れながら、香苗が聞いてきた。相手はシーホークスの四番で、本塁打王になったパク・ホジュンだ。

「この試合中は問題なかったんだ。だけど翌日に炎症を感じて、それがなかなか取れないので病院に行ったら腱が切れていた」

久宝は一球目、一四〇キロのストレートを外角低めに投げた。けっして速くはないが、この球が久宝の生命線である。パクの体はまったく反応しなかった。ストレートは待っていないという雰囲気が画面からも感じ取れた。善場は香苗に尋ねてみたくなった。

「香苗さん。次は久宝投手はなにを投げると思う。ちなみに今の打席、彼はパクが内角のシュートを狙っていると思って、外角真っすぐを投げたんだ。だけどあの見逃し方で、パクの選択肢に真っすぐはないのは分かった」

「待ってないならもう一球真っすぐじゃない」

「同じ球を続けるのは危険なんだよ。待ってなくても打者の頭に軌道が残ってるから本能でバットが出る。だから真っすぐは久宝投手の頭から消えたと思ってくれていい」

「シュートの他になにがあるの」

「フォークだな」

「投げられる球はシュートとフォークの二つってこと?」

「その二種類だ」

「久宝さんはシュートは狙われていると思って一球目を投げたのよね。シュートの危険性は現時点では消えてないってことよね」

「そういうことになるね」

野球好きの香苗だが、こうした心理戦の話題になると普段にも増して乗ってくる。株式の仕事も、その局面の中での心理戦の積み重ねで、利益を出すためにはその都度、判断の切り換えが求められるからだろう。

「シュートを待たれていたのだったら次はフォーク、と言いたいところだけど、やっぱりシュートかな」

そう言われて、シンクの横に立っていた善場の顔を見た。えくぼを作って微笑《ほほえ》んでいる。

すでにフォークではない理由を説明しようと思っていた善場は面食らってしまった。

「どうしてそう思ったんだよ」

「なんとなくだけど、変えた方が抑えられる確率がいいような気がしたのよね」

「なるほどね」

「ねえ、答えはどうなの？」

「まぁ、見てて」

善場は顎で画面を差した。

振り被《かぶ》った久宝はシュートを投げた。内角いっぱいを狙ったのが甘く入ってきたが、パク・ホジュンのバットの根元にあたり、勢いのない投ゴロになった。

「香苗さんの答えで正解だよ。パク・ホジュンは三択の時はシュート待ちだったのに、二択になったらフォークに変えたのさ」

「どうしてなの？」

「なぜ変えたかはパクに聞いてみないと分からないけど、ピッチャー側としては、こういう時は狙い球を変えたと思った方が抑える確率が上がるんだ」

「圭一さんの言ってること、さっぱり分からないわ」

そう言いながらも香苗はそれ以上、聞く気はなく、食洗機のスイッチを入れた。正解したせいか嬉しそうで鼻歌が聞こえてきた。

四番を抑えたことに、久宝は小さくガッツポーズしてベンチに引き上げた。後を継いだリリーフ陣が好投し、十勝目をなし遂げた。これで二年の自動延長が決まったのだ。善場もこの時は安堵した。

――おめでとうございます。よく辛《つら》いリハビリを乗り越えて頑張ってくれました。

試合後に祝福の電話を入れた。

――しんどかったですけど、善場さんに任せて良かったです。肘は少し炎症がありますが、いつものことなのでもう二、三勝できるよう頑張ります。

久宝も声を弾ませていた。

だが二日経っても炎症は引かず、三日目にブルペンに入った時に痛みを感じた。MRI検査の結果、靱帯の一部が断裂していることが判明した。

その知らせを聞いた時、善場は絶句しながらも、断裂が十勝した後で良かったと胸を撫《な》で下ろした。久宝にも「もう一度、マウンドに立てるように頑張りましょう」と励ました。

だが久宝の返事は弱々しかった。

きついリハビリと、投げられないかもしれない不安と再び戦わなくてはならないのだ。

選手と気持ちを共有する代理人として、その励ましは適切ではなかったのではないか……。

そのことを今も善場は後悔している。

3

翌日の月曜日、善場は一日中事務所で過ごした。久宝がどこにいるのか気にはなったが、間近に迫ったシーホークス永淵外野手とセネターズ中里投手の契約準備で、動くことができなかった。

二年前にそれぞれ四年八億円、四年九億円で球団と合意した二人の契約には、善場が最終的に要求額を下げた代わりに三年目にこちらの希望で契約破棄《オプトアウト》できるというオプションをつけた。

この二年間、二人ともリーグトップクラスの数字を残した。当然、善場は契約破棄し、新契約を組み直すつもりでいる。

この日は永淵一人によってどれだけの得点が産み出されたかを示す「得点効率」や、

中里がどれだけ走者を出さずに抑えたかの指標となる「WHIP」など、様々なデータを揃《そろ》えた。

これだけ交渉に有利なデータがあれば永淵は四年十二億、中里は同十三億円を要求しても各球団は真剣に考えるだろう。

一方、五年十五億円だった久宝の契約には契約破棄はつけず、彼が一年でも長く球団の支配下選手でいられることを第一に考えて進めた。

成績次第で途中で年俸の組み直しを要求し、それを球団が拒否すれば移籍を要求できるようにした二人と、久宝の契約とではまるで正反対だ。善場がそうしたのは永淵、中里はまだ二十代で伸びしろがあり、体が丈夫だったからだ。しかし契約時に三十二歳だった久宝は、その時までにすでに二度肘にメスを入れていた。

善場の久宝に対する予想は一、二年目が十勝、そのあたりでまた故障してしまうかもしれないが、再起までに二年要したとしても五年目にもう一度十勝する……。

けっして高い目標ではないが、それまで安い給料で二度最優秀防御率のタイトルを獲るなどブルズに貢献してきただけに、五年で三度二桁勝てば、高額契約に充分見合うと考えた。

それを十七、十三、十勝と合計四十勝マークし、最多勝も獲ったのだから、久宝は善場の予想を凌駕《りょうが》する成績を残した。

だが契約途中で一度ならず、二度の手術。さらに契約最終年の今年、三度目の手術を要する肘痛を発症するとは……幾多のマイナス面も考慮して交渉に臨む善場にとっても想定外だった。

午前と午後に久宝に電話を入れたが、電源は切られていた。球団マネージャーに電話をすると、久宝は先週から球団施設に顔を出していないそうだ。徳島の実家に電話をしたが、父親が出て「しばらく東京の方で過ごすと言っていましたよ」と教えてくれた。

「だけど久宝さんも新聞読んで憤慨していると思いますよ。こんなに好き勝手書かれて」

朝から仕事を手伝っている助手の川井直之も怒っていた。今朝のスポーツ紙に、球団が決めたリハビリメニューに善場がいちゃもんをつけ、久宝を奪い取ったように書いてあったからだ。

「事実とまるで逆じゃないですか。リハビリに失敗して球団と久宝さんが揉めていた時、善場さんが自分がやると名乗り出たんですよね。六月に久宝さんに会った時、『善場さんの理学療法士は厳しかったけど、そのおかげで復活できた』ってすごく感謝してましたよ」

「これくらいの記事はマシだよ。それよりこれから夕刊紙や週刊誌はメチャクチャ書いてくるからファイルで保存しといてくれよ」

予想していた通り、夕方、直之にコンビニまで買いに行かせた夕刊紙では、善場に対する批判記事がさらにエスカレートしていた。

東日スポーツには、善場に運用を任せた資金はここ一カ月で十パーセント下がったが、トータルでは今年はまだ十五パーセント利益が出ていると正確な数字が書いてあった。おそらく中里か永淵が話したか。ただし見出しには「善場氏、資金運用は一割減」としか書いていないから善場を貶《おとし》めようとしたも同然だ。

もう一つの夕刊紙、「夕刊タイムズ」には、善場は芸能界を牛耳る大物たちと交流があり、それで善場の契約選手はスキャンダラスなことを写真週刊誌に撮られても揉み消してもらえると根も葉もないことが書いてあった。

「これって善場さんが代理人になったら写真週刊誌に撮られないって、宣伝になるんじゃないですか」

直之は呑気なことを言っていたが、善場は「そんな噂で頼んでくる選手はろくなもんじゃないよ」と撥《は》ねつけた。

選手にはむしろ逆のことを言っている。

――マスコミは私の鼻を明かしてやろうとつねに思っていますから、私と契約すると必要以上にマスコミから狙われます。女性問題はもちろん、賭け麻雀《マージャン》や賭けゴルフもやらないよう、行動を律してください。

夕刊紙の事実無根の記事のせいでまた記者から電話がかかってくると覚悟していたが、電話はなかった。

夕方のニュースを見て、どうして電話がないか理由が分かった。東京の西麻布《にしあざぶ》で地下カジノが摘発され、そこに東都ジェッツの二軍選手が通っていたことが発覚したのだ。記者たちは善場どころではなくなったのだろう。

「十二球団の代表者会議が招集されるみたいですから、ブルズの佐藤代表もこれに追われているんですかね」

「久宝どころではなくなっているのかもしれないな」

本当に久宝との延長契約を拒否する気なのか。新聞に出ていたように告訴してまで手術費を善場に返金させる気なのか。問い質《ただ》したい気持ちはやまやまだが、他の選手の仕事が溜まっているだけに、話し合いを引き延ばしてくれるのは現時点ではむしろ歓迎だった。

4

翌日も中里たちの資料作りに追われたが、それが一段落したことで翌水曜日に善場は愛車で千葉の南房総《ぼうそう》に向かった。

　海岸近くのパーキングに駐車し、松林を抜けて砂浜に出た。南房総にも十一月の北風は吹いていた。この日は気温も低く、海が荒れていた。黒のウエットスーツを着たサーファーが数人、待機していたが、高く立ち上がった白波に乗った瞬間に飲み込まれていった。

　砂浜を少し歩いた。足が深く沈み、革靴の隙間から細かい砂が入る。一昨年、理学療法士と初めてこの海岸に来た時を思い出す。

　この場が最適だと二人で決め、翌週から右肘のギプスが取れた久宝のリハビリをスタートさせた。通常は肘以外の部分を軽いウエイトトレーニングで鍛えることから始める。だが善場が選んだ理学療法士は、焦らせないためにもまず歩くことから始めましょうと言い、久宝と並んでこの砂浜をたっぷり時間をかけて歩いていた。

　ここの深い砂は、体を真っすぐ立て膝を上げて歩かないことには、足を取られて前に進まない。思いのほか、下半身に負荷がかかり、上半身にも無意識に力が入り、久宝の全身の筋肉は、その夜、程よく張っていた。

　しばらく待っていると松林からジャージ姿の男が出てきた。久宝だった。彼は善場が立っていることに気づき、気まずそうな顔をした。

　善場は頭を下げると、ゆっくり近づいていき、「徳島のご実家に電話したら東京の方にいると言われたんです。久宝さんのことだから、ここに来て練習しているとピンときました」と表情を緩めて話しかけた。

「何度も電話をいただいていましたね。それなのに出なくてすみません」

球界を代表するエースだというのに彼は礼儀正しく、大変謙虚である。

「急に球団から契約延長しないと言われたのでしょうから、誰とも話したくないと思ったのは当然です」

久宝は伏目がちでなにも答えなかった。

「久宝さん、せっかく練習に来られたのですから歩きましょう。私も運動不足なんです」

善場はベルトの上あたりを右手で叩きながら言った。一八〇センチある久宝より小柄の一七六センチ。体重は六十六キロだからけっして太ってはいないが、体脂肪は以前より増えた。

二年前までは担当していた日系ハーフの投手の紹介で、ブラジリアン柔術の指導者がいるジムに通っていた。彼がメジャー移籍してから、ジムとも疎遠になった。

二人で横に並び、しばらく無言で歩いた。肘に不安があるのか、久宝はあまり手を振らずに歩を進めていた。姿勢が前屈《まえかが》みになっている。縦に大きく手を振れば自然と顔が前を向き、骨盤の位置もよくなる。

だがそう指摘するのは、彼が再々手術をして、きついリハビリを始める気になってからでいいと考え、善場は言わなかった。

「私が以前を上回る状態になると言ったのに、結局故障が再発したわけですから、久宝さんは私に対しても落胆されたと思います」

実際、二度目の手術をした医者は、再発の可能性は五十パーセントはあると話していた。それでも善場は「このリハビリを終えれば、肘は頑丈な状態になりますから」と励まし続けた。

大ケガから復帰できない選手は、故障個所の回復の遅れより、心の回復ができない場合が圧倒的に多い。投手で言うなら、以前と同じように腕を振ることに、痛みを思い出したり、力を入れたら壊れるのではないかという不安が拭いきれないからだ。

「いいえ、僕は善場さんに落胆などしてませんよ。善場さんがいなければ、今年十勝できたかも分かりません」

「そう言っていただけると嬉しいですが」

「それに今回のことは僕が悪いんですよ。途中までは理学療法士に言われた通りに、登板後のアフターケアをしていましたけど、勝ち始めると面倒になって、怠ってしまいました」

善場の理学療法士の指示は他の人とは違っていた。普通は肘をアイシングするが、理学療法士はアイシングはほどほどにして、水に近いぬるま湯の風呂に全身浸かったり出たりを三十分ほど繰り返すよう勧めた。アイシングは切れた毛細血管の回復のためだが、理学療法士は回復には睡眠が一番、しかし登板後は精神が高ぶって寝つけないため、まず体の熱を取ることを徹底させたのだ。

他にも肘のウエイトトレ、肩の可動域を広げる運動など細かいメニューを渡している。久宝の真面目《まじめ》な性格なら、勝ち始めても怠ってはいないはずだ。

「もし久宝さんが、私に謝るとしたら、それはリハビリを怠ったせいじゃないのではないですか。投げ方です。私は久宝さんの球持ちの長さと左足をクロスさせる投げ方が肘に負担がかかっていると言いました。足はしょうがないにしても、もう少し早くボールをリリースするようアドバイスしました」

「そうですね」

遠くからのうねりの音とともに、久宝のぼそぼそした声が聞こえてくる。

「私が見た限り、オープン戦まで新しいフォームで投げていましたが、シーズン最初のゲームで負け投手になると、次のゲームから故障前のフォームに戻しましたね」

「やはり気づいていましたか。僕は善場さんから注意されるのではと、電話をいただくたびにびくびくしてたんです」

「フォームを戻したのは久宝さん的に、新フォームがしっくりこなかったからですね」

「最初の登板で、いいコースに投げても簡単に打たれてしまったので」

足を踏み込んで前に体を移動させてから投げることで、久宝の一四〇キロ前半のストレートを、打者は一五〇キロ近くに感じていた。それでも善場は、久宝の能力なら、左足が地面についた段階で腕を振って投げても抑えられると判断した。

腕を強く振るのは米国的な指導法である。日本の指導者は「苦しくてもできるだけ前で離して、打者に打ちづらい球を投げろ」と教えるが、米国では「腕が思い切り振れる場所でリリースしろ」と教える。

日本は打者が打ちづらいフォーム、米国は投手が投げやすいフォーム——同じ抑えるためでもまるで違う。

久宝も善場のアドバイスに同調し、キャンプから必死に取り組んでいたが、アマチュア時代から続けてきたフォームを三十七歳になって変えるのは無理だったようだ。

「ですけど久宝さんがフォームを戻したのは正解だったと思います。戻したからこそ十勝して、契約延長を勝ち取ったわけですから」

笑顔で言ったが、久宝は頷きさえしなかった。善場の言葉は慰めにも聞こえなかったのではないか。

「久宝さんは自分が野球をできなくなると心配されているのですね」

「佐藤球団代表からは契約延長はしないことになるだろうと言われましたし、球団の費用で手術する気もないようでした」

「そんなことは私がさせませんよ」善場ははっきりと言った。「久宝さんは十勝七敗の成績を出したんです。名誉の負傷ですから体を元通りにしてもらう権利があります。裁判をしてでも手術費は必ず出させます」

「だとしてもリハビリにはまた一年半かかるのですよ。来年投げられない投手なんて、どこのチームも獲らないでしょう」

トミー・ジョン手術は故障前のような投球ができるまで十八カ月かかると言われている。すぐに手術しても復帰は早くて再来年の五月だ。

「それも私がなんとかしますよ」

そう言っても久宝の返事はなかった。また波の音だけが二人の間を通り抜けていく。再び辛いリハビリを乗り越えなくてはならない不安は分かるが、延長のオプションがあるのに久宝がなぜここまで弱気なのか、それが善場には理解できない。

「ところで佐藤球団代表から連絡がないのですが、心当たりはありますか」

「さぁ、僕は戦力外通告された金曜からこっちに来ましたので」

「ジェッツの二軍選手の違法賭博が発覚しましたが、その件で動いているんですかね」

「どうなんでしょうか。僕には分かりません」

首を傾《かし》げたが、善場が見返すと、目を瞬《しばた》かせてから視線を逸らした。

「こういうケースがあると、球団はまず自分の球団にも同様の事案がないか調査します。今はサムライジャパンなどもあって、他チームの選手同士が仲がいいですからね」

「それでもうちは関西ですし、ジェッツの選手とはあまり付き合いはないですよ」

「ブルズには元ジェッツの須黒《すぐろ》選手がいるじゃないですか」

ジェッツで四番を打っていたが、移籍したブルズではほとんど活躍していない。

「久宝さんは須黒さんと仲がいいですか」

「別に仲良くはないですよ」

「若い選手が多いブルズでは二人は数少ないベテランですよね」

須黒は三十九歳で、久宝の二歳上になる。

「話はたまにしますが、須黒さんが仲がいいのは、同じ歳《とし》の喜勢《きせ》さんです」

同じ三十九歳の札幌から移籍してきたベテラン二塁手だ。彼もブルズでは活躍していない。佐藤代表は二人に対して来季の契約は結ばないことを発表している。

「久宝さんはお二人と一緒に遊んだりはしていませんよね」

久宝が立ち止まり、目つきを変えた。

「さっきから善場さんの話を聞いていると、なんだか僕が須黒さんたちと一緒に悪い遊びをしていたか疑っているように聞こえますが」

普段は控えめな性格だが、マウンドに登ると勝ち気になる。それでも今の目つきには、善場がこれまで見たほどの力がない。

「私は久宝さんのことを信じています。それでもなにかあった時に備えるのが代理人の仕事ですので、お気を悪くするかもしれませんが正直に話してください」

信じることは、同時に疑念を拭い去ることから始まると善場は思っている。

「話してくださいと言われても、とくには」

久宝から拒否された。

これ以上この場で訊《き》くことを諦めた善場は、「それなら違う話をしましょうか」と話題を変えた。

「今さらですが、八月のシーホークス戦、四番のパク・ホジュン選手との対決は素晴らしかったですね」

「そうですかね」

ケガをしたゲームとあって思い出したくもないのか、反応は悪かった。

「あの場面でパク選手に投げる球は三つでしたね。久宝さんは内角のシュートを狙われていると感じ、一球目、外角ストレートを投げた。パク選手の見逃し方からシュート待ちは正解でした。ですがこれ以上続けるのは危険だとストレートは選択肢から消えた。残る選択肢はフォークと危険を察したシュートの二つです」

一息入れて先を話そうとしたが、機先を制するように久宝が口を開いた。

「そうですよ。最初はシュートが危ないと思っていました。でも選択肢が二つになったことで、僕は危険なのはシュートではなくフォークだと考えを変え、シュートを投げた。善場さんから三択から二択になったら、選択を変えろとアドバイスされたからです」

少し怒ったような早口だった。

代理人契約した時、勝ち星と同じくらい負けが多かった久宝と配球の話をした。彼は相手の狙い球を読み、逆算して組み立てていく投球をしていた。だが打者が途中で狙い球を変えてくることに悩んでいた。なにかいいアドバイスがないかと考え、善場は聞いた。

——久宝さんは数学は好きですか。

——嫌いじゃなかったですよ。中学までは得意科目でした。高校では野球部の練習がきつくてあまり勉強しなかったですけど。

——それでしたら……。

善場は選択肢を変える理由を説明したのだ。

国立大に入るために受験数学を勉強した善場の説明に、久宝は興味深そうに聞き入っていた。二人でずいぶん盛り上がった。だが今はそのような思い出話に浸る気分ではないようだ。

「その話は今はしたくはありません。しばらく僕のことは放っておいてください」

久宝は身を翻して松林の方向へ戻ってしまった。

5

事務所に戻った善場は電話をかけた。

国際電話時に聞こえる速いトーンの呼び出し音がしたと思えば、突然、耳の奥まで届くほどの強烈な関西弁が聞こえてきた。

〈なんやねん、ゼニバ、抗議やったらお門違いやぞ。俺はアメリカにおるんやからな〉

ワールドシリーズが終わって四日、今朝、大原は帰国したというのに、古見沢はまだニューヨークにいるようだ。声も大きいが、雑音もひどい。

〈グランドセントラルの改札を出たところや。もうすぐ地上やから待っててくれ〉

しばらく間を置き、〈今、外に出たわ〉と言ったが、聞こえてくる喧騒《けんそう》は代わり映えしなかった。

「古見沢さんは無関係ではないでしょう。私の彼女は一般人であるのに、新聞に顔写真と会社を載せたのは古見沢さんですよ」

〈そのことやったらもう何度も謝ったやんか。ノーサイドやろが〉

元ラガーマンだった古見沢は、都合のいい時だけノーサイドという言葉を使う。

「私は預かった金を彼女に委託しています。ですがこの一年で充分な利益を出しています」

〈そやから一昨日の紙面でそれを調べて書いたやないか。うちの若い記者にあんたんとこの選手をちゃんと取材させたんは俺やで〉

「ですけど見出しにはなってなかったです」

〈見出しまで知らんがな。整理部の仕事や〉

「それに私が芸能界の大物と交流があって、そのおかげでスキャンダルを揉み消しているとも書いていました」

〈それを書いたんは夕刊タイムズや〉

「そうでしたっけ」

分かっていて善場は惚けた。「東日の記事には慰謝料を請求させてもらいます。私の要求額は安くないですから、古見沢さんも早く日本に帰ってこいと言われますよ」

〈かまへんがな、こんなしょうもない仕事。はよ帰してや〉

行く前は「俺もアメリカ特派員や」と張り切っていたのに、まるで反対のことを言う。この一年、古見沢の記事を読んだが、日本選手の結果ばかりで、古見沢らしい毒もあるが切れ味のいい記事はなかった。

「そやけど、その遠まわしな言い方、気になるな。俺を訴えない代わりになにか頼み事でもあるんやないのか」

デリカシーはないが、意外に勘はいい。

「頼み事ではありません。交換条件です」

〈交換条件ということは、聞いたらうちの会社は訴えられんで済むんか〉

「そういうことになりますね」

〈受けるかどうかは仕事の内容にもよるな〉

「古見沢さんに決めていただいても結構ですよ」

〈まさか1／3が、途中で1／2になるとかいう選択をさせる気やないやろな。そういうめんどいのは今はごめんやで〉

そういえばこの男にもあの理論を話した。

餞別代わりに受けたインタビューの最後だった。古見沢がテープを止め、取材ノートを閉じて「俺とあんたとの契りの話をしてくれんか」と妙なことを言いだした。

──これを知ったらあんたのことが理解できる。だけど俺は一切書かん。もし漏れたらそん時は縁切れで構わん。

善場は少し考え、自分が交渉で迷った時に使う考え方を教えた。京都の名門私学卒のインテリであるにもかかわらず、古見沢はなかなか理解できず、ボールペンの黒を二本、赤を一本使って説明してやっと納得した。

その瞬間はたいそう感心していたくせに、「契りにしては、ずいぶんしょっぱい話やな」とぼやいて帰った。

「1／3が1／2になるのではない。『3／9』が『6／9』になるのですから、確率は二倍と説明したはずです」

〈分かった、分かった。こっちはただでさえ慣れん英語で頭がややこしなってんのに、そういう難しい話されたら爆発してまうわ〉

「それでしたら引き受けていただけますね。今、日本球界は少しバタバタしています。ご存じですよね」

〈ジェッツの地下ギャンブルの件かいな。あんなんどうでもいい二軍選手やで〉

それでも連日、新聞やテレビで取り上げられている。

「その事件の発端を調べてくれませんか」

〈発端ってカジノが警察に摘発されたからやろ。それでリストが出た〉

「それでしたらその選手だけかどうかは分かりませんよね。なにせ今回の発表は警察ではなくジェッツが自発的に発表したのですから」

〈なんか知らんけど面倒くさそうな話やな。しゃあないからやるけど、そうなるとうちの記者総動員で調べることになる。代わりにこれから書くあんたのネタ、二、三本は目を瞑《つぶ》ってくれよ〉

「それとこれとは別ですよ。今回はそちらがすでに私を怒らせる記事を書いたんですから」

〈相変わらず食えんやっちゃな〉

文句を言いながらも古見沢は引き受けた。

6

前回来た時より房総の海は荒れていた。高波が方々で乱れて立ち、轟音《ごうおん》が響く。季節外れの台風が近づいているらしい。この日はサーフィンをしている者も見当たらず、久宝が来ることもなかった。

タクシーを呼んで駅前に戻った。理学療法士とリハビリしていた頃、善場は久宝にリゾートホテルを用意した。ホテルに確認したところ久宝は今回はそこには宿泊しておらず、世話になったフロントマンに町中の宿泊料の安い旅館を紹介してもらったようだ。

五年で十五億円の総年俸があったが、運用に回した貯金額は、中里や永淵よりも少なかった。

五人兄弟の長男である彼は両親のために徳島の実家を建て替え、歳の離れた下の弟と妹の大学費用、留学費用も出している。

野球選手でなくなる先のことを考えれば、高いホテルに泊まるのは気が咎《とが》めたのだろう。それでも普通の人生を送れる充分な収入を得ているが、それに満足できるのは久宝がプロ野球選手として未練を断ち切った時だ。

コーチになってくれれば将来も面倒を見る——そう言われてもコーチ就任を断り、トライアウトを受けてまで現役に固執する選手はいる。

中には年俸が十分の一、二十分の一になるが、また活躍して旧年俸以上の報酬を取り戻す成功者もいる。

ただしそうした挑戦ができるのは体が健康な選手に限る。

通算五度目の手術が必要な上、来年は投げられない久宝は、十分の一の年俸でも受け入れてくれる球団はないだろう。

久宝が宿泊していると聞いた旅館に行くと番頭が、朝に出ていったきり帰ってきていないと答えた。

「このへんでは喫茶店かパチンコくらいしか時間潰しはできませんよ」

そう言われたので喫茶店に行くが姿はなかった。看板が錆《さ》びついたパチンコ屋で発見した。タバコが煙る奥の台で、久宝は無表情でハンドルを回していた。

久宝が善場に気づいた。目を背けて立ち上がり、逆側から出ようとする。善場は人の間を縫って走り、久宝の右腕を捕まえた。久宝が体を引き、顔を顰めた。

「すみません、右肘でしたね」

すぐ手を離した。

「いえ、大丈夫です」

久宝はそう言いながらも掴まれた右肘を擦《さす》っていた。

「きょうは久宝さんとの代理人契約をどうするか、話し合うためにやってきました」

駅前の喫茶店の奥に座ると、善場はバッグからクリアファイルを取り出した。一番上には「解約書」と書いてある。

「解約書ということは、善場さんは僕の代理人をやめたいということですか」

「久宝さんが代理人を必要としていないのであれば、私がいる必要はありません」

「善場さんがいなくなってしまうと、球団から起こされる裁判はどうなるんですか」

パチンコ屋にいた時よりさらに顔色が暗くなっていく。

「それは私に対する訴えですから、私がすべて対処します。もっともブルズの佐藤代表が訴えたとスポーツ紙に出てから一週間経ちますが、いまだ訴状は届いてませんが」

その事情を久宝は知っているのかと思った。だが自分から裁判に触れたくらいだから、新聞で読んだだけで詳しくは聞いていないのか。

ブリーフケースから異なるファイルを出した。

「こちらが預かっていた資金の運用実績です。ここ一カ月低調ですが、預かった時より二割五分近い利益は出ておりますので、解約する場合はいつでもおっしゃってください。うちの場合、投資信託のような期間外の解約手数料は必要ありませんので」

久宝は茫然《ぼうぜん》と資料を見ている。

「それと、再起に向けて手術を希望でしたら、その手立てもいたしますよ」

「でも手術したところで、獲ってくれるチームがなければ意味はないですし……」

「念のためにお聞きしますが、久宝さんはまだ現役に未練はおありですか」

善場の質問に「当然です」と返してきた。強い言葉だったが、また黙ってしまった。

「なにか不安でもあるんですか」

「ですから肘が……」

「リハビリすればまた投げられます。私が聞いているのは他のことです」

「他って、それなら別に何もないですけど」

答えながらも声の音量は下がっていく。

「でしたらブルズに再契約を求めますか。自動的に二年延長になるオプション契約を結んでいるんです。金額は再交渉になるため多少の減額にはなりますが、ブルズには久宝さんと契約延長する義務があります」

「それは分かってますが」

「ただしそのためには、しっかりした代理人が必要だと思いますが」

「えっ」と声を出した。久宝にとって必要ないからではなく、善場の方が代理人をやめたがっていると伝わったのではないか。善場は久宝には目もくれずに解約書をクリアファイルから取り出した。

だが少し時間を置いてから「私はなにもやらないとは言っていませんよ。続けるには条件があると申したいだけです」と言い直した。

「どんな条件ですか」

「久宝さん、私の目を見てください」

「見てますよ」

「見てません。瞳に私しか映らないほどしっかり見てください」

久宝に目力が入ったのを確認してから先を続けた。

「私は久宝さんと最初に代理人契約を結んだ時、選手と代理人というのは契約ではなく、信頼で結びつくのだと言いました。一つでも私に隠し事があれば私たちの関係は成立しません」

「もちろん善場さんを信頼しています」

「でしたらもう一度ここで確認させてください。久宝さん、私に隠し事はありませんね」

「……ありません」

間を置いてからそう言った。視線の威力はすでに失《う》せている。

「ちゃんと見てください」語気を強め「では伝えなくてはならないことはどうですか。それもありませんか」とたたみかける。

「ありません……」

目は見ていたが、声は途絶えていくかのようにか弱かった。

「どうやら私たちには時間が必要なようです。ここで解約書にサインしてもらうつもりでしたが、こんな短い時間の話し合いで解約するのは少し急ぎすぎでしたね」

善場は解約書のみ破った。紙が引きちぎられる音がした。それを久宝は固まって見ている。

「久宝さんも私を本当に必要かよく考えてください。また出直してきます」

書類をブリーフケースにしまい、伝票を持って席を立った。そこで声がした。

「すみません、善場さん、言うなと言われてたけど全部話します。だから待ってください」

久宝がようやく自分の意思で瞳を善場に向けた。

7

ブルズの球団事務所に善場はスーツ姿で向かった。黒の靴は前日に念入りに磨いた。

〈ゼニバが交渉で勝負に出る時は、天井のライトが映るほど靴を磨いて臨む〉

古見沢が以前、そう書いたおかげで、交渉相手は会うと真っ先に善場の靴を見る。事務所の会議室で待っていたブルズの佐藤球団代表もそうだった。

「わざわざ遠くまでお越しいただきありがとうございます」

そう言いながら足元に視線を落とした。外資系コンサルティング会社の元役員で、ブルズのオーナーからヘッドハンティングされた佐藤は頭が切れる。善場がなぜ面会を申し込んできたか、想定してからここに来ているはずだ。

「代表からいつ訴状が届くのか、私はずっと待っていたんですよ」

席に着くや善場から口火を切った。〈善場氏を訴えた〉という記事が出てからすでに十日が経過している。

「あれは記者の誘導尋問にあやふやに答えていたら、彼らがフライングしたんですよ」

記者がそう書くように匂わせたくせに、佐藤はわざとらしく眉根を寄せた。

「それでしたら電話くらいしてくれても良いのではないですか。私もあんな記事が出たら不安になります」

「善場さんはあの程度の記事、一顧だにされないでしょう。私の方が逆告訴されるんじゃないかとひやひやしてましたから」

お互いが腹の中の探り合いだ。善場も笑みを浮かべて付き合っていたが、もう充分だろうと本題に入ることにした。

「佐藤さんが私に連絡しなかったのは、先週、ジェッツが二軍選手のカジノ通いを発表したからですよね」

その話題のせいで新聞での善場の記事も半分になった。

「まっ、そうですね。あのような事件があると、野球界は反社会的勢力と付き合わないと十二球団が一致して宣言しないことには、ファンも離れてしまいます。先週は忙しくて、久宝選手の件は後回しになってしまいました」

「ブルズの選手は白か黒か判明したのですか」

「あれはジェッツの話ですよ」

「それは違うでしょう。ブルズの選手は黒だったと判明したのではないですか。正確に言うなら、知ったのはジェッツの選手より先ですよね。ブルズ内で同様の問題が起きていた。しかもジェッツのような二軍選手ではなく大物選手です。代表はそれが表沙汰になる前に、選手を切ろうとした。その矢先にジェッツが突然、発表したものだから、少し慌てられたのではないですか」

「なにを言ってらっしゃるのか、善場さんのご説明はまったく理解不能ですね」

さすがオーナーの懐刀だ。これくらいでは動じない。

「久宝さんがすべて話してくれたんですよ。去年のオフ、先輩の須黒さんと喜勢さんに連れられて、不法カジノに一度だけ行ったことがあると」

「へえ、そうなんですか」佐藤にはまだ余裕があった。「須黒や喜勢はもう引退を発表したので分かりませんが、久宝もそうならますます契約延長は受け付けられませんね」

内心は慌てているはずだが、まだ口は滑らかだ。

「久宝さんは金は賭けてないと言っていました。須黒さんと喜勢さんに連れていかれたけれど、まずいと感じて十五分で出たそうです」

「行った人間はみんな『行ったけど賭けていない』と同じことを言います。善場さんはそんな言い訳、信じているのですか」

「もちろんです。私は彼の代理人ですから」

「信頼関係とおっしゃりたいのですね、なるほど」佐藤は半笑いしていた。

久宝からは佐藤代表にもそう説明したと聞いた。しかし佐藤からは「行った時点で問題がある。きみだけ許せば、マスコミに知られた時、きみだけが責められるぞ」と引退しかないと迫ってきたそうだ。

佐藤は誰にも話すなと命じたが、久宝が善場に話すのは想定していたはずだ。そこで新聞記者に善場を訴えたと書かせた。リハビリ失敗の責任を求めない。カジノに行ったことも公表しない。その代わりに契約延長をしないことで、折り合う腹積もりだったのだろう。

「一見して怪しい店だったそうですから、久宝さんは店内に入る前に帰るべきでした。私は常日頃から契約する選手に、法律を順守するよう厳しく言っていますから、本来なら私との契約も切れていていい問題です。私は契約する選手には、たとえ直接法律で罰せられなくとも、してはいけない条件がありますと契約前に必ず話していますからね」

「そうですよ。善場さんは代理人をやめるべきです」

自分のペースに持ち込んだと思ったのか、佐藤の表情からは笑みが絶えない。

「ですが、代理人を続けるのは、今回の原因の一部が私にあるからです。久宝さんが須黒さんに誘われた理由は、私がモンティホール問題を教えたからなんです」

「なんですか、その問題って」

元コンサルティング会社役員でもその言葉は初耳だったようだ。

「シーズン中、ブルズでは須黒選手、喜勢選手を中心に賭けマージャンが常習化しているみたいですね。たまたま久宝さんが見学していて、先輩の須黒さんが捨て牌《はい》をどれにしたらいいか、後ろで見ていた久宝さんに目で尋ねたそうです」

「麻雀とさっきの理論がどう関係あるんですか？　話を逸らさないでくださいよ」

賭け麻雀の常習化は佐藤が触れられたくない事案のはずだ。彼は急《せ》かしてきた。

「私は久宝さんが不法カジノに行ったことをマスコミに明かすつもりでいます。もちろん賭けていないと言いますが」

「そんなのマスコミは信じませんよ」

「警察の捜査が入っているなら証言もあるでしょうから、疑惑は必ず晴れます。ただしブルズがそのことを理由にオプションを行使させないとなると、久宝さんの名誉を守るためにも、彼がなぜカジノに連れていかれたのか、その原因も話さなくてはなりません」

「まさかその原因に……」

「佐藤さんが思われた通りです。ブルズ内で行われていた賭け麻雀、須黒や喜勢だけでなく、若手のレギュラー選手もずいぶん参加していたようですね」

佐藤は静かに聞いていた。それまでの強気な顔ではなくなっていた。

8

「これはモンティ・ホールという人が司会をしていたアメリカのゲームショー番組の話です。その番組では、閉まっているドアが三つあり、一つには正解の車が、二つには外れの山羊《やぎ》が入っていました。解答者は最初にドアを一つ選びます。そこでモンティ・ホール氏が、残り二つのドアの一つを開けると外れです。これで残りは二択になりますが、ここでモンティ・ホール氏は『選んだドアを変えてもいいですよ』と解答者に問いかけます。さて佐藤さんならどうします。最初に決めたドアでいきますか、それとも変更しますか」

善場が賭け麻雀をマスコミに話すと暗に示唆したことで慌てた佐藤は、頭を整理したかったのだろう。「さっきの問題とやらを詳しく話してくれませんか」と頼んできたため、今は丁寧に説明している。

「私なら変更します」佐藤は答えた。

「どうしてですか」

「最初に選んだのは三択で考えたってことですよね。でも一つ開けて外れと教えてくれたってことは二択になります。1／3の確率と1／2の確率で同じ選び方をするのは、ロジカルではありません」

すらすらと答えた。さすがオーナーにヘッドハンティングされた男だけある。合理的に判断を変えたと褒めたいところだが、彼はこの問題のファンダメンタルを理解していない。

「変更するのは正解ですが、今の説明では変更する論拠にはなっていません。そもそも1／3が1／2になるのではありません。サバントという作家はこの問題についてこう解答しています。『正解はもう一つのドアに変更すること。そうすれば当たる確率は二倍になる』と」

「どうして二倍なのですか」

佐藤が納得しなかったので、善場は持っていたボールペンと携帯電話、そして佐藤から携帯電話を拝借し、机の左から「ペン」「善場の携帯」「佐藤の携帯」と順々に並べた。

「このペンが正解で、二つの携帯電話は外れと思ってください。最初は外れのドアを開いた後もすべて選択を変えないことにします。一回目、佐藤さんは正解のペンを選んだ。私は隣の携帯を外れだと見せた」そう言いながら自分の携帯をひっくり返す。

「佐藤さんは選択を変えないわけだから、ペンで正解です」

「そうなりますね」

佐藤は頷いた。

「二回目、佐藤さんが真ん中の私の携帯を選んだ場合です。私は右の佐藤さんの携帯を外れだと見せる」佐藤の携帯電話を返す。「佐藤さんは変えないわけだから今回は不正解です。三回目、今度、佐藤さんは右の自分の携帯を選んだ。私は真ん中の携帯を見せる。今度も変えないから不正解です。つまり変更しない場合の正解率は1／3、正解のボールペンを左に置くか真ん中に置くか右に置くか、三通りあるわけですから、三×三で九パターン。それぞれ一つずつ正解ですから正解率は……」

「3／9ですね」

佐藤はすぐに答えた。

「その通りです。では今度はサバントという作家が言ったようにすべて変更するとしてやってみます」

左からペン、二つの携帯という同じ順に置いたまま説明した。

「一度目、佐藤さんはペンを選んだ。私は自分の携帯を外れだと見せた。佐藤さんは選んだペンから変更して自分の携帯に選び直すわけだから不正解になります。二度目、佐藤さんは真ん中の私の携帯を選んだ。私は右側の佐藤さんの携帯を外れだと見せた。佐藤さんはペンに変更しますから今度は正解になります」

最初は上の空だった佐藤が、真剣に善場の手つきに見入っている。

「では三度目、佐藤さんは自分の携帯を選んだ。私が自分の携帯を外れだと見せる。佐藤さんはペンに変更する。また正解です」

佐藤は小さく頷いた。

「これも置き順が三通りあるわけだから、正解率は？」

「6／9、つまりその作家さんが言った通り、変えないより変えた方が確率が倍になりました」

「はい」善場は返事をした。「これは私が交渉で困った時に使っている戦略なので、けっして口外しないでください。できれば忘れていただけるとありがたいです」

人差し指を口に添えた。そうはいっても、佐藤の脳にはしっかりとインプットされただろう。

「この確率論は久宝選手と代理人契約した時に私が配球論の参考にとアドバイスしたことです。ピッチャーは三択で悩むことが多いのです。『真っすぐ』『スライダー』『シュート』のこともあれば、『速いストレート』『遅いカーブ』『半速球のフォーク』

の場合もある。『内角速球』『外角速球』それとも『変化球を低め』という三択もあります。そういう時、三択が二択になったら、最初に決めた選択を変えた方が確率論は高まると伝えました。久宝さんは元から頭脳派投手ですが、この法則を活《い》かし、ますます打者との駆け引きに勝てるようになったと言っていました」

確率が上がるだけで、変えたことがすべて正解とは限らない。しかし絶対的な根拠があるなら初志貫徹でいいが、野球というスポーツは投手と打者双方に考える間があり、打者が待ち球を変えることも多々ある。待ち球を変えたかどうか判別がつかないのであれば、数学に則《のっと》って確率を上げるのも手である。

——仲間の麻雀を後ろで見てると、須黒さんが僕をチラチラ見て、どの牌を捨てたらいいか目で聞いてくるんです。僕は善場さんから教わったモンティホールの法則を思い出して、それに沿って教えました。たとえば萬子《マンズ》、索子《ソーズ》、筒子《ピンズ》でそれぞれ危険牌があったとします。どれを切ればいいか目で窺《うかが》ってくる須黒さんに、僕は萬子がいいと合図をします。ところが須黒さんのツモ牌までに、誰かが索子を捨てて、それが安全牌になったとします。そういう時、僕は須黒さんに萬子から筒子に捨て牌を変えさせました。

須黒はチームのボスなので、久宝が教えていても怒る選手はいなかった。

麻雀の場合、須黒が相手の捨て牌より先に切る牌を明かしたわけではないので、モンティホール問題とは少し異なるが、結果的に須黒が振り込むことはほとんどなくなったそうだ。須黒は、久宝を人の心が読めるメンタリストだと持て囃《はや》した。

久宝は彼らが金を賭けているのは知っていたが、高額でもないし、選手内で楽しんでいるだけだと気にしなかった。ギャンブル好きの久宝自身、善場が代理人になるまでは仲間内で賭け麻雀や賭けトランプを楽しんでいた。

だが須黒の誘いは麻雀だけでは済まなかった。

——去年の十月、消化試合での東京遠征で、須黒さんと喜勢さんに西麻布に飲みに行こうと誘われたんです。そこは出入口が二重扉で厳重にロックされていて、いかにも怪しげな店でした。中ではバカラやルーレットをしていて、二人は現金をコインに両替しました。「ここ、飲み屋じゃないでしょう」と須黒さんに言ったら、「負けが込んでるから取り返すのに一回だけ手伝ってくれ」と頼まれました。

——それで久宝さんはどうしたんですか。

尋ねると、久宝は少し答えるのを悩んでいたが、声を落として吐露した。

——すぐに帰れば、通報すると店の人間に疑われそうだと危険を感じたんです。それでカジノには参加せずに十五分くらい端でビールを飲んでいました。その間に須黒さんと喜勢さんはゲームを始めていて、須黒さんから何度もこっちに来いと呼ばれましたが、体調が悪くなったと僕は帰りました。

軽率だったと反省していた。いや、店に入ったことより、善場から教えられた理論を遊びに使ったことを「僕は善場さんを裏切ったも同然です」と謝罪した。

――それでしたら、私の責任もありますね。

善場は言った。本来は代理人が口出しすべきではないマウンドでの投球術まで話したのだ。知らなければ、久宝が須黒に指南することもなかった。

――なに言ってるんですか。善場さんは僕に野球で活かせと教えてくれました。結果的に配球で困らなくなりましたし。

――そうですね。もう教えてしまったのですから、今さら言っても仕方がないですね。でしたら……。

善場はこれまで誰にも話したことのなかったもう一つのモンティホールの使い方を明かした。

――久宝さん、この法則は正解の確率を上げるだけではありません。相手がこの理論を理解している場合なら、自分の正解に相手を導くことも可能なのです。

――どういうことですか。

――先ほど私がしたことがそうです。私は「久宝さんがすべて話す」と「なにも話さない」と、そして「私が代理人をやめる」という三つの選択肢を用意しました。久宝さんの選択はおそらく「なにも話さない」でしたが、途中で私が三つ目の選択肢

「代理人をやめる」を保留にしました。すると久宝さんの選択が「すべて話す」に変わりました。

――意識はしていなかったですけど、確かに善場さんが解約書を破ったことにびっくりして、あそこで話す気になった気がします。

――少しわざとらしいかなとは思ったんですけどね。

――そんなことまで出来るんですね。さすが善場さんだ。

久宝は少しだけ微笑んだ。肘痛を再発して以来、善場に見せた初めての笑みだった。

9

「佐藤代表、話は逸れてしまいましたが、ここからは久宝選手の今後について話し合いをいたしませんか」

善場はボールペンを内ポケットに挿し込み、自分の携帯電話を戻しながら切り出した。

「今回、私は三つの選択肢を用意してきました。その中で合意できればいいなと思っています。もちろん選ぶのは佐藤代表ですが」

「私に決めさせていただけるのですか」

佐藤は戸惑った顔でそう言う。

「いえ、合意ですから、私の考えと一致した場合のみです。合わなければ争うことになります。でも同じであれば、それは双方に幸せな結果をもたらしますから」

善場はテーブルに置きっぱなしになっていた佐藤の携帯電話も手に取って返した。

「一つ目は二年延長のオプション行使です。今年三度目の二桁勝利をマークしたわけですから、年俸はこれまで通り三億円いただきます」

「それはずいぶん虫がいい話ですね。善場さんが久宝投手の肘を壊しておきながら」

「私の理学療法士でなければ久宝選手は一勝もできず、ブルズの勝ち星は相当減ったと思いますよ」

そう言い返してから先を続ける。

「二つ目は二年延長のオプションは行使しますが、減額は制限限度額の二十五パーセントまで呑《の》みます。ただし私の責任で必ず久宝選手は復活させますから、再来年、二桁勝利した折は、また契約延長をお願いします」

「減俸制限が二十五パーセントまでと決まっているのは一億円以下の選手で、それより上は無制限です。そのご提案はちょっと甘すぎやしませんか」

二つ目の選択肢も佐藤は拒否の姿勢を示した。

「最後の選択肢は、延長しない、です」

まさか善場からそう言われるとは思いもしなかったのだろう。それこそ佐藤が希望していたことではあるのに、彼は黙った。頭の中で善場の思考を読んでいる。

「ただし、どの選択であっても、久宝選手が昨年、警察が摘発した地下賭博に行ったことは言いますが」

善場はそう付け加えた。

「須黒たちのことも話すのですか」

眉間に皺を寄せて聞いてくる。

「名前は言いません。ですがマスコミは調べるでしょうから、いずれ漏れるでしょうね」

その渋い顔のまま佐藤はしばらく考えていた。

「それでは佐藤さん、選んでください。たとえ合意しなくても契約権は球団側にあるんですから、私のことは気にせずにどうぞ」

「そう言いながら延長を拒否すれば、善場さんは契約の不履行だと訴える気なんでしょ」

「その可能性はありますが、そちらにも私のリハビリが失敗したとの言い分があるわけですから裁判で戦えばいいだけではないですか」

「まあ、そうですね。そちらがそのような理不尽な要求ばかり出してくるのでしたら、私の希望は……」

話している途中で善場は口を挿《はさ》んだ。

「でしたらヒントを差しあげます。私の中には一番目の選択肢はありません。来年投げられない投手が三億も貰うと、ファンにも不満を持たれ、久宝選手のリハビリに支障をきたすでしょうからね」

久宝には焦ることなくリハビリに専念できる環境を用意してあげたい。

佐藤がもう一度、善場の靴を見た。そしてしばらく思案した末に口を開いた。

「分かりました。二番目の二十五パーセント減でお願いします」

選択を変えたようだ。

「十勝したら契約延長というのもお忘れなく」

「ただし今度の契約延長は一年ですよ。彼はその時は四十歳ですから」

「承知しました。それではこれで契約延長は決定ですね。あっ、もう一つ。今回もリハビリは私の方でやらせてもらいます」

「どうせ最初からそのつもりだったんでしょ。なんだかすべてあなたに乗せられたようで愉快ではありませんが」

佐藤は口を窄《すぼ》めた。

これで久宝は来季も現役でいられることになった。それは代理人として当然すべき仕事であり、頭の中では、どうリハビリをすれば久宝が故障しないで選手を長く続けられるか、そのことにすでに思考は移っていた。

第三話

鼓動の悲鳴

1

そろそろ眠ろうと尾山博《おやまひろし》がテレビを消したところで、個室のドアが開いた。

「尾山さん、寮長の点呼です。今すぐ降りてくるように言ってます」

同じルーキーである高卒選手が眉を八の字に下げて困っていた。

すると隣の部屋から選手が出てきて「あんなヤツ、放っておけ」と言った。

同じルーキーの善場圭一だった。

新人七人のうちドラフト六巡目の尾山と五巡目の善場、それともう一人、ドラフト一巡目の三人が大学出で同じ歳になる。

「でも南沢《みなみさわ》さんからは、抜き打ち点呼があったら必ず呼びに来いって言われてますし……」

年下選手は焦っていた。尾山は「俺が呼んでくるから時間を稼いどいてくれ」と言った。

階段を走って降り、スニーカーに足を突っ込んで寮の外に出る。

河川敷方向に走るとラブホテルのネオンが灯っていた。着ていたジャージでセネターズの選手と分かったのか、受付女性が「南沢くんなら202よ」と教えてくれた。

ドアを叩くと、腰にバスタオルを巻いた南沢が「なんだよ」と顔を顰めて出てきた。開幕戦から「六番・サード」で試合に出ている大学時代から有名なスラッガーだ。

「南沢、抜き打ち検査が入ったぞ」

「またかよ。あのくそじじい」

南沢は床に落ちていたトランクスとジャージを穿《は》き、Tシャツを被った。全裸でベッドから起き上がっていた女性に「あなたたちも大変ね」と同情された。南沢が一軍遠征中に引っかけたという名古屋のホステスで、南沢は昨日もこのラブホテルに彼女を泊め、夜の点呼後に出ていった。

二人で寮に戻ると、二十人ほどの選手が食堂に集合し、真ん中にノックバットを持った短髪の男が背筋を伸ばして立っていた。

「遅くなりました」

先に尾山が声を出し、整列していた中に並んだ。

「どこ行ってた」

円城寺《えんじょうじ》寮長は白くて長い眉を向けた。尾山は慄《おのの》きそうになったが、南沢は「室内練習場で尾山相手に打撃練習をしていました」と平然と嘘をついた。

「夜中の零時過ぎまで夜間練習か。さすがドラフト一位は心がけが違うな」

円城寺寮長はそう言うと突然、南沢の前で片膝をつき、「だけど、おまえは膝が甘いからプロの球が打てないんだよ」と彼の右膝を鷲摑《わしづか》みにした。

「痛っ」

南沢は顔を顰めて避けた。円城寺は手を移動させて、今度は左膝を握る。南沢は左側の膝も激しく痛がった。

「南沢、ズボンを下ろせ」

円城寺が命じると、南沢はジャージの下を太腿《ふともも》まで下げた。

「もっと下までだ」

両膝の頭は、皮がずる剝《む》けになって赤くなっていた。その膝をバットで擦りつける。

「女の上で腕立て伏せをしてましたと言うんじゃないだろうな。そんなに腕立てが好きならいくらでもやらしてやる。今からここで二十回やれ」

南沢は顔を真っ赤にした。

「明日から外出禁止とする。新人の仕事は、全部おまえがやれ」

普段から南沢にいいように使われている年下選手は噴き出しそうになるのを必死に堪《こら》えていた。

尾山も我慢したが、隣で善場だけは声に出して笑っていた。

2

東京セネターズの二軍打撃コーチ、南沢大介《だいすけ》から善場が呼び出されたのは、間もなくチームとしての拘束期間が終了する十一月も終わりのことだった。

南沢はプロ入りの同期であるが、善場は一年で引退したため、二人で話すのは十三年ぶりになる。

「七月に山本《やまもと》が自殺した時、寮長による暴力が原因ではないかという噂が出ていたのは事実なんだ。だけど今頃になって週刊誌に出るとは、俺もびっくりしたよ」

秋季キャンプに参加できない若手や育成選手の掛け声が反響する埼玉県の二軍練習場で、南沢は額に手を当てて話してきた。

その週刊誌は善場も読んだ。今年七月、セネターズに入って二年目、十九歳の山本良太郎《りょうたろう》という左腕投手が自殺した。当初はケガで投げられないことが動機とされたが、今週号の週刊誌には円城寺寮長による暴力が原因と書いてあり、「訴えることも考えている」との父親のコメントも載っていた。

「善場に円城寺寮長を助けてもらいたいんだ」

南沢は電話で言ったことを改めて口にした。普段なら、この手の依頼はプロ野球選手の代理人である自分の仕事ではないと断る。だが頼んできたのが同期入団の南沢であること、そして円城寺寮長は、善場がたった一年しか経験していないプロ野球界で唯一の恩人と言える人だ。円城寺がいなければ善場は代理人にもなっていなかった。

「もう少し事件について聞いてから決めさせてくれ」

「俺も今年まで選手だったので、詳しくは分かっていないんだが」

南沢はそう言ってから、概要を説明した。

山本はドラフト五巡目でセネターズに入団し、一年目の昨年八月に一軍初登板を果たした。同じ五巡目指名の善場も一年目から一軍で投げたが、山本は高卒なので異例の早期デビューといえる。

一年目は一試合だったが、二年目の今年は、キャンプから一軍メンバーに入り、オープン戦で二試合登板した。

だがオープン戦で結果を出せずに二軍落ちとなった。その後は肩や肘の故障を訴えて、練習もさぼりがちだったらしい。その姿が目に余り、七月に円城寺から寮長室で体罰を食らった。そのまま山本は実家に帰り、翌朝に命を絶ったそうだ。

「遺書はあったのか」

「ご迷惑をおかけします、とだけ書いてあったそうだ」

「寮長のことは書いてなかったのか。だとしたら他に理由があるんじゃないのか」

「俺もそう思ってたけど、週刊誌の取材を受けた寮長が、私の責任だと認めたみたいだ。そうなると球団も守ることができず、寮長は謹慎処分となった」

本人が認めているならどうしようもない。親が球団に損害賠償を請求すれば、球団は敗訴。円城寺は解雇され、自殺との因果関係が裁判で認められれば逮捕だってありうる。

「寮長は最近でも選手に手を出していたのか」

善場が在籍していた時に選手に手を上げたのは一度だけだ。

「最近は見てないから俺も意外だった。だからこそ寮長室に呼んだとも考えられる」

「引き受けたところで俺ではなにもできないかもしれないぞ」

「それでも俺は善場に調べてほしいんだ。俺には寮長が山本を殺したとは思えない。だいたい殴られたくらいで、プロ野球に入った選手が死ぬとは思えないだろ」

その言い分は法廷では通用しないが、南沢が言うように、それだけが自殺の原因になったとは思いにくい。

「俺がこうして二軍コーチになれたのも寮長のおかげだ。自分の才能に自惚《うぬぼ》れていた俺はプロ野球を舐めていた。寮長が円城寺さんでなければ、とっくの昔にクビになっていた」

いつもノックバットを持っている円城寺を、善場も最初は時代おくれの指導者に感じた。次第にこの人がなぜ長く寮長を任されているのか、理由が分かってきた。

円城寺が怒るのは、プロ野球選手になれた才能を無駄にしてしまう選手に対してだった。だから自己管理の甘い選手には、突然、夜中に集合をかけて外出禁止令を出したりする。

円城寺が厳しく教えていくことで、それほど補強に金をかけないのに、セネターズには野球に真剣に向き合う選手が多く、毎年好成績を残すと言われている。

「それに寮長は選手のケガや欠点を見る目もあった。恥ずかしい話だが、入団一年目の俺が連日、女とホテルにしけこんでいたことがあっただろ。覚えているか？」

「当たり前だ。寮長の読み通り、南沢の膝は皮が剝《む》けていたんだからな」

晴れてプロ入りしたというのに、この男はどれだけセックスに夢中になっているのだと、善場は一人だけ大笑いした。

「だけど寮長は、女遊びをみんなに知らせるためだけに俺の膝を触ったわけじゃない」

「どういうことだよ」

「スイングの時に時々右膝に痛みがあったのに、俺は試合で打てないのはプロの球に慣れていないだけだと放置していた。寮長に強く握られた後、俺は寮長室に呼ばれて病院で検査するように言われたんだ」

うっすらと記憶が戻った。あの後南沢は二軍落ちし、しばらく戻ってこなかった。もっとも当時の善場は、毎日のように一軍で投げていたため、他を気にする余裕もなかったが。

「ところで山本の担当スカウトって誰なんだ」

「尾山博だよ」

「尾山ってスカウトになっていたのか」

善場より一つ後の六巡目で指名された左腕投手だ。同じ大卒だったが、善場や南沢のように即戦力扱いではなく、五年ほど二軍にいて、二十代後半になって一軍に昇格した。プロ初先発で初勝利を挙げたが、その一試合で肩を痛め、名前は聞かなくなった。

「尾山は三十歳で引退して、四年間打撃投手をやってから、三年前からスカウトになった。一年目は担当した選手は誰も指名されず、二年目にようやく指名されたのが山本良太郎だ」

山本はドラフト五巡目だから、尾山が必死に訴えて指名してもらえたのだろう。それが一年目で一軍デビューを果たしたのだから、尾山の見る目に狂いはなかったということだ。

「尾山はおとなしい男だったが、いつも必死に練習していた。俺に尾山のような真面目さがあれば、もう少し試合に出られたな」

反省を込めて言うが、レギュラーを外された後の南沢は、バットを短く持ったフォームに変更し、苦手の守備も鍛えて内外野を守れるオールラウンドプレーヤーになった。現役晩年は代打でも活躍した。それらにも円城寺のアドバイスがあったのだろう。

「その尾山はなんて言ってるんだ」

担当スカウトは選手が入団した後も練習を覗いたり、相談に乗ったりする。最初に獲った選手ならいっそう気にかけるものだ。

「それが山本が自殺してからずっと落ち込んでいて、週刊誌が出た後は仕事も休んでいるみたいだ」

尾山は責任感も強かった。夜間点呼の時も、南沢から呼びに来るよう命じられたのは高校出の選手だったが、尾山はそれでは年下選手が円城寺に怒られると、自ら買って出た。

自分が担当していた選手が死んだばかりか、そのせいでおそらく尾山も世話になった寮長が訴えられるかもしれないのだ。

長身でひょろっとした尾山が思い詰めている姿が、脳裏に浮かんだ。

3

翌日、善場はセネターズの二軍練習場に向かった。

木枯らしが吹くこの季節、ただでさえセネターズのグラウンドは河川敷で風が強いため、ほとんどの選手は室内練習場を使い、外に出る選手はわずかしかいないはずだ。堤防になっている丘を登り、グラウンドを囲む金網に向かって砂利《じゃり》を踏みしめながら降りていく。外のベンチに円城寺の後ろ姿が見えた。

体はけっして大きくはないが、姿勢がいいので屈強に感じる。円城寺はトレーニングコーチとしてセネターズに来る前は、五輪の選考レースにも出場したことがある陸上四百メートルの選手だった。

円城寺は善場が歩いてくる気配を感じ取った。十三年ぶりの再会になるが、しばらく善場の姿を見続けて、誰もいないグラウンドに視線を戻した。

「大変ご無沙汰しております」

善場は挨拶して隣に座った。現役の頃はこんなに気安く話しかけることもできなかった。

「よくここが分かったな」

渋くてよく通る声も昔のままだ。

「日課は、そう簡単には変えられませんよ」

現役の頃、毎朝グラウンドを走っていた善場は、必ずここで円城寺を見た。寮長になった円城寺はコーチではないため、グラウンドにも入らないし、指導もしない。河川敷のコースをランニングし、体操して、あとはグラウンド外のベンチに座っているだけだ。

選手たちは監視されていると嫌がっていたが、善場はわざと円城寺の近くを通って寮に戻った。

「今はどちらに住まれているのですか」

トレーニングコーチ時代から四十年間、寮住まいだが、謹慎となったことでこっそりと出ていったと南沢からは聞いている。

「近くにアパートを借りた。七十の独り者に貸してくれる物件はなくて苦労したけどな」

「球団は手伝ってくれなかったんですか」

「こっちも頼まんし、頼んだって迷惑をかけるだけだ」

「そんなことないでしょ。寮長は球団の功労者なのに」

自分にも他人にも厳しい人だったからこそ、トレーニングコーチをやめた後も、球団は寮長を任せたのだ。プロ野球には時には手が付けられない荒れた若者が入ってくる。そういう選手を真っ向から叱れる教育係というのはなかなか見つからないものだ。

「善場も球団に頼まれたわけではないんだろ」

「南沢から調べてくれと言われただけです。裁判になったら、球団が違う弁護士を雇うことになります。僕は球団にとっては敵みたいな存在ですから」

　善場のクライアントに中里というセネターズのエースがいる。セネターズとは二年前に総額九億円の四年契約を結んだが、契約二年目の今季、中里が十三勝をマークしたことで、善場はその契約を一旦、破棄したいと球団に通告した。どれだけの高い要求を突き付けられるのか、今頃球団は戦々恐々としているのではないか。

「南沢が心配していましたよ。彼は今のセネターズには寮長は必要だと本気で思っています。あいつ自身、寮長がいなければコーチにもなれなかったでしょうし」

「なにが俺のおかげだ。ホームラン王にもなれた才能を潰しやがって」

　吐き捨てるように言った。

「南沢をコーチに推薦したのは寮長でしょ。南沢は球団代表に『南沢は自分の失敗を教えればいいだけだから、きっといいコーチになれると、ある人から推薦された』と言われたそうです。そんな話をするとしたら寮長しか考えられません」

「俺は関係ない」

表情も変えずに否定した。昔からこの人は、自分がしたことを自慢する人ではなかった。

「ところで山本選手を平手打ちしたのは本当ですか。週刊誌に、顔が腫れていたという父親の証言が出ていましたが」

「向こうがそう言ってるのならその通りだろ」

「寮長は簡単に殴ったりはしなかったじゃないですか」

善場が見たのは一度だけだ。肘を手術したのにリハビリに行かずにさぼっていた選手に、「球団に高い手術代を払ってもらったのが分からんのか」とビンタした。

その選手はその後、気持ちを入れ替えてリハビリしたが、シーズン末に解雇を言い渡された。それがなぜか解雇は撤回された。後になって円城寺が、「私の監督責任です。今度はしっかり指導するので再度チャンスをあげてください」と球団に頼んだとの噂を聞いた。

グラウンドに若い選手が二人出てきた。彼らは円城寺に気づき、挨拶した。円城寺は返事もしなかったが、二人が走り出すとランニングの姿勢をじっと観察している。

これも昔と同じだ。今、残っているのは宮崎の秋季キャンプに選ばれなかった、若手でもあまり期待されていない選手だが、円城寺は一軍も二軍も、南沢のようなドラフト一巡目の選手も善場のような下位指名の選手も分け隔てなく平等に扱った。

主力選手が練習している宮崎には助手の川井直之を飛ばした。ここに来るまでに、彼から報告を聞いている。

〈寮長が山本選手を怒った理由は喫煙でした。山本選手の部屋で後輩の新人選手二人がタバコを吸っていた時に扉が開き、寮長が立っていたそうです。後輩二人はタバコを取り上げられ、外出禁止の処分が出されたそうです〉

「山本は吸っていなかったのか」

〈そうなんです。なのに山本選手だけ、後で寮長室に来るように言われました。山本選手の普段の練習態度が目に余ったそうなので、後輩選手に悪影響を与えるなという意味で呼ばれたんじゃないかと何人かの選手は話していましたが〉

「そこで殴られたと、選手たちは言ってるのか」

〈いえ、山本選手はその晩、実家に帰ってしまったので中でなにが起きたかは不明です。ただ山本選手が泣きそうな顔で部屋から出てきたのを目撃した選手がいます〉

直之は他にも調査していた。去年初登板を果たし、今年もキャンプ一軍スタートを果たした山本だが、オープン戦二試合目に四失点して二軍落ちした。それ以来、急にやる気を失った。肘が痛いと言うので検査を受けさせたが異常はない。だが本人が痛いと言う以上、コーチは別メニューを与えるしかなく、その別メニューも山本は休みがちだった。

円城寺は眼孔の深い目をグラウンドを走る選手に向けていた。

「なにかアドバイスを発見できましたか」

「93番の選手に足が痛いなら無理して走るなと言っておいてくれ」

「足ってどこですか」

「右足の踵《かかと》だろうな」

「それなら寮長が言ってあげてくださいよ」

「俺はもう寮長ではない」

「頑固ですね」

「せっかく善場が心配してくれているのに申し訳ないが、今回のことは俺に非がある。息子を亡くした親が俺を恨むのは当然だ」

「ですけど裁判になれば向こうは損害賠償を求めてきます。その額をすべて球団が負担してくれるとは限りませんよ」

山本の年俸は五百万円。練習態度が悪いのであれば今年でクビになっていた可能性もあるが、裁判ではそのようなことは問われない。暴力との因果関係が裁判で認定されれば、彼の生涯賃金から換算され、一億近い賠償金が認定される可能性も否めない。

「人の命はなにものにも代え難いものだ。俺もできる限りのことはするつもりだ」

通りがいい声もこの時は弱々しく聞こえた。

「もしかして寮長は他の件で山本良太郎を部屋に呼んだのではないですか」

「他のことってなんだ」

「寮長のことだからなにか致命的な癖や欠点を見抜いたとか」

だが円城寺からは「そんなことでいちいち殴ってたら俺はとっくにクビになってるさ」と笑った。それは考えすぎか。

「ですけど今回のことは寮長の問題だけではありません。尾山もショックを受けてスカウトの仕事を休んでいるようです」

「尾山はなんて言っていた？」

「彼とはまだ会ってません」

「会ったら言っといてくれ。尾山がせっかく探してきた選手の人生を台無しにしてしまい、本当にすまなかったと」

「寮長が山本選手の家族や尾山のことを思いやる気持ちは分かりました。でも僕は南沢から調べてほしいと言われましたので、もう少し続けさせてください」

「やるなと言っても続けるんだろ」

「はい」

「善場とはたった一年の付き合いだが、頑固さは他の新人とは違ったからな」

「僕もそのことを悔やむ気持ちがあります」

「それでも、おまえは切り替えて次の人生で成功した」

「それも寮長のおかげです」

「俺は関係ない。おまえが切り開いた道だ」

笑顔もなかったが、円城寺の言葉は心に沁《し》みた。

「実は最近、少し腰に痛みがあるんです。ちょっと見てくれませんか」

善場は腰を押さえて立ち上がった。

「少し歩いてみろ」

そう言われたので、ベンチからグラウンドに向かって、股関節を意識しながら歩いた。すぐに声がした。

「無理して普段と違う歩き方をすることはない。問題なしだ」

善場が振り返った時には、円城寺は背を向け、伸びた背中はみるみるうちに遠くなった。

4

現役時代、円城寺からは様々なアドバイスをもらった。

右投げ左打ちだった善場を「今は中継ぎだが、おまえは将来、必ず打席に立つ投手になれる。今のうちに右打ちに直せ」と言ったのも円城寺だ。

結局、練習しても右打ちに慣れず、左打席のまま一軍の打席に入った。一度、ノーコン投手に右肘にぶつけられ、その時は痺れて次の回の投球に響いた。

一年目、ほぼフルシーズン、善場は中継ぎで起用された。出番があるのはリードされた場面。防御率は四点台だったから、抑えたより打たれた記憶の方が強く残っている。チームが弱かったこともあり、九月に入って登板数が六十を超えた。自分でも疲れを感じ、自信があったコントロールまでが狂い出した。

ある朝、寮を出ようとすると「善場、肘が下がってるけど何か理由があるのか」と円城寺に聞かれた。

「なんともありませんよ」

腕を回して見せたが、実際は自分の心臓の音が聞こえそうなほど驚いた。指摘された通り、数試合前から肘に違和感があり、上腕との角度を変えずに肘のポジションを下げていた。しかしたった十センチだ。コーチにも気づかれていなかった。

当時は休養を申し出ることより、二軍に落とされることの方が嫌だった。だからその日も普段通り球場に行き、試合前の練習に参加した。

先発投手が立ち上がりに大量失点し、ウォーミングアップ不足のまま一回途中からリリーフした。二回を無得点で抑えたが、三イニング目は疲れが出て、コントロールが甘くなった。なんとか二死まで漕《こ》ぎ着けたが、そこから連続四球、さらに次打者への初球、肘の腱が切れたような感覚があった。

善場はマウンドにコーチを呼び、状況を話した。不思議なことに腕には痛みはなかった。

――一球投げてみろ。

コーチに言われるままに投球練習する。投げられないと思ったが、ボールはキャッチャーのミットに収まった。

――行けるじゃないか。

コーチは薄笑いを浮かべた。

――無理ですよ。

善場は生まれて初めて、投げることを拒否した。

――まだブルペンの準備ができてないんだ。この回だけは投げてくれ。あと一人だろ。

――投げられません。

そうと言うとコーチの顔色が変わった。

――せっかくおまえに投げさせてやってんだぞ。

返事もせずに強い目で見返していると、コーチは畳みかけるようにこう続けた。

——投げられないのなら、二軍落ちだ。

その時には、善場はボールを握ったまま、ベンチへと歩き出していた。

——おまえ、なぜ、コーチの命令に従わない。

ベンチで監督からも叱られた。普段から無意味な投げ込みに従わなかったり、独自の練習法をしていたこともあり、善場は首脳陣からは好かれていなかった。

自分で病院に検査に行った結果、やはり腱の一部は断裂していた。医者には投げていたら大変なことになっていたと言われ、軽傷だが、完全回復するには手術が必要だと診断された。

善場はその年をもって球団に引退届を出し、荷物を整理し寮長室に出向いた。

——寮長の忠告に従っていれば、僕は選手を続けられたかもしれません。ですけど僕は、選手を使い捨てにするようなチームでは、これ以上プレーすることはできません。

円城寺の忠告を無視し、野球人生を無駄にしてしまったのだ。怒られるのも覚悟していたが、聞こえてきたのは予想していたのとは違う言葉だった。

——俺は今回のことでこう思ったよ。選手に「投げさせてやってる」、そう思った段階で、その人間に指導者の資格はない。

話したわけではないのに、円城寺はコーチから言われた罵詈《ばり》も知っていた。

——今の野球界には選手を本気で守ってやる人間がいない。そのことを俺は非常に残念に思う。

円城寺の別れの言葉が胸に残り、善場は引退後、代理人になる道を選んだ。

5

山本の担当スカウトである尾山博に会いに赤羽《あかばね》のマンションに行った。

代理人としてではなく、「同期の善場圭一です」と伝えたが、妻が申し訳なさそうに顔を出し、「主人は誰にも会いたくないと言ってます」と断られた。

玄関には青と赤の少しサイズが異なる小さな靴が二つ置いてあった。まだ幼稚園くらいの子供が二人いるようだ。スカウトの給料は高くはない。一年契約なので、休んでいれば今年で切られる。尾山はこの後、家族をどうやって養っていくつもりなのだろうか。

尾山のマンションを出てからは、電車を乗り継ぎ埼玉県熊谷《くまがや》市にある山本の実家に行った。

父親らしき男は善場の名刺を見ると「なんの用ですか」と表情を変えた。

「私は代理人であって、球団の弁護士ではありません。ですが今回のことを調べたいと思っています」

「どうして無関係の人が出てくるんですか」

どう言おうか悩んだ。これまでの善場の相手は球団フロントやコミッショナーなど、権力を笠《かさ》に着て自分たちの都合を押し付けてくるような連中だ。

だが目の前の男は、突然息子を失った気の毒な父親である。善場より大柄で体格はいいが、表情は暗く、昼間から酒を飲んでいたのか息が酒臭かった。

「私も選手の代理人という仕事をしていることもあって、今回、山本選手が亡くなったことには心を痛めています」

「なら放っておいてください」

「ですが正直に申しまして、プロ野球に入れた選手が、殴られたくらいで死を選ぶかという疑問はあります」

考えていることを正直に言ったのだが、父親は顔を真っ赤にして言い返してきた。

「あんたは息子を侮辱するのか」

「今のお子さんは親や先生、野球部の監督からも殴られないでしょうから、良太郎くんがショックを受けたのは分かります。でもそれよりほかに事情があったのではないですか。そうでなければオープン戦まで一軍にいた選手がやる気を失うこともないでしょうし」

父親はさらに目に角を立て、睨みつけてくる。もう少し言葉を選ぶべきだったと反省し、「球団の良太郎くんに対する接し方が良くなかったのは事実でしょうが」と付け加えた。

「球団じゃない。あの寮長だ」

「良太郎くんが円城寺寮長に殴られたと言ったんですね」

「寮長からおまえなんか要らない。家に帰れと言われた、そう言って戻ってきたんだ」

「その時の診断書はないのですか」

「そんなのない」

「どうしてですか」

父親は黙った。これも失言だった。父親もまさか翌日に自殺するとは思ってもいなかったのだ。深刻には受け止めなかったのだろう。

「お線香をあげさせてもらえませんか。私もセネターズにいましたが、コーチとの軋《あつ》轢《れき》で一年で退団していますので、良太郎くんと同じような立場です」

「あなたのことは新聞で読んで知ってる」

「ではよろしいでしょうか」

善場は勝手に靴を脱いで玄関に上がった。父親は渋い顔で居間へと歩く。部屋は散らかり、こたつには酎ハイの缶が転がっていた。ごみ箱には弁当の空箱が突っ込まれていた。

「奥様はいらっしゃらないのですか」

「いない」

「お買い物ですか。できれば話を聞きたいのですが」

「あなた、息子に線香をあげてくれるんじゃないのか」

今度こそ爆発しそうだったため、仏壇の前で正座した。マッチを擦って蠟燭《ろうそく》に火を灯し、二本に折った線香に火をつける。

プロでは一軍でも投げているのに、遺影は高校時代のユニホームだった。プロで投げていた息子を思い出したくないという父親の気持ちは分かった。善場もプロ時代の写真はほとんど残していない。自慢したい気持ちもないからだ。

手を合わせて瞑目《めいもく》してから、父親の立つ方向へ振り返った。

「ところでお父様は、今はどんなお仕事をされているのですか」

「なぜそんなことをここで答えなきゃいけない」

我慢の限界だったようだ。

「もう帰ってくれ」

善場は放り出された。

6

「円城寺寮長って選手に慕われていたんですね。秋季キャンプに出ていた選手のほとんどが『寮長がいなければ今の自分はない』と感謝していました。鬼寮長っていうか、軍隊みたいな生活をさせられていたのかと思ってましたが、寮長はあまり細かいことは言わなかったそうです」

宮崎から戻った直之がメモを読み上げた。

「山本選手についてはいい話と悪い話の両極端でした。オープン戦で二軍落ちしてから練習もさぼりがちで、一日中、部屋でゲームをして過ごすことが多かったみたいです」

「いい話ってなんだ」

「入団当初はいつも居残りで練習していたと」

才能だけでなく、同期の何倍も努力した。だからこそ一軍登板に結びついた。

「去年の初登板の時は、一イニング目は無失点で抑えたのに、二イニング目から突然、ストライクが入らなくなりました。それでオフは精神面を鍛えることに取り組んだようです。でも僕にはどうして精神の問題なのか分からなかったんですけど」

「きっと自分の球に納得いかなかったんだろうな。ピッチャーというのは二人と戦わなくてはいけないんだ。一人は打者、もう一人は自分だ。無失点に抑えても、自分の思った球が投げられていないと、気分がむしゃくしゃし、それで余計なことをして自滅する」

「善場さんも同じことがあったんですか」

「俺にもあったさ。俺のような二流はいい球を投げようとする。だけど一流は抑えた球をいい球だと思える。それが一流と二流の差だ」

ブルペンで複数の投手と並んで投げているとよく思った。スピードでも変化球のキレでもいい球を投げる者はいくらでもいた。だがそれだけの球を持っていても、勝てない投手がほとんどだった。

「もう一ついうなら、投手にはコントロールすべきものが三つある。直はそれがなにか分かるか」

「一つは低めとか外角とかへのコントロールですよね。あとの二つはなんだろう。ん？　分かんないな」

「力のコントロールだよ」

「ボールを握る力の入れ加減ってことですか」

「ピッチャーは指からボールを放す時だけ力を入れる。そこまでの過程で力むと強い球は投げられないんだ」

「じゃあ、三つ目はなんですか」

「心のコントロールだ。この三つを自由に操れるようにならないと勝てる投手にはなれない」

善場のクライアントである神戸ブルズの久宝はそのすべてを兼ね備えた投手だった。一方、セネターズの中里は三つ目の心のコントロールができなかった。調子が良くても、コースいっぱいの球をアンパイアに「ボール」とコールされた途端に崩れていった。

そこで善場は「今シーズンは球審に『ボール』と言われても、絶対に顔に不満を出さないことから始めましょう」と中里と約束を交わした。それ以来、善場は彼が一球でも表情に出すと、試合後に電話して注意した。

善場の小言に不快さを露《あらわ》にしていた中里だが、続けているうちに納得いかないジャッジにも我慢しだした。

顔に出さなくなったことで球審の心証がよくなり、今は微妙なコースもストライクに取ってくれることが多い。

「そういえばこんな話をしてくれた選手がいました」

直之が思い出したように言った。「一年目の話ですが、山本選手、グローブのことで円城寺寮長から注意されたそうです。山本選手はグローブの網の部分に隙間があるのを使っていたんですが、なにを注意されたかというと……」

「ボールの握りが見えると言われたんだろ」

先に言うと、「えっ、どうして分かったんですか」と目を丸くした。

「俺も寮長から言われたことがある。ただし俺の場合は隙間のあるグラブを使っていたわけではないけどな」

――おまえが次になにを投げようとしているか、打者にはバレているぞ。

現役時代の善場はローリングスのＷＰＧ６という一般的な投手用より小さい、遊撃手用のグラブを使っていた。

ピッチャーは六人目の野手だ。三振を取るほどのスピードがない自分は打者に打ち返される可能性が高いと、内野でもっとも難しいと言われる遊撃手用を使った。

善場が好きだった「燃える男」と呼ばれた伝説の投手のグラブでもあった。

もっとも円城寺からは、グラブを変えろと言われたわけではない。グラブから出た手首で握りが分かると教えてくれただけだ。

それ以来、できるだけグラブの奥に右手を入れるようにした。手首の角度も見破られないようにビデオを見て研究した。さらにワインドアップでは見られやすいと、走者がいない場面でもセットポジションで投げるようにした。

その話をすると、直之は「じゃあ山本選手と同じですね」と言った。「そのグローブ、山本選手のお父さんのと同じモデルで、子供の時から使っていた愛着のあるグローブでした。お父さんは社会人野球の外野手で、山本選手がプロになれるように厳しく鍛えた人だったようです」

「それで変えたくないと言ったのか」

「寮長もそれを聞き、『それなら見えないように工夫しなさい』と注意したそうです。それ以降、試合のたびに、円城寺寮長に『見えてましたか』と聞き、寮長も『大丈夫だった』と答えてたみたいですけど」

話を聞く限り、一年目は山本と円城寺の関係は良好だったようだ。

「山本が投げたビデオ、借りてきてくれたか」

キャンプに帯同しているスコアラーから借りてくるように頼んでいた。

「いまどきビデオじゃないですけどね」直之は苦笑してポケットからUSBメモリを出した。

「それなら全試合、直がチェックしろ」

「僕が見るんすか、見ても解んないですよ」

直之は呆気《あっけ》に取られていたが、「俺も一緒に見るから安心しろ」と言うと、彼は胸に手を当てて大袈裟に安堵した。

ＵＳＢメモリをセットしたところで携帯電話が鳴った。南沢からだった。

「調べてきてくれたか」通話ボタンを押しながら聞く。

〈まったく嫌な仕事を俺にさせないでくれよ〉

南沢は不満を言ってから説明した。

〈善場の言った通り、父親は失業中だ。二年前、山本良太郎がプロ入りした時に脱サラして、野球スクールを開いたが、生徒が集まらずに今年の四月に廃校している〉

「息子の契約金が資金になっているのか」

〈そういうことだろう。山本は父親思いというか、親父《おやじ》には逆らえない子供だったみたいだからな〉

「奥さんはどうだった」

〈これも善場の読み通り、離婚してたよ。だけど山本の葬式には出ていたというから最近のことだろう。息子が亡くなったのと、事業の失敗もあって、夫婦仲もおかしくなったんじゃないか。しかし、よくそこまで判《わか》ったな〉

部屋の荒れ方を見れば瞭然だ。事業で失敗し、息子が自殺し、妻は去った。部屋には生きる目標を失った中年男の悲哀が漂っていた。

〈だけどそんなこと調べてどうするんだ。息子が死んだんだ。父親だってすぐに仕事をする気にはなれないだろう〉

南沢も、山本の父親に同情していた。

〈ところで今回、善場に頼んだこと、球団代表に話したんだ。代表、感謝していて、一度食事をしたいと話していたぞ〉

「それは断る」はっきりと言った。

〈そう言うだろうと思ったよ。おまえ、中里のことできつい要求をしてるんだってな〉

契約に沿った当然の要求をしているつもりだが、球団にしてみたら強欲な代理人に無理難題を押し付けられると感じているのだろう。南沢も心の中ではそう思っているに違いない。

〈善場が選手を思って交渉するのは分かるけど、うちはそんなに金持ち球団じゃないんだ。中里に金を払い過ぎて、うちのチームを弱くするようなことだけは勘弁してくれよ〉

「悪いが、これが俺の仕事だ。口出しはしないでくれ」

そう言ったことで、すっかり雰囲気は悪くなった。〈引き続き頼む〉とだけ言って、南沢は電話を切った。

7

その後は事務所にあるモニターで山本良太郎が投げたゲームの映像を直之と確認した。

最初に見たのは昨年八月二十五日、山本が一軍初登板したゲームだった。強い太陽が照りつけたデーゲームで、緊張もあるのかマウンドに上がった時から山本は汗を掻いていた。

体はまだ高校生のように細い。それでもワインドアップからしっかり右足を踏み出し、腕をしならせる。一イニング目は四球二つを出すが無失点に抑えた。最後は右打者の内角にクロスファイヤーで入る一四五キロの真っすぐだったが、打者は手が出せなかった。

善場はずっと山本のグラブを注視した。グラブの網の隙間から指が見える。円城寺にはボールの握りまで見えたのだろうが、善場はそこまでは確認できなかった。

二イニング目も最初の打者を三振に取った。しかし、そこから四球二つ、さらにヒットを打たれて二点を失った。山本に落ち着きがなくなり、肩で息をしているようだった。結局、二回途中、二失点で交代した。

「これが精神のコントロールを乱して、山本選手がなにかを変えてしまった結果ですか？」

　直之が聞いてきた。明らかに前の回とは投球のテンポが異なる。それでもこういうケースではイニングの頭から変化の兆候が出るもので、一死から変わることは少ない。

「そのことまでは明確に分からないが、彼が才能の片鱗《へんりん》を見せたのは事実だ。俺ならオフの間、彼が取った二つの三振のビデオを見させて、そのイメージを頭に植え付けて、翌年に備えさせるよ」

「二つともすごくいい球でしたものね」

「じゃあ、今年のゲームにいこうか」

「はい」

　パソコンを操作してゲームを替えた。南国特有の木や芝の色、アンダーシャツを着ていない選手がいるから沖縄でのオープン戦だ。ひと冬越して山本の体は少し大きくなっていた。

　フォームも変わり、振り被っていたのがノーワインドアップになっている。やはり球が見られているのを警戒したのか。セットポジションほどではないが、ワインドアップよりは球種の判別はされづらい。

「投げ方変えたんですね」直之も気づいた。

「前年の登板で、四球から崩れたせいかもしれないな」

「スピードは出なくなるんじゃないですか」

「振り被っても、振り被らなくてもスピードは変わらないよ」

むしろワインドアップは後ろに上半身を移動させる分、ゲーム後半にスタミナを消耗する。事実、山本の球速は前年より二キロ上がっていて、コントロールも良くなっていた。

ノーワインドアップになった分、グラブが静止している時間は長くなったが、網から握りは見えなかった。山本はグラブをしっかり胸元に整え、見ている側まで大きく息を吐いているのが分かるほど肩を揺らしてから、右足を上げる。

前年の初登板の二イニング目で投げ急いだことを反省し、気持ちをコントロールする方法として取り入れたのかもしれない。この試合は三イニングを二安打一失点で抑えた。今季初登板としては合格点だ。

「直、次の試合だ」

同じく沖縄だが、この日は雨が降っていたのかグラウンドに水たまりが浮かんでいた。前回同様、ノーワインドアップで、一つ息をついてから投球練習をしている。その姿に既視感があった。

「止めてくれ」

「どうしたんですか」

一時停止にしてから直之が顔を向けてきた。

「電話するからそのままにしててくれ」

中里に電話をかけた。今年リーグ二位の十三勝を挙げた中里は秋季キャンプを免除され、今は善場が契約するトレーナーとともに南房総でトレーニングをしている。

〈なにか契約で進展がありましたか〉

中里は心配そうな声で聞いてきた。彼にはすでに契約破棄条項《オプトアウト》を行使して、契約を結び直すと告げている。

「そのことはまだです。電話したのは自殺した山本良太郎選手のことです」

〈善場さんが調べているようですね。南沢さんから聞いてます〉

「それなら話が早い。彼、今年のオープン戦でノーワインドアップに変えたのは、あれは誰の影響ですか」

中里はセネターズの後輩ではあるが、善場はクライアントにはつねに丁寧な言葉で話すようにしている。

〈それなら尾山スカウトのアドバイスですよ。オフの間に教えたみたいですね〉

やはりそうか。ノーワインドアップで息を吐いて始動すること。しかもグラブの位置が、他のノーワインドアップより高く、胸の上部に強く押し付けるのも尾山のフォームと重なった。

　尾山は、才能で比較するなら善場よりはるかに上だった。球速もあり、落差のあるカーブという武器になる変化球も持っていた。しかし緊張症で優しい性格が災いし、マウンドに立つと力を発揮できずにいた。

　そして善場が引退し、弁護士事務所で研修を受けていた頃、尾山は初めて一軍のマウンドに立った。彼は一球一球大きく深呼吸し、胸を押さえつけるようにして丁寧にボールを投げた。その結果、プロ初登板初勝利を挙げた。

〈初登板で力み過ぎたので、尾山さんが教えたんじゃないですかね。でもオープン戦の二試合目はまったくできてなかったですけど〉

　中里が言った言葉が気になり、善場は指を回して、直之に映像を再生するよう指示した。まだ投球練習が続いていた。フォームを見た限り、抑えたオープン戦一試合目と同様で、よく腕が振れている。

〈山本が死んで一番ショックを受けているのは尾山さんですよ。尾山さんは僕が新人の時はもうベテランだったのに、片づけや荷物運びを手伝ってくれましたし、初登板の時は、プロの打者相手と思うな、アマ時代、バットに掠らせなかった相手だと思って投げろとアドバイスをくれました〉

　中里の話を聞きながら、善場は画面の山本のピッチングを注視した。先頭打者は一四七キロの直球で三振に取った。

〈善場さん、尾山さんを助けてあげてください〉

「私が頼まれたのは円城寺寮長のことですよ」

〈円城寺さんも僕には恩人です。打たれて腐った顔をするたびに、『おまえはエースになるためにプロに入ってきたんだろ。だったら打たれたくらいでいちいち落ち込んだ顔を見せるな』と叱られました〉

そう言ってから〈でも尾山さんもお願いします。うちのチームには尾山さんみたいな選手思いのスカウトが必要です〉と頼まれた。

「分かりました」

答えたが、今のままでは円城寺は訴えられ、尾山は責任を取らされて解雇される。それ以前に尾山にスカウトを続ける意思はないのではないか。

山本は、二人目も内野フライに取った。だが続く打者はボールが先行して四球となった。

〈それに僕は今の契約でいいですよ。フロントが僕のことを、自分のことばかり考える身勝手な選手とか言ってるみたいですし〉

中里は、新聞や週刊誌から金にがめつい選手のように書かれ、弱気になっていた。

「この二年間の活躍に、チーム全員が、中里さんはもっと高い給料をもらって当然だと認めていますよ」

〈でもマスコミはそう思ってません。僕が金が欲しくて善場さんに頼んだと思ってます〉

「中里さんはすべて代理人に任せていますと言えばいいんです。私がすべて悪者になりますから」

選手にいつも言うセリフを述べた。

そう話している間もゲームは進む。次打者にヒットを許した山本は、二死一、二塁からフォークを投げた。まったく落ちない棒球だった。左翼席にスリーランを打たれる。

投手コーチが出てきた。肩を叩かれた山本は頷いてはいるものの、血の気の引いた表情で、完全に自分を見失っている。

次の左打者への一球目、外へのスライダーだったが、打者は踏み込み、右翼線にいい当たりのファウルを打った。打者の大胆なスイングから球種を読まれているのかと思った善場は、次の球、胸の高いところに置いた山本のグラブを注視した。

握りは見えない。球種がバレていないのであれば力みなのだろうが、二死を取ったのだ。ここまで極端に崩れるものだろうか。

携帯電話からは、相変わらず中里の危惧する声が聞こえてくる。

〈それに新契約にしても来年、ケガをして投げられなくなったらクビになる可能性だってあるわけだし。それなら今の年俸で残り二年やった方が、もしもの時に球団に切られなくて済むんじゃないですかね〉

オプトアウト条項はなにも選手側だけが行使できる権利ではなく、ケガや不振があった場合、三年目以降ならバイアウトといって一定の金額を払えば球団は中里を解雇できることになっている。

今年、一八〇イニングを投げたこともあり、シーズン後に受けさせた精密検査で中里の肘に金属疲労の兆候が見られた。手術するほどの大事ではなかったが、中里はそのことを案じているのだろう。

「肘のことなら心配いりませんよ。そのために今、ケアをしているんですから」

〈でも……〉

「大丈夫です。しっかり休んだら、トレーニングを始めて、肘の周りの筋肉も鍛えましょう」

二球ボールが続いた。けっして投げ急いでいるわけではなく、むしろ投げるのを怖がっているようだ。

胸にグラブをセットしサインを見るが、一旦マウンドを外す。またセットした。グラブの向こうで大きく伸縮しているように見えた胸郭がそこで止まった。

〈分かりました。善場さんに依頼したのですからすべてお願いします〉

中里はようやく善場を信じて、すべて任せる気になってくれたようだ。

「心配しないでください」

そう答えたところで、山本が始動した。頬を膨らませて足を上げ、踏み込んでから腕を振った。

直球だったが、棒球に見えた。打者はフルスイングし、打球はライト場外へと消えた。

連続被弾で四失点。監督が出てきて交代を告げる。山本は泣きそうな顔をしていた。

〈ではまた電話します〉

「待ってください」

電話を切ろうとした中里を止めた。

「山本選手って投球の時、ずっと呼吸を止めていましたか」

〈そんなの当たり前じゃないですか。振り被ってからは息を止めなきゃ、投げる時に力は入んないですよ〉

それは善場も分かっている。息を止めて力を抜くことで、リリース時に体のすべての力が指に乗り、強いボールが投げられる。

「いいえ、私が言っているのは始動してからではありません。セットしてサインを見ている時からです」

〈そんな段階から息を止めてたら、力んでしまって、ろくなボールは投げられませんよ〉

中里は当たり前のようにそう答えた。

8

「いったい、どこに連れていこうというんですか」

助手席から降りた山本良太郎の父親は顔を歪めて善場の後ろをついてきた。

「このマンションです。ちょっと会ってほしい人物がいるんです」

埼玉県熊谷市から善場の車で連れてきた。「もし山本さんと球団が裁判になれば、私が山本さんの弁護を無償で引き受けて、山本さんを必ず守ります」そう説得し車に乗せた。

古いマンションの階段を三階まで上がる。「尾山」と表札があった。

「良太郎の担当スカウトの家ではないですか」

善場は「はい」と返事をしてインターホンを押した。奥さんが出た。

「代理人の善場です。尾山さんとお会いしたくてきました」

〈すみません。主人は誰とも会いたくないと言ってます〉

この前と同じ返答だった。すぐに返答したということは尾山はすぐ近くにいるのだろう。「尾山、山本良太郎くんのお父さんと一緒に来ている。彼のことで大事な話があるんだ。出てきてくれ」

善場はインターホンに向かって叫んだ。

「善場さん。スカウトと話をするのになぜ私が来る必要があるんですか」

背後から父親に言われたが振り向かなかった。解錠する音がして扉が開いた。頬がやつれ、目から覇気が消えた尾山博が顔を見せた。


山本良太郎が右足をしっかり踏み出し思い切りよく腕を振った。指にしっかりかかったボールがクロスして入り、内角に決まった。打者は手も出せずに見逃し三振だ。去年、一軍初登板をした試合の最初のイニングである。持参したパソコンを尾山家のテレビにつないで三人で見ている。善場は尾山の顔を見た。

「尾山の現役時代を思い出すいい腕の振りをしているな。だけどこの時はワインドアップだから尾山とはフォームは違うが」

尾山は映像を見ていなかった。父親も同様で、善場と視線が合うと微妙に逸らす。

「この段階では、来季は一軍で使えると監督は喜んでいただろう。このピッチングを見ていれば、俺も次に代理人をしたい選手のリストに入れていたかもしれない」

二イニング目、二点を失った尾山が肩を上下に揺らして息をしていた。前回は気にならなかったが、夏の強い日差しもあって、彼の顔からは汗が流れている。

「交代させられる場面は二人とも見たくないでしょうから、次のゲームに移します」

善場は今年のオープン戦に映像を替えた。

「オフの間に良太郎くんはノーワインドアップに変え、オープン戦の一試合目は三回一失点に抑えた。俺には尾山の現役時代と瓜二つ《うりふた》に見えたよ。見事な指導だ」

そう褒めたが、反応はない。やはり尾山はまともに映像を見ていない。

「問題はこのゲームではないので次にいく」

オープン戦二試合目に移した。

「尾山の指導のおかげで、呼吸しながら準備をし、足を踏み出すと同時に息を止めている。胸をせり出し、投げる瞬間に力を入れ、リリースとともにゆっくり息を吐いていく。お手本のようなピッチングだ」

最初の打者を三振に取る様を見ながら言った。次も勢いのある球で遊飛に打ち取った。

「問題はこの後だ」

善場が言うと、正座してビデオを見ていた尾山の体が微《かす》かに跳ねた。

三人目の打者の初球、ストレートが高めにすっぽ抜けた。それまでまともに映像を見ようとしなかった尾山がその時だけは画面に目を向けていた。

画面の山本はこの時点で表情が変わった。捕手から球を受けるが、なかなか投げようとしない。ようやくグラブを胸に当てて構えるが、投げずにプレートを外した。何度も深呼吸をしているのが画面からも伝わってくる。

「一年目の初登板でも見た『肩で息をしている』状態だ。あの時は二イニング目でしかも初登板だったが、このゲームはまだ一イニング目だ。疲れるには早すぎる」

画面ではもう一度グラブを胸に置いてサインを確認し、グラブを胸の上部に押し当てていた。その時点では深呼吸をする余裕もなく、口を閉じて歯を食いしばり、何度も息んでいるように見えた。二死一、二塁からは、まったく力がこもっていない球を真っ芯で捉えられ、本塁打された。

「この日の沖縄は気温が二十八度、それも暑いだけでなく、試合前に雨が降ったため、湿気も八十パーセント近くあったそうだな。尾山も心配していたんじゃないのか」

彼は答えない。画面を見ているが、彼の瞳に山本の投球フォームが映っているかどうかは分からなかった。目に浮かんでいるとしたら、苦しんで相談してきた山本の顔ではないか。

続く打者にはスライダーを踏み込まれ、右翼線にいい当たりのファウルをされる。

「どうしてこうも簡単に打ち返されるのか、尾山には分かるんだろ?」

顔を画面に向けていた尾山は無言だった。

「投げる前から呼吸を止めているからだよな。そんな状態で投げるなんて、ピッチャーの常識ではありえない」

この打者には最後は場外弾を浴びた。抑えていた時は撓《しな》っていた左腕が、まるでバッティングマシーンのアームのように見える。球の出所がよく見えるのだから、打者が思い切り踏み込んでいけるのも当然だ。

胸に置くグラブばかり見ていたから腕の異変は感じなかった。だがグラブに意識を集中したせいで、彼が投げる前から息を止めていることに気づいた。

「俺はこの映像を大学病院の心臓外科医に見せたよ。医者はWPW、ウォルフ・パーキンソン・ホワイト症候群ではないかと言ったよ」

病名を出した途端、座っている尾山の体が震え出した。ウォルフ・パーキンソン・ホワイト症候群。余分な伝導路があるために様々な頻脈性の不整脈が起こる先天性の病気だ。一生気づかずに終わる人もいれば、一度発症してから頻繁に出る人もいるらしい。

「尾山は彼がWPW症候群だと知っていたんだろ。前年の二イニング目、一死から突然崩れたのもＷＰＷで動悸《どうき》が起こったからだ。その相談をされ、少しでも不安を消すために胸を強く押さえ、呼吸をしてから投げるノーワインドアップのフォームをアドバイスした。だけどこのオープン戦二戦目で、再び発症した」

尾山の顔を見て、いたぶるように善場は言った。

「適切な治療をさせずに無理やり投げさせたことで、おまえは良太郎くんを追い詰めたんだ」

背中から強い視線を感じるが、無視して尾山をさらに責める。

「その結果、良太郎くんは死んだ」

「やめてください」

背後から悲痛な叫び声がした。

「尾山さんの責任ではありません。彼は息子を助けてくれようとしたんです」

善場はそこでようやく振り向いた。父親の両手も膝の上で震えていた。

9

「良太郎がＷＰＷを発症したのは高校三年の夏の大会です。初戦の試合前、突然、動悸が始まったんです。良太郎はその試合には投げず、チームは敗れました。すぐに医者で心電図をとると、WPW症候群と診断されました」

父親は何度かつっかえながら説明した。

「その医者はカテーテルで治ると楽観的でしたが、大学病院で検査したところ、息子は心臓が奇形で、カテーテル手術はできないとの診断が出ました」

「大学病院の医者は、野球を続けることについてどう話していましたか」

「危険ですと反対されました。命にかかわると……」

唇を嚙み締め、そして視線を落とした。

善場が聞いた外科医も「現在の医療ではカテーテルアブレーションで九十五パーセントは根治します」と話した。だが裏を返せば五パーセントは治らないということにもなる。

「そのことを隠して、プロに行こうとしたんですね」

「息子がどうしても行きたいと言ったからです。『お父さんが果たせなかった夢を遂げたい』と言ってくれたことも私は嬉しかったんです。子供の時から二人でその夢を叶えるために頑張ってきたんですから。夏の大会以降動悸は起きなかったし、最後までプロ志望届を出すか迷いましたが、もしプロに入って少しでも兆候が出たら潔く引退すればいいと、その時は軽く考えていました」

「尾山はそれに気づいていたのか」

善場は尾山に目を向けた。俯《うつむ》いたまま返事もしなかったが、「知っていたら尾山さんは息子を獲っていません」と父親が尾山を助けた。

「初登板での異状を、真っ先に気づいてくれたのも尾山さんです」

善場はもう一度尾山を見る。今度は小さく頷いた。

外科医は、疲れや過度の緊張時に、または気温差の激しい日、湿気の多い日に発症しやすいと話していた。最初の登板は炎天下のデーゲーム、オープン戦二試合目は雨上がりだった。いずれも山本は極限まで緊張してマウンドに立っていた。

「もちろんドラフト指名後は健康診断で心電図も取ったんだろう。そこで症状が出ていればプロ入りは認められなかったのに、その時は出なかった。尾山にはそれが不運だったな」

「不運なんかじゃないさ」

宙を彷徨《さまよ》っていた虚《うつ》ろな目線が善場に向いた。「自分がスカウトになって最初に指名できたのが良太郎だったんだ。そして一年目から一軍で投げた。俺は最高に幸せだったよ」

まるで誰かに話しかけるようだった。その瞬間は幸せを噛み締めていたのだろう。

少なくとも異変に気づくまでは……。

「発症に気づいたのに、俺は現役をやめさせなかったんだ。善場が言うように、俺が良太郎を殺したようなものだよ」

　自分を責めるような後悔に満ちた声が、善場の耳になんとか届く。

「尾山としても現役をやめさせたかったんだろ。だけどそうさせなかったのは、一年目で引退するには理由が必要だからだ。入団時の契約には持病の告知義務もある。高校時代の病気が理由なら、告知違反で球団から契約金の返金が求められる可能性がある」

「その通りです」

　答えたのは父親だった。「すでに私は事業が立ち行かなくなって、四千万円の契約金を返してくれと言われたところで残っていませんでした。息子もそのことを知っていたから、尾山さんになんとかプロで続けたいと話したんです」

「それで尾山はノーワインドアップに変えさせた。胸を強く押し、呼吸して投げろと」

「そんなの気休めにもならなかったけどな」

　けっして医学的な予防策ではない。それでも当時の山本はまた病気が発症することに不安を感じていた。フォームを変えたことで不安は消え、一試合目は抑えた。だが喜んだのはわずかな期間だった。

「オープン戦で二回目が出た時はもう諦めろと言ったよ。だけどそこで球団にやめると言っても、同じことになる」

「他球団でも病気を理由に退団した選手が、契約金を返金した例があるからな」

「今年いっぱいは体の調子が悪いとごまかしてチームに居続けるしかなかった。それで戦力外になれば契約金を返す必要はない。だけどずっと心配だった。なにせうちのチームには……」

そこでまた口を噤《つぐ》んだ。

「寮長だろ」

善場が言うと、尾山は頷いた。選手の癖や体の異状を見抜く円城寺なら、山本がなにに怯《おび》えているか、気づいてしまう。

「おそらく寮長は尾山と同じ時期に山本選手の病気に気づいていたはずだ。山本選手のグラブの中の握りが見えないか、ずっと注意していたくらいだからな。だけどなにも言わずに、担当スカウトの尾山に任せた」

善場の説明を尾山は項垂《うなだ》れて聞いていた。

「しかし尾山の指導の甲斐《かい》なく、オープン戦で病気は出てしまい、今年一年、クビになるために過ごすことになった。寮長が叱るのは野球人生を棒に振る選手だけど、それはプレーヤーとしての人生だけではない。二十歳になろうという大事な一年をこんなところで無駄にするな。野球ができないのなら、早く次の人生に向かってスタートしろと、あの日、寮長室で説得したんじゃないか」

「だからって、なにも殴らなくても」

父親が抗議してきた。それまでとは異なり声に怒気が籠っている。

「寮長は本当に殴ったんですか」

「良太郎はそう話していましたよ」

「そう言ったとしたら、それは寮長からそうお父さんに説明するように言われたからではないですかね。寮長は最初、今すぐ引退届を出せと説得したが、山本選手は今のままでは契約金の返金の心配があるからお父さんには話せないと答えた。それで寮長は『どうしてもお父さんが許してくれないのなら、練習態度の悪さを理由に円城寺に殴られ、寮を追い出されたと説明しろ』と言ったんです。それが理由でクビなら返金の心配もありません」

「寮長がそう話したのか?」

尾山が驚いた顔で聞いてくる。

「そこまでは話してくれなかったよ」ここに来るまでに円城寺に会ったが、認めなかった。

「だけど寮長は俺にまた同じことを言った。『尾山がせっかく探してきた選手の人生を台無しにしてしまい、本当にすまなかった』と」

善場はそこで父親に話を向けた。

「良太郎くんは寮長の気持ちは分かっていたと思います。でもお父さんの心配も汲み取っていた。だからこそ、寮には戻れずに、悩んでしまったのではないのでしょうか」

「そうなると私の責任ですね」

鼻を啜る音がしてから父親が話し始めた。

「善場さんのおっしゃった通りです。家に戻ってきた良太郎はそう言ってました。それでも私は、後になって病気を指摘されるのではないかと気が気でなく、息子の話をまともに聞かず、殴られたくらいでやめるな、明日寮に戻れと命じたんです。あの子は私には逆らえない子だったから、それで思い詰めてしまったんだと思います」

「お父さん、自分を責めないでください。僕が中途半端なことをさせずに、去年でやめさせていれば良かったんです。僕自身も自分がスカウトでいたい保身がありました」

尾山が涙を溜めた目で叫ぶ。

「いえ、私が息子を殺したんです。無理してプロ入りさせたのも、私が自分の夢を息子の中に追い求めていたからです、息子の病気を受け入れていれば、良太郎は今も、野球とは違うことをして、元気でいてくれたでしょう」頰を水滴が伝う。「週刊誌にも本当の話をしますし、寮長を訴えると言ったことは取り消します。もし球団から契約金の返金を求められたら、時間はかかるかもしれませんが、お返しします」

服の袖で涙を拭いながら言った。

「払わなくてもいいように私がしますよ」

善場が言うと、父親は腫らした目を向けた。

「どういうことですか」

「私が代理人になって、お父さんを必ず守りますと最初に話したではないですか」

父親は言葉を失っていた。

「そんなこと可能なのか」

尾山も聞いてくる。

「幸いにも今の俺は、セネターズに交換条件を持ちかけられる選手を持っている。そのためには、エースに少し犠牲になってもらわなくてはならないけどな」

中里の契約を破棄するという通達を白紙に戻すのであれば、球団はこの後、山本良太郎に関するすべての事情を知ることになっても契約金の返金を求めたりはしないだろう――山本の契約金は四千万円。善場は中里の四年九億円の総年俸を、新たに四年十三億円で組み直すつもりでいたのだ。

「俺たちのせいで中里は大金を失うことになるんだろ？　彼は許してくれるのか」

実際は中里の方から申し出てきたのだが、尾山に決意させるためにも違う説明をした。

「そのことを中里に頼むと、彼は二つの条件を出してきたよ。一つは円城寺さんが寮長を続けること。もう一つは尾山さんがスカウトに残ることですと。セネターズが今のまま良いチームでいられるなら、僕はこれまでの金額でチームに残りますと話してくれたよ」

「中里がそんなことを言ってくれたのか」

「エースと呼ばれる選手はチーム全体のことも考えている。だから仲間もエースに勝ちを付けようと頑張るんだ。残念ながら俺は同じピッチャーでもそこまで考えて野球をしていなかったから、短命で終わったけどな」

言いながら自嘲しすぎたかなと反省したが、尾山からは「善場はそういうピッチャーだったよ。だから代理人になっても、選手がおまえに頼みにくるんだ」と言われた。

代理人になってからは金に執拗《しつよう》にこだわってきた。世間からいくら批判されようが、球団の身勝手な理由でプレーを続けることができなくなった選手が次の人生で困らないためには、少しでも高い契約を勝ち取るしか選手を守る方法はないと思っていたからだ。

だが、クライアントが希望するならそれがすべてではない。契約破棄しない代わりに、中里がこの先も安心してプレーできるよう、球団のバイアウト権も放棄させるつもりでいる。

セネターズには埋もれた中から才能を見出だすスカウトがいて、その原石を二軍コーチや寮長が親身になって面倒を見るという育てる環境ができている。選手を本気で守れる人間がいるチームはおのずと成績はよくなり、二年後、中里が契約更新する際に必ず反映されるはずだ。

それでも普段から善場に批判的なマスコミ連中はこう言うのではないか。

「今回はゼニバらしくないな」と。

第四話

禁断の恋

1

「弁護士の善場です」

門番に名乗って用件を伝えると、女性警察官が出てきて警察署の三階に通された。

春の朝陽《あさひ》が射《さ》す廊下を進むと、女性警察官が立ち止まり、「この部屋でしばらくお待ちいただけますか」とドアノブを握った。

午前九時だから、取調べが始まったばかりか。普段の善場なら「取調べを理由に弁護士の接見を拒否することはできませんよ」と無理やりでも呼んでもらうのだが、今回は自分が直接契約する選手でないということもあり、「分かりました」と従った。

中に入ると、ベージュのスーツの女性が手を膝に置いてソファーに座っていた。女性はこちらを向くと「おはようございます、善場さん」と頭を下げた。

「またあなたですか」

思わず口から出た。スポーツ選手をマネージメントする会社グリーンパークの社長、羽田貴子だったからだ。

明らかに嫌な態度を見せたというのに、彼女は気にすることなく、「そんなところに立ってないで、お座りください」とエルメスのバッグを膝の上に移動させた。

「まさか永淵は、おたくの事務所とも契約しているのですか」

隣に座りながら自分が契約する選手の名前を出した。

昨夜まで福岡にいた善場が、広島にやってきたのは、シーホークスの永淵亘輝《こうき》外野手から依頼を受けたからだ。

去年トリプルスリーを達成した永淵は、今季は四番を任され、金曜からの開幕三試合で十二打数五安打一本塁打と期待に応えた。

これまでなら永淵との打ち合わせは遠征先で行い、家庭のある福岡では遠慮していたのだが、日曜の試合後、永淵から「中洲《なかす》で知り合いの板前さんが自分の店を出したので行きませんか」と誘われた。東京では珍しいあらのコース料理を食べ、「シーズンは長いので、体調管理に注意してください」と言って帰ろうとしたところ、永淵の電話に、広島レッズの育成選手である一つ年下の弟、永淵光《ひかる》内野手が相手にケガをさせ逮捕されたとの連絡が入った。

動揺する永淵に、「私が広島に行きますので任せてください」と言い、善場は広島北署に電話を入れたのだった。

もっとも永淵は羽田貴子のことなど一言も言っていなかった。

善場はあくまでも球団との年俸契約に関する代理人であるため、永淵がテレビ出演やCMの仕事をグリーンパークに委託していても一向に構わない。だが羽田貴子が乗り出してきたのなら、今回は手を引く。

善場と同じように、彼女が必死に選手を守ろうとしているのは理解しているが、なんでも自分のペースで進めていくので、知らぬうちに面倒なことに巻き込まれる。

「いいえ、永淵選手には以前、お誘いしたことがありますが、『僕はすべて善場さんに任せています』と断られましたよ」

羽田貴子は首を横に振りながら言う。襟なしのワンピースの胸元から覗くペンダントが揺れ、ダイヤがよく輝いている。

「それなら光選手ですか」

「まさか」

今度は首も振らずに否定した。

「そうですよね。一流アスリートしか興味のないあなたが、一軍のゲームに出られない育成選手を誘うはずがないですよね」

失礼な言い方だったが、彼女は微笑みを解くことなく、「それなら善場さんも同じではないですか」と返してきた。

善場のクライアントも一流ばかりだが、引き受ける選手は自分の目が行き届く三人までに抑えている。

一方のグリーンパークは野球、サッカー、バスケット、テニス、フィギュアスケート、スキーのジャンプなど様々なスポーツのスター選手五十人以上が契約しているので、収入は何十倍も違う。
「でしたらどうしてここにいるのですか」

そう聞いたところで彼女は答えなかった。浮かべた笑みになにか意味があるのは感じるが、心の中がまるで読めない。彼女は二十代はじめまで女優だったため、こういう顔はいくらでも作れるのだろう。

いかにも気が強そうな彼女の整った横顔を見ながら、こうやって近くに寄られているうちにいつしか契約してしまう若い選手は多いのだろうなと思った。

スポーツに打ち込んできた若者の多くは根がピュアで、不安や悩みをすべて自分の内にしまい込んでしまうため、芯のしっかりした女性から積極的に迫られるとつい頼ってしまう。フィールドで強がっている男ほど実は強い女に弱く、自分が弱った時には叱咤激励してほしいという願望を持っている。

グリーンパークは女性アスリートも数多く抱えているから、彼女は男とは異なるアプローチの仕方を持っているのだろう。それこそ女性が心から尊敬できる先輩や姉となり親身に相談に乗るなどして……。

そんなことを考えていると、突然、彼女の口の横にえくぼができ、オレンジ色のルージュが塗られた唇が動いた。

「善場さん、もう桜は見られましたか」

プロ野球が開幕した先週の金曜日に、東京でも桜の開花が発表になった。善場は契約選手の中里が開幕投手を務めたセネターズ戦を見るため球場に行き、土日は永淵のシーホークス戦のため福岡に移動。練習から見学していたため、そんな余裕はなかった。

「残念ながら見ておりません。もともと、僕は季節感に疎くて、お花見じたい、行った記憶もないくらいです」

「あら、それは残念ですね。花には心を落ち着かせる効果もあるんですよ」

「そうみたいですね」

軽く答えておく。それよりどうしてここにいるのか、グリーンパークが永淵光の面倒を見るというのなら、早く退散したい。

聞こうとしたところで、またおかしな質問で機先を制された。

「善場さん、恋をしたことがおありですか」

戸惑いながらも「一応、私には付き合っている女性がいますが」とバツ一の彼女である香苗のことを出す。

羽田貴子は関心があるようでもなく、また問いを重ねてきた。

「不倫についてはどう思われますか」

「さっきからなんなんですか。私にはあなたがなにを言いたいのかも分かりませんが」

「ただ私は善場さんの見解をお聞きしてるんです。不倫がいいことなのか悪いことなのか」

「良くないことではありますが、関係のない人間が余計な口を挿むことではないと思ってますが」

口にした直後に失言したと思った。彼女は本業の傍ら、女性の人権を守る活動もしている。

文句を言われたら面倒だから発言を取り消そうと思ったら、「私も同じ考えです。好きになった者同士の思いを断ち切るなんてことは誰にもできないと思ってます」と言う。そして「もちろんそれだけの覚悟があるなら、ですが」と続け、善場に視線をぶつけたまま首肯した。善場も釣られて頷いてしまった。

そこで携帯電話が鳴ったので、ポケットから出して確認する。永淵亘輝からだった。妙な視線から逃がれようと、善場は背を向け電話に出た。

「永淵さん、今、広島北警察署に着いたところです。今は取調べ中ですが、昼には光さんに会えます」

羽田貴子がここにいる理由を知りたかったが、本人がいるので遠慮した。

傷害容疑といっても、昨夜の警察との電話では、永渕光は被害者と揉み合いになり、その勢いで投げ飛ばしてしまったようだ。被害者は肩に打ち身を負った程度の軽傷と聞いているから、相手側にきちんと謝罪すれば、処分保留で釈放になることも可能だろう。

永渕も恐縮しているようで、〈すみません〉と謝ってきた。

廊下から足音が聞こえてきた。

ドアノブが回る。

羽田貴子が椅子から立ち上がって、スカートの裾を直した。

「永渕さん、光さんが来たかもしれないので、一旦電話を切ります。後でかけ直しますので」

電話を切ったところで、ドアが開いた。

「こちらです」

てっきり永渕光が入ってくるのだと思っていたが、そうではなかった。入ってきたのはキャリーケースを引いた若い女性だった。

「羽田社長、光くんは」

彼女は息を切らしながらそう尋ねた。

ＭＡ－１のブルゾンにジーンズ、ノーメイクで髪を後ろで結っている。

その女性が、シンクロナイズドスイミングの元五輪メダリスト、臼井美帆《うすいみほ》であると気づくまでに、善場はしばらく時間がかかった。

2

夕刊紙東日スポーツの記者、古見沢俊明はスイミングキャップを被ったままロッカールームに戻った。プールで二キロ泳いだせいで、運動不足が少し解消した。この後はトレーニングウエアに着替え、エアロバイクを一時間漕ぐ予定だ。三十五歳になった四年前からランニングを始め、去年三度目のフルマラソンで四時間未満を意味するサブフォーを達成した。

マラソンでこれ以上ペースを上げるのは無理そうなので、今年はトライアスロンに挑戦しようと思っている。とりあえず最初は、時間がかかってもいいから完走が目標だ。

ロッカーを開けると携帯電話の着信ランプがついていた。会社から、それも四回も入っている。なんやねん、一週間ぶりの休みやちゅうのに。

「なんかあったんですか、何度も電話して」

どうせたいした用ではないと思って聞いたが、デスクからは案の定のことを言われた。

〈古見沢、原稿がないんだよ。なにか持ちネタを出してくれないか〉

デスクの泣き言は毎度のことだ。プロ野球は三日前に開幕したばかりだが、夕刊紙の東日スポーツが試合結果を掲載するわけにはいかず、毎日、ストーブリーグ同様の裏ネタを求められる。

それでも正午前に降版になる夕刊紙にはそれなりのメリットもあり、日本時間の午前中に行われるメジャーリーグが速報で掲載できるのだ。古見沢も、去年はヤンキースで活躍する大原悠介の番記者として一年間、ニューヨークに勤務した。

最初は異国で見聞するすべてが新鮮で楽しかったが、一年も経たないうちに飽きた。どうも古見沢は、目の前で起きたゲームの様子を報じるだけでは満足できず、選手や野球関係者などの人に知られたくない秘め事やスキャンダルを調べる方が性に合っているようだ。

「大原がいるでしょうに」

メジャーは今週開幕だ。大原はオープン戦も好調で、今年はクリーンアップで起用すると監督は明言している。

〈その大原が足のつま先を痛めて十日間の故障者リストに入ることになったんだよ。きょうはそのネタで行くけど、明日以降もそんな暗いニュースで行くわけにはいかな

いだろ〉

「そやかて僕に振られても、一面張れるネタなんて持ってませんって」

今年の担当は遊軍で、特定のチームを見ているわけではない。その分、自由には動けるが、チームや選手の情報はすぐには入ってこない。

〈それが面白いネタが入ったんだ。永淵が傷害で逮捕されたらしいぞ〉

「四番で絶好調の永淵やったらビッグニュースですやん」

〈その永淵ではないんだ。レッズの育成選手である弟の方だ〉

「そっちでっか」

弟の永淵光もプロ野球選手だが、兄とは雲泥の差だ。広島の名門校から福岡シーホークスに入団した永淵亘輝が球界を代表するスラッガーに大成長したことを悔しく思ったレッズは、一昨年のドラフトで、独立リーグでプレーしていた弟の光を指名した。

といっても育成ドラフトだから、一軍の試合には出られない。二塁手で守備は堅実だが、走攻守三拍子揃った兄ほどの華やかさはない。兄弟でなければ、育成選手にもなれなかっただろう。

「で、どれくらいの罪ですか。もしかしたら刑務所送りになるとか」

〈微罪みたいだな。処分保留で今日のうちに釈放されるって話だ〉

「それやったら雑感でしょう」

〈だがついた人間が問題なんだ。ゼニバみたいだ〉

急に古見沢と因縁のある男の名が出てきた。

「どうしてゼニバが関わってくるんですか」

〈それを知りたいからおまえに電話したんだよ。おまえ、ゼニバと友達だろ〉

「友達なわけないですやん。あんな変人」

記者の中では話はできる方だが、それはゼニバのことを記者の方が怖がり、一人では質問に行かないからだ。

だが古見沢は遠慮せずに聞きたいことをぶつける。嫌みなことを言われるのはしょっちゅうだし、「訴えますよ」と脅されたこともある。電話を無視されたのは数知れない。古見沢もゼニバの銭絡みのネタを見つけたらいつでも書いてやると企《たくら》んでいるわけだから、あまり友好的にされても困ってしまうが。

「被害者は一般人ですか」

〈一般人といえばそうだけど、少し違う。迫田《さこた》組の人間だ〉

「ヤクザですか」

〈違うよ。映画監督、迫田祥《しょう》のスタッフだ。迫田監督くらいおまえでも知ってるだろ〉

「もちろんですよ、何本か観たこともあるし」

ここ数年はあまり名前を聞かないが、十年ほど前までは大作を次々と撮影して、日本の映画賞をいくつも受賞している。海外の映画賞にノミネートされたこともある。

「迫田組のスタッフがどうして広島におるんですか」

〈間もなく撮影が始まる映画の準備のため、迫田組は広島のホテルに泊まり込んでいるらしい。監督も行きっぱなしという話だ〉

「ということは、なにが原因かは分からんけど、永淵光が迫田組のスタッフとトラブルになってケガを負わせた。それをゼニバが、広島に行って解決したってことですか」

〈ああ、ゼニバが迫田監督が滞在するホテルまで謝りに行ったら、迫田組はすぐに被害届を取り下げたのかもしれん。ゼニバのことだから裏金でも渡したんだろ〉

ゼニバは弁護士でもあるから、示談にすることが仕事だ。ケガをさせたのなら見舞金として金を払うのも当然である。

だがなぜゼニバがそこまでしたのかが気になった。いくら永淵の弟とはいえ、簡単に示談にできる事件なら、専門の弁護士に任せればいいではないか。

なにか裏があると思えるほど、勘が働いたわけではない。

それでもどうせ東京にいてもやることはないしと、古見沢はデスクに広島への出張許可を貰った。

3

その日の晩に広島に入った古見沢は、火曜の朝から日本三景の一つである宮島《みやじま》の近くにあるレッズの二軍練習場に向かった。

街中から宮島口行きの市電に乗る。原爆ドーム近くの停留場が近づくと、日本語で「原爆ドーム前」と流れた後、外国人の流暢《りゅうちょう》な発音で「アトミック・ボム・ドーム」と聞こえた。停車の時は慰霊碑の鐘の音がした。街中の信号に捕まりながらも、電車はガタゴトと平和な音を立てて走る。耳をつんざくブレーキ音までどこか懐かしく、ふるさと京都の嵐電《らんでん》を思い出した。

のんびり走っていた電車が、西広島から普通列車のように急に速度を上げた。車窓を見るといつの間にか専用軌道に入っている。

さっきまで止まっているように見えた外の景色が、急に速く流れていくように感じられた。西広島を過ぎて三十分もしないうちに海が見え、電車は減速し始めた。終点の宮島口に到着した。

駅のホームに降りた瞬間に潮の匂いがした。前回は修学旅行の学生だらけだった記憶があるが、今は時期のせいか欧米の観光客が多い。

宮島に来たのはこれで三度目になる。一度目は高校の修学旅行。古見沢は花園《はなぞの》常連のラグビー部で、普段の年なら修学旅行は練習で剝奪されるのだが、その年はインターハイで四強に入ったご褒美で行くことができた。

だがあまりいい記憶はない。クラスにラクロス部に所属する美少女がいて、古見沢はその子に密かに恋していた。「向こうもおまえが好きみたいやぞ」「付き合っちゃえよ」と同級生からけしかけられ、その場の雰囲気に流されるように、古見沢は「よしゃ、修学旅行中に俺は告白する」と仲間たちに誓ったのだった。

顔全体が厳《いか》つく、モテ顔でないのは自負していた。それでもラグビーの高校日本代表に入っていた自分が言えば、彼女は喜んで受け入れてくれるのではないか。そう淡い期待を抱いて自由時間の宮島で告白したところ、間髪を容《い》れずに「他に好きな人がいるのでごめんなさい」と振られてしまったのだ。

彼女の好きな男は学校一の秀才で、人権派で有名な弁護士の息子だった。二人はその後交際し、男は東大を卒業後に弁護士になってラクロス部の彼女と結婚、新居は東京港区《みなと》の高層マンションだったそうだ。その知らせを聞いていっそう、古見沢は弱い者の味方の振りをして金儲けしている人間が大嫌いになった。

二度目は広島レッズがペナントレースで優勝し、日本中にレッズブームが湧き起こった数年前のことだ。東京から駆け付けたが、毎日記事を書き続けたことで、日本シリーズの前には書くネタがなくなった。

そこで厳島《いつくしま》神社に向かった。ゲームで盛り上がった時、レッズファンが花咲か爺《じい》さんの替え歌で「宮島さんの神主が、おみくじ引いて申すには、きょうもレッズは勝～ち、勝～ち、勝っち勝ち」と歌っているのを思い出したからだ。

――本当に宮島の神主さんは、レッズファンなんですか？

――またその質問ですか？

出てきた宮司に辟易《へきえき》した顔をされた。

――でもファンはそう歌《うと》うてるし。

――うちは全国から神主が来ているので一球団だけを応援してるわけではありません！

神主には洒落《しゃれ》がまったく通じず、追い払われた。

それでも古見沢は土産物《みやげもの》店で赤い帽子を被った店員などに聞いて回り、この替え歌は宮島の対岸にある廿日市《はつかいち》地区で明治時代から歌われていたものであり、地元の子供が広島の名門高校に入学した時、自然と応援歌になったというエピソードを知った。

〈宮島さんの神主は全然レッズファンではなかったが、歌には野球王国広島の伝統が詰まっていた〉

その記事はトリビアものとしてそれなりに大きく載った。

フェリー乗り場に向かう観光客の流れに逆らって、古見沢はタクシー乗り場に歩いていく。

レッズの練習場にはワンメーターで到着した。練習が行われていたが、グラウンドにもベンチにも背番号１０４、永淵光の姿は見当たらない。

「永淵光選手は練習しとらんのですか」

近くにいた球団関係者らしき人間に尋ねた。

「あなたは」

「東日スポーツの古見沢といいますが」

名乗ると彼は顔色を変えて、上司らしきワイシャツにウインドブレーカーを羽織った男に相談に行く。その男が二軍のマネージャーらしい。

「永淵になんの御用ですか」

威圧した態度で聞いてきた。

「一昨日の日曜の夜、永淵選手は傷害容疑で逮捕されたそうですね。昨日釈放されたようですけど、そのことを教えてくれませんか」

「それでしたら間違いですよ」

男は半笑いした顔でそう答えた。おそらく夕刊紙の記者など適当にあしらえばいいと見下しているのだろう。

「本気でそんなこと言うてるんですか。そやったら警察に誤認逮捕かどうか、今から電話して聞いてみますけど」

携帯電話を出して、適当な番号を押す。

「もしもし警察ですか？　東日スポーツです。今、レッズの偉いさんと話してるんですけど、警察は永淵光選手を誤認逮捕したんすか」

大声を出すと、周りにいたファンたちが一斉に顔を向けた。

「ちょっと待ってくださいよ」

男が慌てて制してきたので、古見沢は電話をしまった。

「うちの調べでは永淵光のお兄さん、永淵亘輝選手の代理人である善場圭一が出てって、被害者である、迫田組と示談交渉をしたと聞いてますけど」

「それはその……」

「永淵選手に会わせてもらえませんか。ここにおらんちゅうことは寮で謹慎させられてるんやと思いますけど」

そう言ったが、男は「彼はまだ育成選手なので勘弁してください」と去ってしまった。取材を申し込んで断られたのなら、あとは強引だろうが直接本人に会うしかない。寮に移動して、永淵光を呼び出すが、寮母らしき女性からも「いません」とごまかされた。

近くにセーラー服姿の女の子二人組が立っていた。

「きみら、レッズのファンやろ。永淵光選手のことでちょっと教えてくれんか。うちは東日スポーツの記者や」

そう言って名刺を出すと、「東日だってさ」「えっ、あのエッチな新聞」と彼女たちは興味津々で反応してきた。

「光くんのことを記事にしてくれるんですか」

「そんなところや。光くんって、どんな選手かいな」

「優しい人だよ。私たちファンのことも考えてくれて、雨の中で待ってると、カイロくれたりするし」

「そこでカイロをくれたちゅうことは、きみらが光くんのファンでないと、彼はわかったってことやな」

それも当然だろう。サムライジャパンにも入る兄とは異なり、弟は地味な選手だ。

「でも今は応援してるよ。光くんはジャニーズみたいでカッコいいし」

一人が言うと、もう一人も「いつも最後まで練習してるのは光くんだし」と続けた。

「きょうは練習休んどるんやろ」

「それで心配になって私たちもここに来たんだけど、どうしたのかな、光くん」

おそらく二人は逮捕されたことも知らず、謹慎させられているとも思っていないのだろう。育成選手を応援している彼女たちをがっかりさせることもないと、古見沢はそれ以上聞くのをやめた。

それから二時間、寮の前で待ったが永淵光は出てこず、古見沢は出直すことにした。なにか書けるネタが見つかれば、帰りは八千円ほどかかっても広島市内までタクシーで戻るつもりだったが、収穫なしではそういうわけにはいかない。宮島口までタクシーで戻り、切符を買って、改札を通る。

ちょうど到着した電車からカメラバッグを肩に担いだ男が出てきた。恰好《かっこう》からしてマスコミのカメラマンだが、見たことはなかった。

同じ車両からもう一人、カメラバッグをかついだ男が出てきた。この男は知っている。写真週刊誌「ＺＯＯＭ」のカメラマンである。

二人して永淵光の取材かいな。

だがすぐにそれは不自然だと思い直した。写真週刊誌が二人もカメラマンを出すほどの選手ではない。

カメラマンは話をしながらフェリー乗り場へと歩いていく。

「すんません。忘れ物をしたんで一度出てええですか」

古見沢は駅員に切符を見せ、改札を出た。

4

白波を立ててフェリーが波止場を離れていくのを古見沢はデッキから眺めた。四月の海風は思っていた以上に冷たくて肌寒いが、客室は顔見知りのカメラマンが座っているので入れない。船首に近いところまで移動すると、海上に浮かぶ厳島神社の赤い大鳥居が近づいてきた。

フェリーが接岸すると、真っ先に降船する。柱に隠れて待つとカメラマン二人も降りてきた。彼らは観光客と同じ方向に進んでいく。

宮島はいたるところに桜が咲き、島一帯を薄桃色に染めていた。日本三景で花見……最高に贅沢《ぜいたく》な景色であるが、そのような写真のために写真週刊誌のカメラマンが来るはずがない。

古見沢は十メートルほど距離を取って、彼らを見失わないように注意した。途中で鹿が目の前に出てきて、立ち止まる。

「こら、邪魔やないか」

手で払おうとすると、鹿は興ざめした目で古見沢を見て、移動した。

表参道商店街に入ると、もみじ饅頭《まんじゅう》やしゃもじを売る土産物店が軒を連ねていた。

威勢のいい売り口上で賑やかだ。食堂も多くある。

カメラを首からぶら下げた二人は、食堂の中を覗いては、次の店へと移動していく。食堂から漂う穴子を焼く香ばしい匂いが鼻をくすぐり、腹が鳴り始めた。遠目から尾行するのがだんだんじれったくなり、二人の会話が聞こえる距離まで近づいてみた。

「本当にいるんですか。ガセネタじゃないんですか」

「日付と広島という場所まで伝えられた以上、探すしかないだろ。電話してきた人間はうちがやらなきゃ他の週刊誌に流すと言ってたわけだし」

「だからって、ありうるんですかね、そんなことが」

どうやらタレコミがあったようだ。だが固有名詞が出てこないのでどんなネタなのか想像がつかない。

「ここに二人いてもしようがない。やっぱり手分けしよう」

「僕はもう一度、平和公園から縮景園《しゅっけいえん》を回ってみます」

「俺は宮島を一周してから、広島城に行くわ。なにかあったら電話くれ」

二人が別れたので、古見沢は顔見知りの方についた。厳島神社の大鳥居の方向へ進むが、そこで足が止まった。

「満潮みたいね」

観光客が残念そうに話している。潮位が百センチ以下でないと大鳥居までは歩いていけないらしい。望遠レンズで周囲を探っていたカメラマンも踵《きびす》を返して来た道を戻り始めた。

その頃には古見沢は腹が減りすぎて、尾行などどうでもよくなっていた。写真週刊誌だからきっと芸能人の密会現場を押さえるつもりなのだろうが、それは野球記者の自分の仕事ではない。

カメラマンから離れ、穴子飯の名店に入る。久々に食った穴子は、肉厚でふかふかし、あっと言う間に平らげた。

店を出た時にはカメラマンの姿はなかった。

「宮島さん、いつぞやは茶化した記事を書いて、すんまへん」

神社の本殿がある方角に頭を下げて、フェリー乗り場に戻った。

5

食欲に負けて尾行を諦めた古見沢だが、ホテルに戻って一応デスクに電話を入れた。

「うちもカメラマンを出した方がええんやないですか」と伝えたのだが、〈芸能人ったって、誰かも分からんのに人なんか出せるか〉と相手にされなかった。

〈それよりお前、永淵光の件はどうだった。うちの芸能担当の話だと、迫田監督は相

当怒ってるらしいぞ〉

「示談に応じておいて、まだ文句言うとるんですか」

被害届を取り下げたわけだから、決着はついた話だ。そこでファンが永淵光のルックスはジャニーズ級と言っていたのを思い出した。

永淵が映画にスカウトでもされ、それを断ったのが原因か。いやいや、シーズンが始まったばかりのこの時期に、そんなことはありえない。

だがデスクも芸能部から詳しい話を聞いていないようで、〈それを調べるのがおまえの仕事だろ〉と押し付けてくる。

「球団が永淵光を隠してて、会えんのですわ」

〈だったらお友達のゼニバに聞けよ〉

「友達やったらとっくに電話で聞いてますわ」

何度もかけたが、電源を切られている。

〈明日こそは一面頼むぞ〉

電話が終わっても、古見沢はまったくやる気がしなかった。

結局、午後はなにもせず、昼寝をしたら夜七時になっていた。出張させてもらって一行も原稿を書いていないが、これくらいで会社に申し訳ないと思うようでは夕刊紙の仕事は務まらない。事件があると、一週間も二週間も馬車馬のように働かされるのだ。うまく手を抜かないことには体は壊れてしまう。

穴子飯は完全に消化し、また腹が減ってきた。広島に来たのだからお好み焼きを食おうと、広島城近くのビジネスホテルを出た。

ロビーはこれから出かけようとする年配客で賑わっていた。缶ビールやツマミを入れたビニール袋をぶら下げているから、夜桜見物か。

広島城の天守閣を眺めながら繁華街方面に歩いていく。粉物を食うならと、途中でコンビニに入りトマトジュースを二本買った。

「ここで飲むから、袋はいらんわ」

店員は「はぁ」と不思議な顔をしていたが、その場でプルトップを開けた。

ラグビーをやっていた学生時代は超筋肉質で、腹筋はパキパキに割れていたのだが、不摂生と不規則勤務のせいで今の体には当時の面影もない。たまの休みにはジムで鍛え、年に一度はマラソンにも挑戦しているが、もともと太る体質なので、炭水化物が中心の食事前には、先にトマトジュースを飲んでリコピンを補充しておくのだ。

続けざまに二本、一気飲みすると、でっかい音のゲップが出た。

「おい、古見沢」

コンビニを出たところで宮島で会った写真週刊誌のカメラマンに鉢合わせした。

「あっ」

挨拶しようとしたが、名前が思い出せない。

「おまえ、俺のことを忘れたのか」

眉間に深い皺が入っていく。カメラマンは型破りな人が多いので、機嫌を損ねるといろいろ面倒なことになるが、そこで思い出した。

「あっ、『ZOOM』の山田《やまだ》さんですね。前に大阪の元選手がヤクザ事務所に出入りしてた件で一緒に張り込みさせてもらいました」

「おお、あの時は大変だったな」

元選手が組事務所に入ったところの写真を収めたが、組員に見つけられて、写真を出せ、出さないの押し問答になった。提出したカメラマンもいたが、何人かは応じず、その中に古見沢と山田がいた。

ヤクザは力ずくで奪おうと手を出してきた。ラグビーのフルバックだった古見沢は胸倉を摑んできたヤクザに押されようとも、押し返して応戦した。山田も小柄な体なのにまったく怯《ひる》まなかった。そのうち通報を受けた警察官が来て、ヤクザの方が退散した。

「おまえ、昼間も俺を尾行してただろ」

「山田さんは気づいていたんですか」

「当たり前だ。こっちはどこからターゲットが来るか常に目を配ってんだ。鳥居の手前でおまえが後ろにいたのに気づいたが、わざと知らんぷりしてやったんだよ」

偉そうに言うが、古見沢が尾行したのは行きのフェリーからだから、山田が気づいたのはずいぶん後になる。

「だけどおまえさんも広島まで来るとはな。さすが東日のエース記者だぜ」

さすがと言われても誰を狙っているのかも分かっていないのだが、「いえ、それほどでも」と知ったかぶりをしておく。

「こっちもおまえさんを見つけたおかげで、この情報は当たりだと、確信したけどな」

おまえがいたからとはどういう意味なのか。ますます謎めいてくる。正直に「来たのは別件です」と白状し教えてもらおうと思ったが、山田の携帯が鳴り、「そうか、発見したか。縮景園だな。今行く」と声が弾んだ。

「古見沢、うちの情報だが、熱心なおまえに免じて特別サービスだ。雑誌の発売日である明後日木曜日まで我慢してくれんなら、おまえも現場に連れてってやる」

数々のスクープ写真を撮ってきたベテランカメラマンがここまで興奮するのだから相当なネタなのだろう。貰えるものは貰っておこうと「約束します」と返事をした。

山田が捕まえたタクシーに二人で乗る。

「大至急、縮景園に行ってくれ」

誰を撮りに行くのか聞きたかったが、聞けば山田が心変わりするかもしれないと黙っておいた。

タクシーを降り、庭園へと入っていく。

夜のとばりが降りたそこは、木がライトアップされ、夜気までが透き通るほどの桜色だった。桜の数はけっして多くはないのだが、藩主の別邸の日本庭園としても有名な場所とあって、宮島とは異なる淑《しと》やかな趣がある。

山田の後をついて歩くと、木の陰で宮島にいたカメラマンが手を挙げて待っていた。

「あそこです。あの二人です」

二十メートルほど先を指した。

桜の木の下にスーツ姿の男と淡いベージュのワンピースを着た髪の長い女性が背を向けて歩いている。

スーツ姿の男がゼニバだったことに古見沢は目を疑った。

それなら隣の女性は証券会社に勤める恋人か？　違った。あの女、羽田貴子やないか。

「なんであの二人が一緒やねん」

古見沢が声に出すと、山田が人差し指を口に当てた。

二人はわずか数センチの距離で肩を並べ、同じ方向の花を見上げている。

ゼニバも羽田貴子も人気選手を囲って荒稼ぎしている似た者同士であるが、これまでは距離感を取ってきたはず。それがこの夜は完全な恋人同士に見える。

そう感じるのは羽田貴子のせいかもしれない。彼女は、古見沢らマスコミの前ではけっして見せたことがない表情で、ゼニバとの花見を楽しんでいる。

ただ笑うのではなく、上目遣いになったり、流し目になったりと目の動きだけでもなにやら艶《なま》めかしい。

一方のゼニバも、羽田とは違った意味で古見沢が知る姿とは違った。

いつもは憎たらしいほど堂々としているのが、好きな女の前で緊張してなにもできない初心《うぶ》な男のようだ。

山田は木から望遠レンズの先だけ伸ばして撮影していた。古見沢も携帯電話をカメラモードに替えて写す。その時、羽田貴子がゼニバに耳打ちした。

「バレたんやないですか」

古見沢は小声で言って木の陰に隠れた。直前に羽田貴子が自分たちが立つ方向を横目で窺ったように見えたからだ。

それは気のせいだった。気づいたのならゼニバもこちらを確認してくるだろうが、彼は桜を見たまま顔を動かさない。

羽田貴子が肘から先だけを動かしてゼニバの肩を軽く叩く。するとゼニバの硬い表情が緩んだ。この顔も見たことがなかった。なんの話題で盛り上がっているのかは想像もつかないが、二人で夜桜観賞を楽しんでいるのは間違いない。

二人は次の桜へと歩を進めたが、そこでヒールのパンプスを履いた羽田貴子がよろけた。ゼニバがすぐさま手を出して、ワンピースの肩を横から押さえる。

「おっ、いいぞ」

カメラマンがシャッターを切り、古見沢もその瞬間を連写した。ゼニバは肩を持ったまま、触られた彼女もじっとしているので、写真は何枚でも撮れた。

「待てよ、こんなのあるか」

山田が口を挿んだ。

「なに言ってるんですか。すごい特ダネじゃないですか」

もう一人のカメラマンが声を殺して言う。

「よく考えてみろよ。いくらゼニバと羽田貴子が広島でデートしているというタレコミがあったからって、あの二人がこんな分かりやすい桜の名所でデートするか」

「どこでもいいんじゃないですか。二人とも独身で、別に不倫でもないんですから」

カメラマンはそう言ったが、ゼニバには恋人がいる。不倫でなくても二股交際、不貞と呼ぶには充分な行動だ。

古見沢も腑《ふ》に落ちなかった。東日スポーツでも一面を飾れるスクープ写真だが、普段はまるで隙のない二人がこんな場所で会うとは……。

そもそも撮られている気配に気づかないことすら古見沢には不思議でしょうがない。

だがそんなことを考えている暇もなくなった。

二人の頭上から花びらが舞い落ち、わずかしかない隙間を通り抜けていく。その花びらの行方を追うように二人が見つめ合ったのだ。

羽田貴子の長い睫毛《まつげ》は揺れ、瞳が霞《かす》んでいるように見えた。

ゼニバが、空いていた左手を羽田貴子の二の腕に動かし、両手で軽く抱きしめる恰好になった。

まるで二人の心臓が早鐘を打つ音が聞こえてくるようだった。その音が二人の音なのか、自分の音なのかも分からない。

羽田貴子の瞼《まぶた》が閉じていく。

思いがけないシーンに古見沢は声を出しそうになった。

声が出るより先に、両手で羽田貴子の体を押さえていたゼニバが、首を横に曲げて顔を寄せていき、二人の唇が重なり合った――。

6

「どういうつもりで、あなたはうちの会社に連絡してこられたのですか。あのような事実無根の記事を載せておいて」

羽田貴子は両端が尖《とが》ったアーモンド型の目を釣り上げ、古見沢に向けた。

広島で見た時とは顔が違う。夜桜の下ではメイクも薄く、優しく感じられたが、この日は眉もアイラインをしっかり描き、気の強さが滲み出ている。どちらが羽田貴子の素の顔かと聞けば、彼女を知る人間は全員、今の顔だと答えるだろう。

「こんな証拠写真があるのに事実無根はないでしょう」

古見沢は目の前に置いたこの日の東日スポーツの一面を指で差す。

「だからそれは誤解だと言ってるじゃないですか。お花見してた時、たまたま耳打ちしてお話ししたのが、そういう風に見えただけです」

いつもより控えめな言い方だが、たとえ強い口調で抗議されたとしても説得力はない。どう見たところで二人の唇は隙間なく重なっていて、耳打ちしているようには見えない。

きょう木曜日、東日スポーツは善場圭一と羽田貴子の路チュー写真を一面で報じた。今朝発売の「ＺＯＯＭ」にも掲載されていて、テレビの情報番組でも取り上げられている。

ただし二人のコメントは東日にも「ＺＯＯＭ」にも載っていない。

キスシーンを撮った後、古見沢は直撃取材を試みた。だがゼニバが先に気づき、羽田貴子の肩を抱くように外で客待ちしていたタクシーまで誘導した。

追跡すると二人は広島の高級ホテルに入った。同室なのかは分からなかったが、翌朝、七時にキャリーバッグを引いて羽田貴子がロビーに現れ、七時十五分にゼニバがボストンバッグを持って出てきた。精算したのはゼニバだけだったことに、カメラマンたちは「同室だぞ」と喜び、そのシーンを撮影していた。

羽田貴子を追いかけたカメラマンによると彼女は新幹線だったが、ゼニバは空港に行った。古見沢は飛行機を降りた羽田《はねだ》でようやくゼニバを捕まえ、「あんたなんで羽田貴子とあんなことをしたんや。証券会社の女とは別れたんか」と質問したが、ゼニバは一切答えずに、タクシーで消えた。

その後も電話しているが、梨のつぶてだ。

グリーンパークも同様だったが、ダメ元で新聞発売後に電話を入れたら、女子社員から羽田社長が会社に来てくださいと言ってます、と伝えられたのだった。

「おたくらがデートしたのは事実でしょ」

「デートではなくただのお花見です」

「とても『ただの』には見えませんでしたけどね。二人の距離はこんなもんでしたし」両手で五センチほどの隙間を作った。「それにあんたはずっと女の顔して、ゼニバの肩を叩いたり、手練手管で誘ってたやないですか」

言いながらも、さぁ、これからヒステリックな反撃が始まり、「法的手段を取らせていただきます」という羽田貴子の得意文句が出るぞと、心構えをしていた。しかし、出てきたセリフは違った。

「別にプライベートな時間に誰がなにをしようといいじゃないですか」

デートを認めるんかい……拍子抜けして、思わず前のめりになりそうになる。

「ですけど記事に書いてあるように、同じ部屋には泊まってないですけどね」

その部分は否定してきた。

「そいならキスは？」

「あなた方の錯覚ですよ」

「それは嘘ですね。ブチューちゅう音まで聞こえてきましたから」

実際に音が聞こえたわけではないが、そう想像してしまうほどキスは濃厚で、十秒近く唇を合わせていたように感じた。

「だいたい羽田さんはなぜ広島に行ったんですか」

「それはあなたの記事に書いてあった通りです。明後日から広島で行われる競泳の日本選手権に弊社が契約する選手が三名出場します。私は彼らを激励しに行きました」

そのことは昨日までに、古見沢が取材して摑んだ。三名とも優勝の期待がかかる、次の五輪のメダル候補である。

「それならゼニバさんはなんで広島におったんですかね」

調べると、ゼニバは土、日は福岡を訪れ、日曜の夜は永淵亘輝と食事に行っている。それが月曜午前に広島に移動した。

理由は永淵の弟、光が傷害事件を起こして逮捕されたからであり、ゼニバが手を尽くして迫田組との示談をまとめたことで、光は月曜夕方には釈放された。だがその後も広島に残った理由が判明できない。

「善場さんはなんておっしゃっていますか。古見沢さんは記者さんの中では善場さんと親しいんですよね。独占インタビューもされていましたし」

「それが今回はまるで相手にされませんねん。ヤツはどこにも姿を現さんし」

普段は自分の契約選手が出場する各地の球場を訪れるゼニバも、密会デートのことを聞かれるのが嫌なのか、顔すら見せない。

「今回びっくりしたのは羽田社長、あなたの変貌ぶりです。まるで普段とは別人のように可愛《かわい》なってました」

「な、なにを」

可愛いと褒めたことに彼女はそれまでの強い視線を緩め、動揺の色を隠せないでいた。

「可愛いだけではなくて、えらい色気もありましたわ。まぁ、そういうたら当然ですわな。あなたは昔は将来を嘱望された女優さんで、しかも今、三十五歳と女盛りですし」

監督からのセクハラ疑惑で引退していなければ、今頃、大女優になっていたかもしれない。

「だいたい、いつも僕らを正面から睨んでくるあなたが、あの時はゼニバに対して常にこんな感じで体を斜めにして、ずっと色っぽい目を送ってるんですから」

古見沢はあの晩の羽田を再現するつもりで体を外側に傾け、流し目を送った。

「そんなことはしてませんよ」

否定する口調からしても、普段のやり手社長とは微妙に違う。

「あなたのような美人にあんな色気のある顔で誘われたら、ゼニバみたいな堅物でもイチコロですわ。ゼニバも今まで見たことがないほど嬉しそうやったし」

嬉しいというよりどうしていいか困っているように見えたが、目を閉じてキスを求めた羽田貴子に、ちゃんと応じたのだからゼニバもまんざらでもなかったということだ。

「ほんまに魅力的でした。六本木のキャバ嬢かて、あそこまでの色気は出せへんですよ」

「キャバ嬢ですって」

調子に乗ってつい口を滑らせた。まずいと思い訂正しようとしたが、「それ以上、失礼なことを言うのでしたら、帰っていただきますよ」といつもの羽田貴子らしいセリフが出た。

「そやけど羽田さんは、いったいどういうつもりなんですか。ゼニバには恋人がおるんですよ」

「それは存じあげております」

「知ってるなら、その彼女に申し訳ないとか思わんのですか」

「それは思いますが、でも仕方がないんじゃないですか」

「おっ、開き直りましたね。まさかグリーンパークの社長から不貞を容認する発言が聞けるとは思いもしませんでした。これで結婚している選手もこれからは堂々と不倫ができますね。スポンサーは怒るでしょうけど」

「容認しているわけではありません。私は、心から結びついてしまった二人というのは、周りがどんな倫理観を持って引き離そうとしてもそれはできない、そう申しているだけです」

「そこまでおっしゃるんでしたら、明日の新聞にその談話も書かせていただきます」

「それは困ります。あくまでも一般論として話しているのですから」

そこはきっぱりと言った。もう騙《だま》された振りに付き合うのは充分だと、古見沢は自分が調べたことを当ててみることにした。

「ねえ、羽田社長。話題性があるから記事にはしましたけど、あれから僕もいろいろと調べさせてもらいました。ゼニバがどうして広島であなたとデートしたかまでは分かりませんでしたが、あなたがそうせざるをえなかった事情は調べがつきました」

「なんですか、その事情とは」

「臼井美帆さんのことですよ。あなたがさっき言うた許されない関係も、臼井美帆さんのことでっしゃろ」

「いったいなにを言いだすんですか、美帆はもうとっくに私の事務所を離れてますよ」

表情は変えずに言い返してきたが、古見沢は彼女の瞳が微かに動いたのを感じた。

前回の五輪シンクロナイズドスイミングでメダルを獲得した臼井美帆は、当時はグリーンパークがマネージメント契約をしていた。五輪前、彼女がスランプに陥った時は、羽田社長自らが練習場で励ましたことが、メダル獲得後の美談となった。

「五輪後、テレビキャスターをやってた臼井さんですが、名前を聞かなくなったと思ったら、女優を目指しておられたんですってね。その努力がようやく実り、この夏クランクインする迫田祥監督の映画に抜擢されることが決まっていた。広島の宮島を舞台にしたラブストーリーですってね」

羽田貴子は顔を見てくるだけで黙っていた。まさか東日の記者が知っているとは予想していなかったのだろう。だがゴシップ新聞である東日は映画賞も持っていて、作品賞やら主演賞などの表彰をしているので、その手の情報には滅法強い。

「ところが、そんな大事な時期だというのに、臼井さん、交際相手で小学校から高校までの同級生であるレッズの永淵光選手とのデートをフリーカメラマンに撮られてしまったとか。その写真は、迫田組が買い取って表に出ないようにしたみたいですけど、迫田監督はそれだけでは納得できなかった。それで日曜日に永淵光選手に謝罪させたが、そこでなにか話がこじれてしまい、スタッフとのトラブルになった」

「美帆が今、誰と付き合っているかは知りませんが、そもそもそのことがどうして私が善場さんとデートせざるをえない事情になるのですか」

理路整然とついてくるが、これまでのような古見沢が萎縮するほどの怖さは感じられない。

「これは僕の推測ですが、迫田監督は、臼井美帆の後見人であるあなたに責任を取らせたかったのではないですか。あなたに、臼井美帆が撮られたのと同じスキャンダラスな目に遭ってみろ。でなきゃ、臼井美帆を役から降ろすとか言うて……。それが正解ならゼニバの行動も納得がいきます。ゼニバは永淵光とは直接関係がないですけど、兄の永淵亘輝の代理人ですからね」

それまで真顔で聞いていた羽田貴子が手を口に当てて笑い始めた。結構な笑い声だ。

「そんなにおかしいですか」

「だってそうですよ。それで許してくれるほど芸能界は甘くないですし、もしそうだとしても、どうして私たちにそんなことをやらせるんですか。美帆には昔、たくさん稼がせてもらいましたが、彼女は別の事務所に移籍したんですよ」

今は大手の芸能事務所だ。本来ならそこが謝罪するなりして、責任を取らなくてはならないが、取材していくうちに古見沢はその理由に辿《たど》り着けた。

「向こうはあなただからこそ、恥をかかせたかったんですよ。あなたが女優だった十年ほど前、突然、降板して引退宣言したことは覚えていましたが、その映画の監督が迫田さんだったことはすっかり忘れてました」

そう言うと羽田貴子は唇を結んだ。監督によるセクハラという噂が出たが、羽田貴子が取材を拒否したため、マスコミはそれ以上の追及はしなかった。だが撮影中なら発生するはずの違約金もなかったのは、監督サイドがそれ以上騒ぎたてられたくなかったからだろう。

「迫田監督がこの十年、大きな映画を撮ってこなかったのも噂が完全に消えるのを待っていたんでしょうな。ある意味、これまでは、あなたの方が迫田監督に対して有利だった。だけど今回の臼井さんの写真の件でお二人の立場は逆転してしまった」

力強く描かれていた羽田貴子の眉が少し狭まったように見えた。たぶん正解だ。誰が「ZOOM」に密告電話を入れたかも、これなら合点がいく。

「よく取材されていますが、一部は違います」

羽田貴子は澄ました顔で首をゆっくり横に振った。

「違うのなら説明願えますか」

強気に言い返す。

「まさか録音されてませんよね」

細い顎で古見沢の上着のポケットを差した。

「そんな卑怯《ひきょう》なこと、しやしませんわ」

スーツのポケットをひっくり返し、上着の前をめくって、なにも忍ばせていないと示す。

「でしたら一つだけ古見沢さんの知らないことをお話しします。私は迫田監督にセクハラをされたから女優をやめたわけではありません」

「ならどうして引退しはったんですか」

羽田貴子は十七歳の時、コンテストで優勝してデビューした。その後は大学に通いながら女優を続け、主役級の役を射止めた。迫田作品にも複数出ていた。

「それは簡単です。恋に破れたからです」

「まさかその相手が迫田監督やったというわけではないでしょうな。その仕打ちで引退されたとか？」

迫田は今、五十歳。大学を出た息子が今、助監督をやっているから当時から既婚だった。

「私は、先ほどこういう恋愛にどちらが悪いということはないと申したではないですか」

ということは不倫を認めるのか。真偽を確かめようと目を探ったが、強い視線ではじき返された。

「今の話、記事にはしないでくださいね。もしされたら……」

そこで間が空いた。

「法的手段を取らせていただきます、でっしゃろ？」

「そういうことです」

いつもの羽田貴子らしい口調に、「分かってますがな」としか言えなかった。

7

髪をひっつめにした女性が、プールサイドからゆっくりジャンプし、体をしなやかに折り曲げて飛び込んだ。水飛沫《みずしぶき》はほとんど上がらない。しばらく潜っていると浮き上がってきて、水面から腰まで出す。

伸ばした手は、二の腕から指先まできれいに伸びて美しかった。そしてまた潜る。今度は逆さになって、つま先からくるぶしまで一つの線となって伸びた。その細い足がカギのように曲がり、回転していく。

演技は五分ほど続いた。最後は水面から一気に浮上し、上半身全体を使ってポーズを決めた。

プールサイドの端で隠れるように見ていた古見沢は立ち上がって叫んだ。

「バラスーシー」

拍手して指笛を吹く。

ノーズクリップをした臼井美帆が怪訝《けげん》な目を向けた。

「なんなんですか。いきなりおかしな声を出して」

セーターにジーンズ、髪を降ろした彼女に睨まれた。古見沢に「着替えてくるからプール内のカフェで待っていてほしい」と言った彼女は三十分で現れた。

オリンピックでは目の周りを濃い青で塗っていたが、今はノーメイク、おとなしい感じではあるが美人であるのは間違いない。

「素晴らしいの業界用語ですやん。臼井さんも三年間も芸能業界にいるんですから聞いてるでしょ」

「そんなバブルの時みたいな言葉を使う人、今はいませんよ」

古見沢が新人の頃の鬼デスクが元芸能記者で、たまに頑張ってネタを持ってくると「バラスーシー」と褒めてくれた。もっともその人は芸能といっても音楽専門だったので、音楽業界の言葉かもしれない。

「業界用語って、カッコつけて言葉を逆さにしてるわけではないんですよ。そのまま言うと照れ臭いからです」

「そっちの方が恥ずかしいですよ。だいたい私はプライベートで泳いでいたのに、勝手に入ってくるなんて」

彼女の怒りは止まらなかった。それでも取材に応じてくれるのは、一昨日の東日スポーツのスクープ写真のことがあるからだろう。

「全然ブランクは感じませんでしたね。今からでも現役復帰ができるんやないですか」

「そんな簡単に現役に戻れるはずがありませんよ。現役時代は……」

「一日十時間以上練習していたらしいですね。七千キロカロリー以上消耗し、毎日六食くらい食べるとか、オリンピックの直前、『情熱大陸』に出てたのを見ました」

古見沢が言うと、彼女は「そうですね」と愛想なく答えた。あの企画も臼井美帆は嫌がったのに羽田貴子が強引にテレビ局にもちかけ実現したらしい。緊張症の彼女はそれまで大きな大会では力を発揮できなかったが、最後の五輪と決めた前回、羽田貴子の様々なサポートもあって、ついに念願のメダルを獲ったのだ。

「あなたのプライベートな時間にお邪魔したのは、羽田社長と善場圭一の件です。二人のキス写真を見てどう思いましたか」

「とくになにも感じませんが」

彼女は平然と返してきた。よく見ると彼女の目もアーモンドアイだ。

「あなたはひどく心を痛めたんやないですか。なにせあなたが尊敬する羽田社長が、自分のために、我々メディアの前で恥を晒したわけですから」

「おっしゃってる意味が分かりません」

どこまでも惚ける気のようだ。羽田貴子にそう答えろと言われているのだろう。

「あの時の羽田社長は、まるで恋に落ちた乙女《おとめ》のようでした。癪《しゃく》に障りますけど、相手のゼニバもカッコいい男ですから、美男美女の素敵なカップルです。でもいくら事情があったからといって、嘘であんなデートをしたらいけません。羽田社長だって今後、素敵な恋人が現れるかもしれんのに、その人がヤキモチを焼いてまいます」

彼女は返事もしないので、先を続けた。

「あなたが隠しても、真相はバレていますからね。僕は羽田社長に会ったあと、昨日、広島に行って、永淵光選手に話を聞いてきました。永淵光選手はちゃんと認めましたよ」

アーチ型の眉尻が寄ったのを見逃さなかった。映画に出るところまで努力を積み重ねてきたとはいえ、女優の勉強をしてまだ三年だ。羽田貴子の芝居のレベルには到底及ばない。

昨日、広島で行われた二軍戦、五日間の謹慎が明けた永淵光は、九回だけ、ショートの守備についた。試合後に古見沢が近づくと、二軍マネージャーに「取材はやめてください」と制されたが、永淵光が「きちんと話します」と言い、その後、一対一で取材ができた。

シーホークスで四番を打っている兄の亘輝は向こう気が強く、厳しい質問をする記者には声を荒らげて反論してくるが、弟は真面目でおとなしい性格だった。

彼は逮捕された日のことも素直に答えた。

――僕が悪いんです。謝罪に行きながら、途中で席を立ってしまったんですから。

スタッフの人が止めに来ましたが、振り払った時に勢いで投げ飛ばしてしまいました。

――どうして席を立ったんですか。

――それは……。

少し悩んだが彼ははっきりと言った。

——別れる約束ができなかったからです。

「光くん、そんなことを言ったんですか」

古見沢の説明に、臼井美帆も暗に事実だと認めた。彼女も後ろめたさを感じているのではないか。

売り出し前の女優に手をつけたと、まるで永渕光だけが悪いようだが、二人の性格から判断すれば、永渕光がお互いの立場をわきまえずに告白したとは思えない。交際に至ったのは臼井美帆の気持ちが強く反映しているはずだ。

「羽田社長に会って、なぜあんな偽デートをしたのかも理解できました。羽田社長、迫田監督との不倫関係が原因で女優を引退されたそうですね」

「それは違います」

すぐさま否定された。

「庇《かば》わなくていいんですよ。だってこの話、羽田社長本人から教えてもらったんですから」

「社長が言ったんですか……」

「ですけど不思議なんはどうして羽田社長があなたのために、迫田監督の指示に従ったのかということですよね。それは今回の相手役を頼んだゼニバという代理人にも言えることですけど、いくら監督から、二人で写真週刊誌に撮られることが条件だと命じられたとしても、臼井さんはもう別の事務所の所属ですし、羽田社長がそこまで責任を取ることはない」

彼女は俯きながら聞いていた。

「そのこと、あなたにお会いして少し解りました」

彼女の素顔を見て言った。瞳は白い部分が見えないほど大きくて目力がある。鼻はけっして強調することなく、美しい稜線《りょうせん》を辿る。肌はきめ細かく、広島で見た桜のような薄いチークが似合いそうだ……。

「あなた、女優の頃の羽田社長にそっくりですね。今みたいに化粧してへん時はとくに」

今は敏腕社長の印象が強いが、女優の頃の羽田貴子は清純派と言われていた。

「今回、僕らが見た羽田社長は、好きな男に夢中になる美しいヒロインでしたが、あなたもそんな抒情性《じょじょうせい》に富んだ演技ができるんでしょう。そやからシンクロをやめ、たった三年で映画デビューまで辿り着けた。もちろんただ似てるだけでなく、あなたも大変なレッスンをこなして、努力されたんでしょうけど」

尊敬する羽田貴子に似ていると言われたことは臼井美帆にとっても光栄だったはずだ。表情に張り付いていた警戒心のようなものまでが消えた。

「シンクロを引退したあなたに女優になるべきだと勧めたのも羽田社長なんじゃないですか」

想像しすぎかと思ったが、彼女は否定しないから当たりかもしれない。

「事務所移籍もそうです。本格的な女優になるなら、スポーツ中心のグリーンパークより、大手の芸能事務所に移った方がいい。でも移籍後も羽田社長はなにかと相談に乗ってあげていた。もしかして今回、迫田監督の映画に出演できたのも羽田社長の頼みですかね……いや、それはプロの女優になられたあなたには失礼な質問ですね。今のは取り消します」

「いえ、その通りです」

臼井美帆は頷いた。「私は羽田社長のおかげでオーディションも通ったんです。なのに私の軽率な行動で、監督を怒らせてしまって……」

やっと全部を認めた。ただこのままでは、彼女が大事にしているものを、映画出演のために捨ててしまうことになる。

「僕は今回の羽田社長の行動、あなたへのメッセージやないかと思っているんです」

「どういう意味ですか」

「羽田社長はあなたの味方だということです。幸いにもあなたも永渕選手も独身です。恋愛御法度《ごはっと》の事務所もありますが、あなたはアイドルではありませんし、テレビや映画では結婚した女優さんもたくさん活躍されてます」

「社長は、私がしたことを許してくれてるんですか」

「はっきり聞いたわけではないですけど、まぁ、そうやと思います。羽田社長は『心から結びついてしまった二人というのは、周りがどんな倫理観を持って引き離そうとしてもそれはできない』と言うてましたし」

臼井美帆は真っすぐ目を向けて聞いていた。今の言葉は、彼女の耳の奥では恩人の声に変換されたはずだ。

泳いでも晴らせなかった心の迷いも、完全に吹っ切れたようだ。

古見沢は改めてどこか既視感のある彼女の顔をよく観察した。

羽田貴子は苦手だが、この子なら応援してあげたいと心から思った。

8

古見沢は広島の平和大通りにあるビルの非常階段から、隣のホテルのエントランスに双眼鏡を向けて眺めていた。迫田祥監督がスタッフとともに長期滞在しているホテルである。

「古見沢、本当に臼井美帆は現れるのか」

隣から「ZOOM」の山田が望遠レンズを覗きながら聞いてきた。

「間違いないですよ。昨日、臼井美帆から電話があって、明日の月曜日、彼と一緒に迫田監督にきちんとお詫《わ》びに行くと、時間と場所まで言うてきたんです」

別れる気ならあんなにしっかりとは話さないだろう。きちんと説明して交際を認めてもらう気なのだ。五輪で表彰台に上がった時を思い出すほど、清々《すがすが》しい表情が想像できた。

「相手は育成選手なんでしょ。そんな男との恋愛を撮っても意味ないでしょ」連れてきた東日のカメラマンが文句を垂れる。

「こっちは誤った情報を読者に流してもうたんや。ちゃんと二人の交際を読者に報じるのが新聞としての使命やろ」

「散々デタラメ書いてきたくせに、よく言いますよ。うちは夕刊紙やからエエんやが古見沢さんの口癖だったじゃないですか」

「四の五の言わずに、見逃さんようちゃんと見張っとけ」

カメラマンの後頭部を叩いた。

「おい、あの車じゃないか」

山田がレンズを動かした。古見沢も身を乗り出すようにして双眼鏡で見る。ミニバンのタクシーがハザードをつけて、ホテルの車寄せで停止した。

いよいよだ。ドアが開く。左側から紺のスーツのゼニバが降り、次に黒いスーツにハンドバッグを持つ羽田貴子が出てきた。

「またあの二人じゃないですか」

カメラマンがファインダーから目を離そうとしたが、「まだや、早まるな」と注意した。二人なら普通のタクシーで充分だ。まだ乗っている。

車から黒のハイヒールが現れ、スカートから覗く細い足が伸びて地面に着地した。膝が見え、服が見え、顔が双眼鏡に映った。臼井美帆だ。髪をアップにし、グレーのシックなワンピースを着ている。彼女が完全に降りるのを待って、スリーピースの男が出てきた。

「あれ、永淵じゃないか」

カメラマンが叫ぶ。古見沢も驚いた。

永淵で間違いはないが、細くてまだプロの体ができていない弟の光ではなく、筋肉質で体格のいい兄の亘輝の方だったのだ。

すぐに携帯電話を取り出し、シーホークス担当に電話をかける。

「おい、永淵亘輝って結婚してるよな」

〈はい。でもオープン戦から地元のゲーム後でもチームメイトとごはんを食べてるんで、調べたらすでに別居してて、最近離婚が決まったようです。どうしてそんなこと

を聞くんですか〉

「いや、それならいい」

もしや永淵亘輝が弟に臼井美帆を紹介しようと三人で会った場を、フリーカメラマンが目撃した？　たまたま永淵亘輝はその場を離れていたのか、それとも端《はな》から既婚者の兄は臼井美帆の交際相手としてありえないとカメラマンが思い込んだのかは定かでないが、カメラに収めたのは同級生同士のツーショットだった。そういった勘違いはマスコミではたまにあるが、だとしたらどうして弟の光が監督に謝罪に行く？

その疑問も解決した。光にとっての亘輝は憧れのプレーヤーであり、兄のおかげで自分はプロ選手になれたと感謝している。その兄の身代わりとして迫田組に謝罪に出向いた。それでも二人の気持ちを考えると、勝手に別れると約束することはできなかった。それで逃げ出した……。

双眼鏡の中ではゼニバと羽田貴子はまるで二人の仲人にでもなったかのように、両サイドに立っていた。

広島では羽田貴子に手玉に取られているように見えたゼニバだが、この日は背筋を伸ばし、胸を張って立っている。

そして緊張した面差しの永淵亘輝に話しかける。亘輝は小さく頷き、臼井美帆を見た。

彼女もしっかり見返し、二人は手を繋いだ。

「おい。どういうことなんだよ。古見沢」

山田がシャッターを激しく押しながら聞いてきた。

「今回、僕らは羽田貴子の演技ばかりに気を取られて、大事なものを見落としていたようですわ」

「大事なものってなんだよ」

「ゼニバが誰のために働くかですよ」

無関係な選手のためにゼニバはあそこまではしない。だが契約している選手のためならヤツはやってのける。

いつもの古見沢なら「バラスーシー」と感服するところだが、今回はそういう気にはなれなかった。

元女優相手にキスシーンまでしたゼニバに、少し嫉妬した。

第五話　秘密の金庫

1

水色のハチマキに水色の襷《たすき》をかけた新海尊伸《しんかいたかのぶ》は、選挙カーの上から声を張り上げた。

「私は野球選手を引退してから五年間、野球評論家、スポーツキャスターとして全国津々浦々を回りました。そこで感じたのは、才能があっても、あるいはスポーツが大好きでも部活動にも入れない貧困家庭の子供たちがいるということです。これだけ大学進学率が高くなった現代社会において、高校にさえ通えない子供がいます。私はこの世の中から格差というものを取り除きたい。もっとはっきり言うなら、自分が望んだことではない不条理な理由で辛い思いをしている人々を救いたい、そう思って立候補した次第です」

拳を握りしめてそう発すると、日曜日の有楽町《ゆうらくちょう》に集まった聴衆から拍手が起きた。

支援者たちは水色のTシャツを着ている。イメージカラーは出馬した輝きの党が発案したもので、メディアから「新海ブルー」と呼ばれている。

頭を下げると、「頑張れ」「応援してるぞ」とエールが聞こえ、演説は終わった。

裕福な家庭に育ち、私立の名門校で野球をやった自分が「貧困」や「格差」を口にするのはどうかと思うが、党のマニフェストに盛り込まれていることもあって、幹部から「アピールしてほしい」と頼まれている。

もっとも、差別のない平等な社会を作りたいという思いがあったからこそ、新海はこの夏の参議院選挙に立候補することを決意したのだ。

梯子《はしご》を下り移動車に乗る。党から派遣された選挙プランナーの西岡《にしおか》が「いやぁ、素晴らしい演説でした」と感嘆して乗ってきた。神経質な顔をしたこの男は、これまで数々の候補者を国会に送り込んだ当選請負人らしい。

「さすがキャスターまでこなしたことがある新海さんだ。演説を重ねるごとにうまくなっていきますね」

「そんなことはありませんよ。今でも話しながら頭が真っ白になることがあります」

「真っ白になるのが普通です。でも他の候補者はそこで喋れなくなります。甲子園《こうしえん》やプロのマウンドで一流として活躍してきた新海さんだからこそ度胸が据わっておられるんでしょう。政治家に必要なのは度胸ですから」

「僕が活躍したのは高校までで、プロでは一流になれなかったピッチャーですよ」

「そういう謙虚なところも新海さんが好かれる一面ですね」作ったような硬い笑みで言った。

好かれるといっても参議院東京選挙区の改選六議席のうち、新海は五、六番目の議席を三人で争っているので、けっして安泰とは言えない。

西岡は「残り一週間、精いっぱいお願いします」と言って車を出た。彼は新海の参謀でありながら、党幹部の方が大事なのか、移動のほとんどは別行動する。

知名度がある新海が当選確実と言われないのは、民自党の離脱者と旧民友党との寄り合い所帯と言われる輝きの党が、主義主張の乱れや足の引っ張り合いなど内紛が絶えず、支持率を下げてしまったのが大きな原因だ。

民自党からも誘われたが、自分のしたいことができるとしたら、これまでの概念を守る党ではなく、自由に意見が言えて風穴を開けられる党だと考え、まだ結党して歴史が浅い輝きの党を選んだ。

移動車にはこの日の新聞各紙が用意されてあった。選挙となれば全国紙を読むべきだが、タレント候補として色物扱いされている新海は、スポーツ紙の方によく取り上げられる。

一番上の日日スポーツを取り、社会面を開いたが、自分と同じようにボーダーライン上にいる民自党から推薦を受けた元自衛隊員が街頭演説する記事が載っていた。彼が東アジアの危機や移民流入によるテロ発生の恐怖を煽《あお》っている発言はもう充分聞いているので、読むことなく紙面を閉じた。

最終面に載っていたのは、プロ野球のブルズのエースで今年は右肘の手術からリハビリをしている久宝純投手のインタビュー記事だった。

久宝は善場圭一という世間ではけっしてイメージがいいとは言われていない男を代理人に頼んでいる。九年前、善場が代理人になった時の最初の選手が新海だったこともあり、善場が関係する選手の記事には無意識に目がいく。

最初はリハビリの状態についてのインタビューが続いていたが、突然、久宝がこんなことを言い出した。

「実は今回で通算五度目の手術とあって、二月頃、僕は少し精神のバランスを乱してしまったんです。いえ、精神のバランスなんて恰好つけた言い方をしたらいけませんね。鬱《うつ》病になってしまったんです」

インタビュアーの記者は驚いたのか「そんなことを言っていいんですか」と返していた。

「僕も野球選手が自分を病気だなんて言ったら終わりだと、誰にも言わずに隠していました。でもそのことを代理人の善場さんに見抜かれてしまいました。善場さんからは、『久宝さん、ある研究者が調査したところによると、世界中のトップアスリートのうち三人に一人は、心が病んでいると悩んだことがあるそうです。期待に応えなくてはいけないプレッシャーやもう活躍はできないとの焦りから悩むのは当たり前です。三人に一人がなるのですから、心が風邪《かぜ》を引いてしまっただけだと思って、少し体を休めたらどうですか』とアドバイスをされました」

心が風邪を引いただけとはいかにも善場が言いそうな表現だと思った。

そして久宝が「見抜かれた」と言ったことも善場が優れた代理人であることを表している。

甲子園のスターとしてプロ入りした新海だが、善場に代理人を頼むまでは、二年目に三勝を挙げたのが最高で、一軍と二軍を行ったりきたりしていた。その理由は高校時代のピッチングを追い求めるあまり、投球フォームを崩してしまっていたからだ。

そんなある時、善場に原宿《はらじゅく》に連れていかれ、竹下《たけした》通り前の二階がガラス張りのカフェでコーヒーを飲んだ。善場は竹下通りに出入りする若者をずっと見ていた。その年は若い女性の間で、ふくらはぎまで隠れる長いスカートが流行《はや》っていた。

――この前まではミニスカートだったのに急に長くなりましたね。厚底靴も見なくなりました。私はオシャレには疎いですが、我々が学生時代に流行った腰穿きのジーンズで地面に裾を擦りながら歩いている人が今いれば、やっぱり変だと思います。

善場がどうしてこんな場所に新海を連れてきたのか、その瞬間に分かった。善場は新海が理想とする高校時代のフォームが、今のあなたには合っていないと伝えたかったのだろう。その頃の新海は、プロとしては細身の方だった。それでも高校時代よりはずいぶんバルクアップしていた。

それからというもの、新海は自分がもっとも腕が振りやすいフォームで投げるように変えた。その結果、善場が代理人になった二年目、二十九歳の時に初めての二桁、十二勝を挙げることができ、チームの優勝に貢献した。

　選手から弁護士に転身したばかりで実績もなかった善場を代理人に選んで良かったと、その時は思った。だが善場との関係は、二度目の契約更改を終えた直後に終わっている。

　新聞を読んでいると、携帯が鳴った。妻からだった。今も渡瀬《わたらせ》志織《しおり》として女優をしている彼女は、新海の出馬会見後はテレビ番組への出演を控えている。

〈有楽町での演説、ネット中継されてたわよ。コメント欄では、新海さんは幾つになってもイケメンで爽やかだって褒められてるわ〉

　爽やかが甲子園で活躍した頃からの新海の代名詞である。その爽やかな男が、ショートボブで勝ち気な女優として知られる渡瀬志織と二年前に結婚した時には世間から驚かれた。

「なんて言われようが、当選できなきゃ意味はないよ」

〈そうよね。まだ投票日までに一週間あるものね〉

　政治家になろうと思ったのは、新海自身がテレビの仕事では満足できなくなったこともあるが、志織も影響している。ベジタリアンの中でも牛乳なども口にしないヴィーガンを続けている彼女は、動物愛護をはじめ様々な主義主張を持っている。

普通の芸能人は、自分に政治色がつくことを嫌がるが、志織は自分の政治理念を堂々と発言することが、ハリウッド女優のようで演者としてのキャリアアップに繋がると考えている。

「ところで哲司《てつじ》の行方は分かったか」

長く自分のマネージャーを務めていた男の名前を出した。元は野球データ会社のシステムエンジニアで、選手時代、そして評論家になってからもデータ収集などで新海をサポートしてくれていた哲司は、「選挙はリスクが大きすぎます」と最後まで出馬に反対だった。

その哲司には、自分がなぜ政治家になりたいか話した末、退職金を払い、さらに知人が経営するIT企業に推薦した。それが哲司は三日前からその会社に出勤しなくなり、今も行方不明らしい。

〈私の事務所のスタッフにも頼んで捜してもらっているけど、全然わからないわ〉

「引き続き捜してくれ。あいつは向こう見ずなところがあるから心配なんだ」

〈クビにしたんだからほっとけばいいのよ〉

「長い間、俺を助けてくれたんだ。そういうわけにはいかないよ」

〈たいした助けにもなってないでしょ〉

きつい言い方をしてくる。これも嫉妬の一つだなと思った。たとえ冷めた夫婦であっても、人間は自分よりも親しいと思う相手には嫉妬心が湧く生き物なのだ。

次の街頭演説先である渋谷《しぶや》のＪＲのガードが見えてきたため電話を切った。有楽町より人が集まっていて、青系の服を着た女性が目立った。だが車を降りようとすると、西岡が別の車から降りて走って近づいてきた。

「新海さん、週刊誌がおかしな動きをしているみたいです。質問には答えないでください」

週刊誌と聞いて嫌な予感はしたが、「なにを探っているんですか」と返した。

「結婚前の女性関係じゃないですか。新海さんはおモテになったから、脛《すね》に傷を持つと推測して、調べてるんですよ」

「僕にそんな心配はありませんよ」

新海はそう答えて、梯子を昇っていく。

「皆さま、ただ今、新海尊伸が到着しました」

マイクでそう紹介されると、全盛時にマウンドに立った時のような歓声が上がった。

2

善場圭一はホテルの部屋で行われているシーホークスの永淵亘輝とスポーツジャパ

ンの記者とのインタビューを、ドアに背中をつけて立った姿勢で聞いていた。

記者の質問が今回のインタビューの一番の目的、不倫関係にあった元シンクロ女王、臼井美帆との話題に移った。

「彼女とは今行われている映画の撮影が終わった再来月の九月に籍を入れるつもりです。関係者の方々には多大なご迷惑とご心配をかけ、大変申し訳なく思っています」

記者は別れた前の妻についても質した。

「彼女とは二人で話し合った末に四月に離婚が成立しています。それでも彼女に申し訳ないことをしたという気持ちは、永遠に持ち続けると思っています」

事前に打ち合わせた通りのことを言った。

実際、前妻には慰謝料を払ったし、彼女にも離婚前から新しい男性がいたようだ。しかし善場は「現実はどうであれ、今は悪者になった方がいいです」とアドバイスした。

新聞のインタビューを受けるのはセネターズの中里投手、ブルズの久宝投手に続き三人目、これで善場が契約する三選手がどこかのスポーツ紙の取材を受けたことになる。

これまでなら、大事なシーズン中にインタビューは受けつけなかったが、東日スポーツという夕刊紙の古見沢記者が善場や契約する選手についていろいろ書くせいで、他紙から依頼が殺到した。善場が夕刊紙にネタを流していると誤解した他の新聞が、選手を悪く書き、そのことで選手のプレーに影響が出るかもしれない。それで受けることにしたのだが、今度は週刊誌に「ゼニバがいい人キャンペーンを張りだした」と書かれた。

「でも今回のことでもっとも申し訳なく思っているのは、臼井さんとの交際を代理人に隠していたことです」

永淵が善場のことを話し始めた。「善場さんとは契約した時、隠し事をしないことが信頼関係の構築につながる。もし信頼を裏切ることが生じれば、代理人にはなれませんと言われました」

善場から話してくれと言ったわけではないのに、どの選手も善場のことを話す。最初に行った中里は「善場さんのパソコンには僕が過去にどんなトレーニングをして成績を伸ばしたか、さらに私生活でどんなことをしていたかまで細かく書き込まれているそうです。だから僕が不振に陥っても、あの時はこういうことをしていて失敗をした。そしてこういう練習をして不振から脱却したと論理的にアドバイスをくれます」と答えていた。

言っていることに間違いはないが、私生活とまで言われると、善場が選手を二十四時間見張っているように受け取られてしまう。とはいえ選手のすべてを共有しなくてはならないという責任感は、代理人として常に持ってはいるが。

取材が終わり、永淵が部屋を出ていくと、記者が「ありがとうございました」と善場に礼を言いに来た。

「おかげでいい紙面が作れそうです」

「最後に永淵選手が話した、私に隠していた云々《うんぬん》は今回は書かないでいただけますか」

「どうしてですか。代理人との信頼関係が強く出たいい話じゃないですか」

「彼が臼井美帆さんとの再婚を話したのはスポジャパさんが初めてですし、そちらはそれで充分でしょう」

今さら載せるなと言われても困るからか、記者は「分かりました」と受け入れた。

「それから今回のギャラですが、五万円、こちらに振り込みをお願いします」

メモを渡すと、記者は啞然《あぜん》とした。

「これは報道の一環ですよ。謝礼は生じないはずです」

以前受けた東西スポーツや日日スポーツの記者も同じことを言った。

「報道というのはグラウンドでの取材ですよね。こうして時間を取った取材は別です。それから御社は新聞だけでなく雑誌も出されていますよね。去年のシーホークスの『優勝増刊号』ではうちの永淵がたくさんのページで掲載されていましたが、写真も記事も私の元に申請はありませんでした。御社は新聞社であり、雑誌は業務外のはずです」

「それは……」記者は口籠る。

「新聞以外のお金儲けをされるのであれば、正当な肖像権の要求として、利益の一部の支払いを求めさせていただきますが」

「五万円を支払えばいいんですね」

記者は従った。これではせっかく受けたインタビューも台無しで、マスコミから余計な敵意を持たれる。

だがメディアが「報道の自由」という自分たちに都合のいい言葉を使い、選手を商売道具にすることを善場は昔から許せなかった。

スキャンダル記事などがまさにその典型だ。有名人だから、高い年俸を貰っているのだからなにを書かれても当然――そんな古い発想が残っているから、野球とは関係のないことで、選手の私生活が晒されてしまう。

契約時に選手たちに隠し事をしないよう求めているのは事実だが、善場がいう隠し事とは、「薬物」「反社会的勢力との付き合い」「妻や子供、恋人への暴力」など世界のスポーツ界で許されない行為であり、個人的な問題は別だ。不倫をした永淵の好感度が下がったとしても、そのことを無関係な記者やワイドショーのコメンテーターから非難される筋合いはない。

記者が帰ると、事務所に電話を入れた。助手の川井直之の声が暗かった。

〈善場さん、どうもパソコンの調子が悪いんです。立ち上がりの際に、ちょっと時間がかかったり、突然画面が消えたりします〉

「パソコンってどのパソコンだよ」

善場の事務所にはノート型が二つとデスクトップの計三台がある。どれもネットワークで繋がっている。

〈それが全部なんです。もしかしておかしなウイルスにでも感染しているんじゃないかと心配になりまして……〉

ウイルスという言葉に善場は反応した。パソコンの中には選手についての様々な情報、さらには球団との交渉内容などが入っている。

「直、専門家を呼ぶからパソコンはすべてシャットダウンしろ。電源ボタン以外は絶対に触れるなよ」

自分でも珍しいくらいの大声になった。

3

翌日の演説は区民会館でスタートした。

新海は壇上の中心から数歩、袖方向に移動し、わざわざ新海カラーのスカイブルーのスーツを着てきてくれた女性の応援演説を、微笑みを浮かべて聞いていた。

女性は羽田貴子というスポーツマネージメント会社の社長だ。

「新海さんは私の会社であるグリーンパークとはまったく関係のない選手でしたが、私はぜひ、うちの事務所に来てほしいとずっとスカウトしていました。その理由は彼、すごく顔がいいんです」

会場から笑いが漏れた。

「顔がいいのは事実ですけど、本当に来てほしかった理由はそれだけではありません。新海さんには信念があります。信念があったからこそ甲子園でもプロ野球でも、そしてキャスターになってからも活躍できたんです」

たくさんの聴衆が拍手した。彼女はその後も新海に投票するよう呼び掛けた。新海も最後は深々と頭を下げて、感謝の意を伝えた。

「羽田貴子さんに応援演説を頼んだから」妻の志織からそう言われた時、新海は「また勝手なことをして」と文句を言った。

「どうしてそんなに怒るのよ」

「あの社長、一流のアスリートばかりを集めて金儲けしているって、評判悪いじゃないか」

心に思っていることとは異なる理由を言った。三カ月前、彼女と善場圭一がキスしている写真が写真週刊誌や夕刊紙に載った。不倫ではないし、その後、あの写真は間違いだったかのようにマスコミは一切触れなくなった。それでもあんな写真を載せられるのだから、いい評判を持たれているとは思えない。

「そんなことないわよ、貴子さんは女性からはカリスマ的な人気があるんだから。地球温暖化やDV関連のNPOにも出資しているし」

女優時代からの後輩である志織は曲げなかった。

こうして実際に演説を終えてみると頼んで良かったと思う。女性から顔がいいと言われても今の自分には嬉しくもないが、それで票が増えるのならむしろこの容姿で生んでくれた両親に感謝しなくてはならない。

「この後、記者の囲み取材があります」

女性のスタッフが伝言に来た。

「週刊誌はいますか。西岡さんから週刊誌は注意するように言われているんですけど」

「なにに注意するんですか?」

女性が不思議そうな顔をするので、「それならいいです」と答えた。取材に来た記者は全員が腕章をつけており、週刊誌の記者はいなかった。

すでに出馬理由や決意に至るまでの経緯は出馬会見で話しているため、聞かれたのはここまでの手応えや残り六日間で有権者にどう訴えていきたいかということだった。

新海は言葉を選びながら、それでいてしっかりした口調で情熱的に語った。どの記者も熱心にメモを取っている。妻の志織のことを聞かれるかと、普段どんな生活を送っているのかひと通り考えていたが、「奥様は応援演説はされないのですか」と聞かれた程度で深くは突っ込まれなかった。候補者を紹介する時は可能な限り公平に扱う、そういった方針がメディアにはあるのだろう。

だが結果が出れば別だ。すでにテレビや新聞社は芸能事務所を通じて妻をインタビューしていて、当選後には大々的に報じるつもりらしい。

志織にしてもまだ芸能界を引退する気はなく、内助の功がこの後の役のオファーに繫がればいいと考えている。

――新海さんはあの女に利用されています。

マネージャーの哲司からはよく忠告をされたが、新海だって女優である志織をイメージアップに利用して結婚したようなものだ。だから「俺のことはほっといてくれ」とそのたびに哲司を叱った。

「時間がないのでそろそろ最後の質問でお願いしたいのですが」

スタッフが言うと、真ん中に立つ背の高い記者が「はい」と濁った声で挙手した。

新海より上背がある男だった。

「東日スポーツの古見沢といいます。新海さんといえば、今、プロ野球で代理人をやられてるゼニバさんの最初の契約選手でしたよね」

他の記者より大きな声、関西訛りと珍しい名前で思い出した。善場と親しいと言われている記者だ。

「善場さんには二年間大変お世話になりましたが、それがなにか」

「ゼニバさんは応援演説はされんのですか」

新海にとってはどうしてそんなことを聞くのか、深読みしたくなる質問だった。

「善場さんとはもうずっと前に契約が終了していますし」

それで充分な回答だろう。代理人は選手を抱えているのだ。政治を持ち込まないのがスポーツの原則であり、同様の理由から羽田貴子が応援演説を受けてくれたと聞いた時は、志織の勘違いではないかと耳を疑った。

「契約が切れたのはゼニバさんとなにかトラブルでもあったからですか」

古見沢はしつこく聞いてくる。

「トラブルなんてないですよ」

「ならどうして二年で終わったんですか。終わったのは新海さんが十二勝した年ですよね。その年で引退されたのならまだしも、新海さんはその後も現役生活を続けはったわけやし」

「すみません、選挙に関係のない話はちょっと」

スタッフが間に入るが、ここでやめると誤解が生じるだけだ。

「僕が断られたんですよ。彼はすでに有能な代理人として名が売れていましたから、もっと素質のある選手の代理人をやりたいんじゃないかって」

断られたのは間違いではないが、このまま善場に伝わって反論をされても困る。

「と、僕が勝手に思って身を引いたというのが真実です」

そう補足した。自分でも悪くない返答ができたと思った。

「てっきりゼニバのせいで新海さんのイメージが悪うなるからかと思ってましたよ。なにせあの年、新海さんの契約更改は散々揉めて、年越ししたんですよね」

年越しどころか、キャンプ直前までかかった。新聞に「新海はキャンプに出ないつもりだ」と書かれ、世間からも「一年活躍したくらいで何様のつもりだ」と相当な非難を浴びた。

「それでも私が予想していたものよりずいぶん高い年俸を勝ち取ってくれましたから、善場さんには感謝しています」

古見沢が「ゼニバ」と呼ぶから釣られそうになるが、余計なことを書かれないように口をしっかり開けて「今、善場さんが活躍されているのは、選手第一号としての私の誇りです」と続けた。

「あんた、選挙に関係ない話ばかりして、もういいだろう」

隣に立つ全国紙の記者が注意した。

「そうですね。ただあのまま引退までゼニバが代理人をやっとったら、爽やかなイメージが消えて、今回の選挙も出てなかったやろなと思いまして。すんません、変な質問して」

古見沢は引き下がった。

確かにあのまま善場に代理人を頼んでいたら、イメージは下がる一方で、前年の半分しか勝てなかった翌年のオールスターにファン投票で選ばれたかどうかも分からない。人気が復活したのは「金に執着する善場を、新海が切った」と書いてくれた新聞のおかげだ。

だがもし善場が代理人なら、十二勝をピークに自分の成績が下降線を辿っていきはしなかっただろう。今も現役でいるか、監督として声がかかるのを待っていたかもしれない。

4

若い男が事務所のパソコンのキーボードを打ち込み、画面が変わっていく。パソコンの中には見られたくない内容が入っているが、ウイルスに感染している可能性があるのなら仕方がないと善場は黙って見ていた。

「どうですか」

パソコンの真横で恋人の香苗が尋ねると、「やはりハッキングされた可能性はありますね」とセキュリティー会社のサービスマンは画面を凝視しながら答えた。香苗は一応、中を見ないように気を遣っているのだろう。サービスマンの横顔を見て話している。

助手の川井直之にパソコンがウイルスに感染しているかもしれないと聞かされた善場は、悩んだ末に外資系証券会社に勤める香苗に相談した。彼女の会社で数年前、顧客情報が流出し、謝罪して回るトラブルが起きた。ウイルス駆除の会社はいくらでもあるが、中を見ても口外されることがないよう、証券会社が信頼して使った会社に依頼をしたのだ。

「外部から侵入した形跡はありますが、データは持ち出されていません」

そう言われて少しだけ安堵した。漏れても問題のないデータも数多くあるが、守秘義務のある代理人としてはすべてが守らなくてはならない秘密案件である。

「見られたかどうかは分かりますか」

「はい、履歴を見ていますが、今のところファイルを開いた形跡もないですね」

彼は履歴をチェックしていくだけで細かく分類されたファイルの中身までは見ない。このあたりも会社から必要以上に覗かないよう徹底教育されているのだろう。

「それだったらなんのためにハッキングしたんですかね」

「直、変なホームページでも見てたんじゃないだろうな」

「そんなの見ませんよ」

「おまえ、時々、携帯見ながらニヤニヤ笑ってる時があるぞ」

「それはユーチューブとかですよ。僕は自分のパソコンや携帯ではたまにアダルトサイトも見たりしますけど、事務所のでは絶対に見ないように注意してました」

「やっぱり見てんじゃないか」

事務所のパソコンには注意を払っていた直之だが、二日前に外国人から来たメールを開いてしまったらしい。

善場の元には海外の代理人からも頻繁にメールが来る。添付ファイルはクリックしなかったというが、サービスマンの話ではファイルを開かなくても、今は届いた時点で侵入されることがあるそうだ。

今は官公庁や警察、米国の国家安全保障局やＣＩＡなど厳重にセキュリティーガードされている機関でもサイバー攻撃を受けるくらいだから、狙われたらどうしようもないのだろう。

「ハッキングしてきた相手まで判別できるものですか」

「中国やヨーロッパなど複数のサーバーを経由している場合がほとんどですので、我々の技術ではそこまでは……。でも警察に被害届は出してください」

サービスマンはそう言った。顧客情報の流出問題では毎日のようにどこかの企業が発表し謝罪しているが、犯人が逮捕されたという話はあまり聞かない。それでも侵入された以上は、被害届は出さなくてはならないのだろう。

「そういえば今、参議院選挙に出ている新海さんって、善場さんが代理人になって最初に請け負った選手なんですってね」

流出していないと聞いた直之が安心したのか、話を変えてきた。

「そうだよ、もう十年くらい前の話だけどな」

「きょうの東日スポーツにも古見沢さんの署名原稿で書いてありましたよ。古見沢さんが善場さんの名前を出して質問したようです。どうして善場さんとの契約をやめたんだって」

「まったくあの男、どうでもいいことばかり聞いて」

「善場さんは代理人として名が売れていましたから、もっと素質のある選手の代理人をやりたいんじゃないかって、新海さんがそう勝手に解釈して、身を引いたと書いてありましたよ」

「えっ、そうなの」

今度は香苗が声を出した。

「そうなのって、なんだと思ってたんだよ」

気になって香苗に聞き返した。当時はまだ香苗と付き合っていなかったし、交際していたとしてもクライアントとのことは話さない。

「私は圭一さんが、自分がつくと新海さんのイメージが悪くなるから、高い契約を引き出した段階で辞退したのかと思ってたけど」

「香苗さん、それはいくらなんでも善場さんのことをよく言い過ぎですよ」

哄笑《こうしょう》した直之に「よく言い過ぎはないだろう」と善場は軽く頭を叩くが、直之の考えで正解だ。

三勝が最高だった新海は、善場と契約した一年目は九勝二敗をマークし、年俸は一千万円から二千五百万円にまで増えた。二年目は十二勝五敗で、ローテーションの二番手としてチームを優勝させた。二年目から善場は新たに二選手と代理人契約したが、新海を上回るほどの成績は残していなかったし、新海は翌年以降もコンスタントに活躍するだろうと見越していた。だから契約交渉で強気に出たのだ。

「まぁ、人同士の繋がりだからいろいろあるよ。選手上がりの自分が弁護士になって代理人を名乗った時に、どの選手も見向きもしなかった。そんな中で新海さんは声をかけてくれたんだ。だからすごく感謝している」

「そうよね。圭一さんにゼニバというあだ名がついたのも新海さんのおかげだものね」

香苗が軽口を叩く。善場本人の前でゼニバと口にするのは古見沢と香苗の二人くらいだ。

「ということは善場さんは新海さんに投票するんですか」

「さぁ、どうかな」

「じゃあ誰に投票するんですか」

それこそ個人の自由であって、人に話すことじゃないだろう、そう言おうとしたところで、サービスマンが「新海ですね」といきなり呼び捨てにした。

顔を向けると、彼は画面を見たまま、カーソルを〈新海〉とタイトルが打たれたファイルに置いていた。

「このファイルが見られているようです」

彼は振り返って善場の顔を見つめた。クリックして開いていいか目で問いかけてきた。

「いえ、ありがとうございます。他にウイルスが潜んでいないのが確認できれば、これで充分です」

善場は礼を言って終了してもらった。

5

善場圭一という投手を最初に見たのは、新海が初めて開幕二軍スタートとなったプロ六年目、BSでのナイター中継だった。彼は新海とは違うチームの大卒ルーキーで、大量リードされている敗戦処理での登板だった。初登板にもかかわらず緊張した表情も見せずに、一球一球打者に集中していた。

背は一七八センチの新海より少し低い。鍛えているようだが、全体的には新海と同じ細身で、プロとして恵まれている体形ではなかった。球速も調子が良くない時の新海程度しか出ない。

それなのに七割近くをストレートで押していた。一イニング目は抑えたが、二イニング目は打者に対応され滅多打ちにされ、途中で交代させられた。彼は落ち込んだ様子もなくベンチに下がった。

その年、新海はほとんど二軍にいたこともあり、一軍ゲームをよくテレビで観戦した。自分のチームや優勝争いをしているチームの試合もよく見たが、なぜか最下位だった善場のチームにチャンネルを合わせた。

善場のスタイルは最初に見た試合とずっと変わらなかった。変化球はスライダーとたまにカーブを投げる程度で、ほとんどがストレート。毎日のように中継ぎで投げているせいで球威は落ち、打たれるシーンは増えた。それでもいつも自分の仕事をやり遂げたと言わんばかりに胸を張ってマウンドを降りる。

その善場は一年で現役引退、その後、司法試験に合格して、司法修習を経て代理人になったという噂を耳にした。

プロ十年目の二十八歳、その頃の新海は、一軍で投げる機会は一年にほんの数試合しかなく、いつ戦力外通告を受けてもおかしくない状況だった。

──俺の代理人になってくれないか。

善場に直接電話して頼んだ。

──新海さん、契約のことは私に任せておいてください。もしチームが要らないと言っても私が必ずどこかのチームに売り込んで野球ができるようにします。監督やコーチを見返してやりましょう。

マウンドでの姿から厳しい男だと思っていた善場だが、一歳上の新海にはすごく丁寧な言葉遣いだし、なによりもポジティヴだった。

当時の新海は打たれると愕然《がくぜん》として思わず膝を折ってしまうことがあった。ノックアウトされれば下を向いてしまう……ある時、善場からこう言われた。

——ピッチャーは相手チームもファンも、そして自分のチームの選手もみんなが見てるんです。悔しい時こそ、俺は全然ショックじゃないって、カッコつけてやりましょうよ。

さらにこんな話もされた。

——そういうピッチャーに運は巡ってくるんですよ。

本当に運が来たのか、その年の後半、とくにボールが良くなったわけでもないのに、ローテーション投手二人が故障で離脱し、新海は先発で起用されるようになった。防御率は四点台だったが、九勝二敗とプロになって初めて満足できる成績を残せた。

善場が代理人になった二年目は、キャンプからローテーション投手として扱われた。善場はキャンプもオープン戦も、そして開幕してからは出場した全試合を球場に見に来た。毎試合、ゲーム後に彼とミーティングをするのが楽しかった。

マウンドでの姿勢を注意されることはなくなった。だが二年目の彼は新海がマウンドで見せる小さな癖を見つけてくるようになった。

——新海さん、疲れてくるとスライダーを投げる時に左肩の開きが早くなります。それにフォークボールを投げる時の肘の位置が、ストレートの時より高くなってます。

どれもスコアラーからも指摘されない仔細《しさい》なことばかりだった。

——善場くん、それをどうやって調べているんだ。

疑問に思って尋ねた。

善場はパソコンを開き、他の人には内緒にしてくださいと、動作解析のソフトを見せてくれた。投手が投げる球の回転数や変化球や曲がる角度まで調べることができるソフトで、今はどの球団でも導入しているが、当時は聞いたこともなかった。値段を聞いて驚いた。

年俸の五パーセントを渡す契約になっていたが、二千五百万円の五パーセント、百二十五万円では彼は生活できないだろうとその倍の額を渡していた。だがソフトの値段だけでもその額を上回っていた。

彼はそのソフトをローンで購入したというのだ。

この男を代理人に選んで良かったと思った。この男は本気で自分を大金が稼げるプロフェッショナルに育てようとしてくれている。

ただソフトを見て気になったこともあった。自分以外に、他チームの選手が何人も、入っていたのだ。

――善場くん、他のピッチャーのフォームも研究して勉強しているのか。

――事前調査です。今年から新海さん以外にも選手を増やしていきたいと思っていますので。

もしや自分の秘密をこの男が知ったのではないか。それで他の選手に乗り替えようとしているのではないか。そう心配になって遠回しに尋ねたのだが、善場はとくに表情を変えることはなかったので、その時は善場の言葉通りなのだろうと安心した。

その年、十二勝五敗の好成績を挙げた新海に対し、球団は三倍増の七千五百万円の年俸を提示したが、善場は一億円の大台は譲れないと受けなかった。

いくら活躍したといっても、高校時代からずっと期待されて初めて二桁を勝ったのだ。さすがに厚かましいのではと新海は心配になったが、善場は他球団で二年間、二十一勝前後を挙げた投手のリストを用意し、「これくらいをもらわないと野球界全体の給料は上がらないですし、若い人が日本のプロ野球に夢を持てません」と主張した。

年末の交渉も決裂し、善場はマスコミの前で「球団にまったく譲歩する気がない。このままではキャンプインまでに決まらないのではないか」と言った。

さらに「新海選手を必要としていないのなら自由契約にしてもらいたい」と発言し、反発を食らった。

——善場くん、キャンプインまでに決まらないはハッタリだろ？　年明けには契約をまとめてくれるんだろ？

——いいえ、球団が新しい内容を持ってこない限り、私は会うつもりはありません。大丈夫です。自費キャンプになったとしても、費用は後で球団から出させますし、もし自由契約やトレードになれば、新海さんを欲しがっているチームは多数ありますから。

別にチームに残りたいと固執しているわけではなかった。どこの球団だろうが、あの時はメジャーリーグに行ってもやれる自信があった。

ゼニバと呼ばれるようになった代理人のせいで自分のイメージが崩れることも気にしなかった。だが気がかりはあった。

——他の二人の選手の交渉もありますので、しばらくは新海さんの契約には手が回らない振りをしますので。

——手が回らない振りって、そんな……。

やはり知られてしまったか。そう思うと自主トレにも集中できなかった。

善場が自由契約まで持ち出したことで新聞に悪口を書かれるようになり、チームメイトからも自分勝手な選手だと鼻白んだ目で見られた。それでも善場の思惑通り、キャンプイン直前に球団が折れた。

——新海さん、球団がこっちの希望を呑みました。一億です。

——すごいじゃないか。二千五百万円も上積みさせるなんて。

——最初から球団が低めに提示してきたのは分かってましたからね。どうせ一回目は私が保留にする。だから二回目に一千万くらい上乗せして、私にサインさせようという魂胆《こんたん》だったんです。

――それできみは一億円は譲らないって先手を打ったのか。

――球団は新海さんを必要としていましたし、こっちが強気に出れば最後は絶対に同意すると思ってました。まぁ、うまくいきました。

球団フロントの心理まで見事に読み切り、大仕事をやってのけたというのに、善場はそれ以上得意ぶることはなかった。

新海は感心したが、同時に怖さが頭を過《よぎ》った。

この男なら俺のことはすべて気づいているんじゃないか――。

その電話からしばらくの期間、新海は悩み、そして善場との代理人契約を終わらせたのだった。

投票日まで残り二日となった金曜日の夜、自宅に帰ると、妻の志織が玄関まで出てきた。

「お疲れさま、さっきまで私、テレビ局の取材を受けてたんだけど、今の段階で五位につけているそうよ」

「そんなの途中経過だろ。それより水をくれ。喉がからからなんだ」

選挙がこんなに体力が必要なものとは思いもしなかった。とくに夏の選挙はスポーツ並の体力勝負だ。十日で三キロ減った。食事を取る時間がないし、食欲もあまりない。なによりも毎日、夕方には喉が潰れてしまう。これであと一日持つのか。

志織が定期購入している水素水を喉に流し込むと、内臓までがゆっくりと冷え、熱を取っていってくれるように感じられた。それでもすぐに熱さが戻った。きょう一日はいくら水分補給したところで、汗が止まらなかった。

午後の二カ所目の辻立《つじだ》ちが終わり次の場所に移動しようとしていた時、珍しく西岡が選挙カーに同乗した。

「新海さん、いよいよ怪文書を相手陣営が使い始めましたよ」

それが事実なら穏やかではないはずだが、彼はとくに表情を変えることなく視線も合わせずに言った。選挙戦が始まって時間が過ぎていくほど、新海はこの男が自分の本当の味方ではないような気がして仕方がない。

「怪文書はこうした激戦の選挙区では当たり前なんですよね。そもそも僕は後ろめたいことはありません。現役時代から女性についてはいろいろ書かれましたけど、事実無根のことばかりですし」

窓の外の人に手を振りながら新海は言った。

「そうみたいですね。私はてっきり女性問題がお盛んでそれでなかなか結婚されなかったのかと思ってましたけど、それが理由ではなかったんですね」

「どういう意味ですか」

振り返ったものの乗ってこず、西岡もまた反対側の窓から手を振っていた。

「次は我が党が非常に苦戦している地域です。新海さんの爽やかなイメージで女性層を根こそぎ持ってくるよう頑張ってください」

彼の言葉がすべて嫌みに聞こえた。

飲み終えたコップを志織に渡すと、テレビをつけた。

どの番組も選挙について報じている。選挙戦も終盤になり、優劣は口にしなくなっているが、途中経過では民自党と公正党で過半数を維持しそうな勢いで、輝きの党は議席を大きく減らすとの予測が出た。

出てくる輝きの党の幹部も全員苦い顔をしている。

東京選挙区では輝きの党の現職が落選確実で、新海が最後の砦《とりで》のようなものだ。なにがなんでも新海だけは当選してほしいと、党幹部はラスト一日に名の知れた議員を東京に集めるつもりだが、それも新海はマイナスになるのではと心配している。

「どうしたの、あなた、元気がないじゃない」

ソファーの後ろから志織が話しかけてきた。立候補した時は「私も応援演説に出るから」と言っていたが、まだ実現していない。

昨夜聞いた時は「羽田貴子さんに相談したら、最終日にサプライズで出るのが効果あると言われたのよ」と言っていたが、新海はこのまま出てこないのではないかと疑念を抱いている。

彼女はきっと落選した時のことを心配しだしたのだ。夫の巻き添えはごめんだと思っている。

「少し疲れているだけだよ」

新海は、テレビ画面に顔を向けたまま答えた。彼女の顔は美しいとは思うが、けっして癒されることはない。

「もしかしてまだあのことを心配してるの？　あなたの心配は杞憂《きゆう》だったようよ」

そう言われて新海はソファーから背中を離し、後ろを振り向いた。志織が腕組みして笑っていた。

「どういう意味だ」

心配と言われて考えられることは一つしかなかった。

「ゼニバという代理人のことよ。彼のパソコンの中には選手の頃のあなたの資料はあったけど、あなたが心配していたものはなかったって」

「哲司から連絡が来たのか」

そんなことをするのは、行方不明になっているシステムエンジニア出身の元マネージャーしか考えられない。

「今朝、電話があったのよ。尊伸さんに大丈夫だったと伝えておいてくださいって」

犬猿の仲である哲司と志織が連絡をしあっていたことさえ想像がつかなかった。

「おまえ、もしかして哲司に指示したのか」

「違うわよ。彼が勝手にやったことよ」

「本当なんだな」

「私がそんな捕まるようなことをするわけないじゃない」

確かにそうだ。志織にとって大事なのは女優を続けることだ。

「哲司が捕まれば、俺たちだってただでは済まないんだぞ」

「あの男はうちの事務所をやめてるんだから関係ないわよ。彼が勝手にやった、自分はなにも知らないって言えばいいだけじゃない」

勝手にやったとしても、なぜそんな大胆なことをしたのか今度はその理由を追及される。

だがそう言ったところで、志織は「そんなナイーブなことをマスコミは報道できないわよ」と深刻に考えている様子はなかった。

「だいたいあなたが新聞のインタビューを見て余計なことを哲司に言うからよ」

すでに選挙に出馬する意思を固め、身内や党幹部だけで極秘事項にしていた頃だ。

偶然、読んでいたスポーツ新聞に、東京セネターズの中里選手のインタビューが載っていた。それを隣から哲司が覗き読みしていた。

——中里選手、善場という代理人が選手の私生活も全部、パソコンに書き込んでるって答えてますけど、本当なんですか。

非難めいた口調で哲司は聞いてきた。そんなことをすれば人権侵害だと言いたいのだろう。だが、おまえと善場では格が違うんだという意味を込めて、こう言ってしまった。

——彼は全部知ってるよ。その秘密をすべて彼は金庫のような場所に隠している。

——尊伸さんの情報も持っているんですね。パソコンなんですね？

——そうだな。俺は彼に弱みを握られているようなものだ。

その時、志織も近くにいたから、彼らは善場のパソコンになにかがあると慌てたのだろう。だが新海が言った金庫とはパソコンの中ではない。

その後、新海は哲司に転職を勧めた。「スポーツの世界ではおまえが必要だったが、政治家となれば別だ。当選すれば資格と政策経験のある秘書を何人も雇わないといけない」——と。

哲司は新海から必要ないと言われたことがショックだったようだ。

——尊伸さんの当選を祈ってます。

男泣きして出ていった。

6

選挙カーから大音量で連呼する候補者の名前が、善場の事務所の中まで聞こえてくる。ただでさえ騒がしいのに、厚かましい古見沢が朝から事務所に来て何度もインターホンを押した。善場は相手にしなかったのだが、いつまで経っても諦めないため、玄関まで上げたのだった。

事務所には試合がある日はほぼ出勤している助手の直之と、この日は土曜日とあって香苗も来ていた。

「だけど古見沢さんはどうして、善場さんが新海さんと縁が切れた理由を知りたがっているんですか。そんな昔の話、どうでもいいじゃないですか」

古見沢が同じ質問をし、そのたびに善場が「個別の選手については、答えられない」と同様の返答しかしないので、痺れを切らした直之が理由を尋ねた。

「それは新海にＬＧＢＴの噂があるからや」

「なんですか、それ」

「性的マイノリティー、新海の場合はゲイってことや。選手の頃から一部で噂があったらしい」

「でも新海さんは結婚されてますよね」香苗が言った。「渡瀬志織さんってすごく美人の女優さん」

「その渡瀬志織にはレズビアンだという噂が以前からあったそうや。だから彼女が結婚したと聞いた時、芸能記者はみんな耳を疑った。だけど一方の新海もそういう噂があったから、それはそれで納得したってことや。まぁ、今は性同一性障害や同性愛者を興味本位で取り上げることは、性差別につながるという風潮があるからな」

「ということは二人は偽装結婚ということですか」

直之が口にしたが、その言葉も適切ではなく、香苗が「直之くん」と注意した。大らかな性格で、スポーツ新聞が「ゼニバの女」と自分のことを書いても気にしない香苗だが、古見沢の言っていることには納得がいかなかったようだ。

「古見沢さん、もし新海さんが男性を愛する男性だとしたら、あなたはなにを報じるつもりなのですか。それこそあなたはそういう人は政治家になってはいけないと差別してるんじゃないですか」

「そんなこと、考えてませんって」

「じゃあ、圭一さんに質問してなにを書くんですか。日本には今も同性愛を認めない人はたくさんいます。あなたが書いた記事で新海さんが落選したらあなたの責任ですよ」

「違いますがな。俺が気にしてんのは、新海よりむしろゼニバの方ですわ」

「圭一さんのなにが問題なんですか」

「ゼニバが新海の代理人をやめたタイミングがずっと気になっとったんです。新海が一番活躍した年、同時に彼の年俸を二千五百万円から一億円まで上げたゼニバが代理人として名を売った年です。なのにその契約を最後に二人の関係は解消された。そのことを新海に尋ねると、彼は自分は善場さんに断られたと言った。正確に言うなら、『と、僕が勝手に思って身を引いたというのが真実です』と言い改めたけど、そこで引き留めなかったのは、ゼニバとしてもこれ以上代理人を務められない事実があったってことやろ?」

善場の目を見て、責めるように言う。

「その事実ってなんですか」

直之が言うと、古見沢は太い眉の間に皺を寄せた顔でしばらく思案した末「たとえば現場を目撃してしまったとか」と言った。

「現場?」

直之と香苗が同時に声を出した。

「男性同士でそういうことをしている現場や。あるいは男性を買った現場を見たという証言を聞いたとか。うちの新聞にも、有名人がハッテン場に入るところとか、美少年とホテルに入った写真を撮ったとか、その手のタレコミは仰山あるからな。もちろん今は麻薬などの法律違反でもしてない限り、掲載せんようにしてるけど」

途中から小声になりながらも最後まで言った。

香苗と直之も黙ってしまった。だが古見沢は再び善場に目を向けた。

「それに俺はゼニバの性格ならそういう疑惑を持ったら、写真とかで証拠を押さえるんやないかと思てる。そやないと、本人が否定すれば、代理人をやめる理由がなくなってしまうやろ。おまえのやめたいとの申し出を新海が受けたということは、なんらかの証拠となるものをおまえが提示したはずや」

「本当なの、圭一さん」

香苗が自分に視線を向けたのは感じたが、善場はそちらを向かなかった。

「あっ、それでパソコンがハッキングされたんですか」

直之が余計なことを口走った。

「直」注意したが、古見沢は「なんやて」と大袈裟に驚き、「新海に証拠を奪い返されたんか」と顔を近づけてきた。

「違いますよ。パソコンがハッキングされたのは事実ですが、なにも流出はしていませんし、新海さんとは関係ありません」

「そやったら俺の推理にはどう答えるねん。代理人をやめたことについての俺の推測は正解なんか」

「なんのためにそんなくだらない推測に答えなきゃいけないのですか」

「もし事実やったら俺はおまえを軽蔑する」

古見沢の顔が強張った。

「俺はスポーツ選手の中にもそういう生まれもっての性の境遇で、差別を受けている選手はたくさんいると思てる。俺がいた大学のラグビー部にも明らかにそうやなと思う選手がいた。ナイスガイでラグビーも一生懸命やったけど、ラグビーはスクラム組んだりするやろ。そういうのは気持ち悪いとか仲間外れにされて、その選手はやめてしまったわ」

興奮しているのか唾を飛ばしながら捲し立てる。

「海外ではカミングアウトしている選手もいるが、リーグは受け入れると声明を出しても、ファンや、そして選手同士はまだ好奇の目で見て、出番が限られている。俺はスポーツ界と政界の二つが、性に関する差別への対応がもっとも遅れてると思ってきた。その二つに新海尊伸は挑戦しようとしてるんや。俺は新海には国会議員になって、真正面からLGBT差別の解消に取り組んでほしいと思ってる」

「そうよ、古見沢さんの言う通りよ。圭一さんは新海さんを非難したの？」

香苗までが一緒になって責めてくる。直之も同じだ。三方向からきつい視線が刺さってきた。どういう経緯だろうが、代理人が答えられるコメントは一つしかなかった。

「私からは一切、答えられません。それが代理人である私が、選手を守る唯一の方法です」

「それっておまえが守ってることになるんか？　もしおまえが昔のことを申し訳なく思っているとしたら、おまえは新海を守ってやるべきや。被害届なんか出すんやないで」

「だから新海さんは関係ないと言ってるじゃないですか」

「そう言うたかて警察が調べたら……」

「古見沢さん、申し訳ないですけど、ここでお引き取りください」

善場は前に出て古見沢の大きな体を押し、玄関の外まで出した。

7

八時の投票締め切りとともに、民自党公認の二人、しばらくして公正党、共生党の計四人に当選確実の速報が出た。

新海は選挙事務所の控室でテレビ画面を見ている。党から聞いた出口調査では、五番目で当選できるということだったが、残りの二議席を争ってきた他の二人とは僅差なので予断は許されない。

開票は時間の経過とともに進んでいく。どのテレビ局も自分が五位であることを知らせていたが、十時を過ぎ、出口調査では七番目だった無所属の候補に五人目の当選確実の知らせが出た。

公示日の直前で輝きの党から離党した議員だ。彼に党の支持票が流れると新海は苦しくなると言われてきた。

「嘘だろ」

スタッフの一人が声をあげた。だが他のスタッフが「NHKでも同じ結果です」と言った。どうやらその候補者が強いと言われる地域の開票が進み始めたようだ。

逆に五番目にいる新海に当選確実がつかないのは、自分が強いと言われていた地域でリードしていただけで、これから苦戦すると読まれているのかもしれない。

七番目の元自衛隊員の候補とは七千票以上差があったが、日付が変わった頃には三千票差まで縮まっていた。

党幹部が次々に遊説に入った昨日、新海は以前からお願いしていた野球界の大先輩と、同じトレーナーがついていた縁で知り合った元陸上の五輪選手に応援演説を頼んだ。

そして夕方には、志織がついに演説に出た。彼女は自分が中学生の頃から甲子園で活躍する新海のファンで、新海の頑張る姿を見て女優になろうと思い、夢を果たすことができたと話した。

――私が仕事のことで悩み、前に進めなくなった時、彼はいつも大丈夫だよって声をかけてくれ、助けてくれました。彼はきっと皆さんのヒーローにもなってくれるはずです。

集まった聴衆から拍手を受けた。最後の街頭演説が終了した時点では、やり遂げたとの満足感を感じた。

今朝、志織と一緒に投票を済ませた時もたくさんの人からエールをもらった。手応えはあった。

それなのに票が伸びない。

自分の知らないところで良からぬ噂が広がっているのか。所詮はこの国は保守国家で、新しいものを受け入れる度量がないのかもしれない。

「新海さん、ついに抜かれました」

午前一時、テレビ局の集票結果が七位に転落したことを知らせた。

「僕は一旦自宅に帰ります」

新海はそう言って事務所を出ようとした。

「逃げてはいけません。新海さんを応援してくれたたくさんの人が、ここに集まってくれてるんですから」

開票後はほとんど口を利いていない西岡がそう言い、壁に目をやった。壁の向こうの待合所には支援者たちが、自分の当選の知らせを待ってくれている。

西岡の言葉が、善場に言われたものと重なった。

——ピッチャーは相手チームもファンも、そして自分のチームの選手もみんなが見てるんです。悔しい時こそ、俺は全然ショックじゃないって、カッコつけてやりましょうよ。

そうだな、善場くん、負けた時こそカッコをつけなきゃいけないな——そう心の中で呟いてから新海は再び腰を下ろした。

「新海さん、またリードしましたよ」

スタッフの一人が叫んだ。

「差を広げました」

だがまだ安心はできない。

するとスタッフが立ち上がって絶叫した。

「新海さん、当選確実が出ました」

「こっちのテレビ局もです。ＮＨＫにも当選確実が出ました」

自宅に戻った時はすでに外は明るくなり、七月の強い太陽が、都心の高層マンションの陰から姿を現していた。

支援者へのお礼の挨拶と万歳三唱を一緒にした志織には、「俺はもう少し残るので、先に帰っていてくれ」と伝えた。

ただし帰り際に耳打ちすると、彼女は表情を曇らせて、「本気なの」と聞いた。

「俺はいつだって本気だよ」

新海はそう答えた。

鍵を開けて自宅に入ると、志織は頼んでいた通り、哲司を部屋に呼んでいた。

小柄でアイドルのような顔をした男が、居間に正座して座り、「勝手なことをしてすみません」と床に頭を付けて謝罪した。

彼の気持ちは伝わった。だが言うべきことはすでに決めていた。

「哲司、自首してこい」

頭を下げたまま彼の背中が跳ねた。

「でも、まだ、なにも……」

哲司は声が途切れ途切れになりながら言った。

「選挙中だから善場さんが被害届を出さなかっただけだ。選挙は終わったのだから警察に出すだろう」

「そんなの分からないじゃない。先に自首したら当選が無効になっちゃうんじゃないの？」志織が言った。

「どういう結果になろうが、哲司が犯した罪を俺も償わないことには、俺は本物の政治家にはなれない」

「そんなことをしたら一生政治家になれないわよ」

まだ志織が口を挿んでくる。

「選挙は今回だけではない」

哲司は表情を失っていた。今になって自分がしたことの重大さを痛感したのではないか。

「それにもし志織の命令だとしたら、そのことを警察ではっきり言った方がいい」

「それは違います」

「おまえだけ罪を被るなんて理不尽なことはするな」

横目で志織を見る。彼女は口を結んだままなにも言わない。

「志織さんは関係ないです。僕個人の考えでやったことですから」

哲司は自分の責任であると繰り返した。

「分かった。それなら俺のためだと言えばいい。俺が善場圭一に秘密を握られていることを心配していて、それで俺のためにパソコンを探ったと」

「善場さんのパソコンには、あなたの秘密は残ってなかったんでしょ」

志織が言う。もとはといえば、新海が誤解を生むようなことを口走ってしまったせいで、哲司もそして志織も大いなる勘違いをした。

「だが哲司、俺が心配していたのは彼のパソコンなんかじゃないぞ」

「どういうことですか。尊伸さんは『金庫のような場所に隠している』と話したじゃないですか」

「そうよ。それで哲司が『パソコンなんですね』と聞き返したら、『俺は彼に弱みを握られているようなものだ』って答えてたじゃない」志織も続けた。

「そう言ったのが間違いだった。だけど俺が言いたかったのは、それくらい人が入り込めない場所という意味だよ」

「じゃあ本当に金庫だったんですか」

哲司が言う。

「違う。誰も侵入できない場所だよ」

「そんな場所どこにあるの？」

志織が聞いた。

「善場くんの心の中だよ」

8

紺のスーツ、薄いグレーにワインレッドのストライプの入ったネクタイ姿で、新海は国会議事堂の前でタクシーから降りた。

党本部からは「新海ブルーのネクタイでお願いします」と言われたが、自分が初登院する恰好まで指図されたくないと、自分のクローゼットから一番似合うものを選んだつもりだ。

初当選の新人議員は早く来て、開門を待つそうだ。そのことを教えてくれた前回当選した先輩議員は「俺は六時に行ったら、テレビのインタビューを受け、やる気のある議員だと取り上げられたよ」と自慢げに話した。

「参考にさせてもらいます」

新海はそう答えたが、到着したのは午前八時の開門の十分前だ。すでにたくさんの議員が姿を見せていた。先輩議員もいる。多くが自分を見ているように思った。だが視線を気にすることなく歩くとテレビカメラに囲まれた。

「新海議員、今朝はどんな気分でしたか?」

「昔から朝の習慣は同じです。まずは天気を確認して、そしてきょうも出来ることから一つずつやっていこうと自分に言い聞かせました」

少し遠くを見て答えた。

「昨夜はどんな過ごし方をされましたか？」

「妻と近くのお店で夕食を食べ、九時に自宅に戻り、風呂に入って寝ました」

「奥様の渡瀬志織さんからは今朝、なんて声をかけられましたか」

「辛いことがあってもマウンドを降りたらいけないと激励されました」

そこで初めて元プロ野球選手らしいことを言った。実際に志織が言ったのではなく自分がそうするからと伝えたのだった。

――頑張ってね。

志織からはそう応援された。

「改めてお聞きしますが、議員になって目指していることはなんですか」

「貧困や格差をなくすことです。この世には自分が望んだことではない不条理な理由で辛い思いをしている人々がたくさんいます。そういった人たちを救えたらいいと思っています。平等な社会を作りたいという自分の政治理念を国会議員となった今、いっそう強く感じております」

そう話すと一人の記者が関西訛りで聞いてきた。

「平等な社会って具体的にはなんですか」

以前、善場との関係をしつこく質問してきた夕刊紙の記者だ。

しばらく考え込んだ。だがいつか答える時が来るのであり、それがたまたま今だったのだと決心した。

「LGBTの問題はその一つですね。そうした理由で差別されることのない世の中に変えていきたいと思っています」

自分や妻の性の問題については当選してから週刊誌などで取り上げられていたが、二人ともコメントはしていない。それが国会に入る直前に新海が自ら発したために、記者の方が面食らってしまったようだ。しばらく沈黙が続く。

聞きたいのは山々だが今はその時期ではないと気を遣ったのか、次の記者の「国会での活躍を期待しています」という声で、彼らは新海を離れ、他の一年生議員の元に移動した。

古見沢という記者だけが残った。

「無事登院できて良かったですね。てっきり辞職に追い込まれるかと心配してました」

新海や志織がずっと案じていたことを彼は平気で口にした。ただしいつもより抑えた音量だったから彼なりに配慮したのだろう。

「うちのマネージャーがご迷惑をおかけしました」

元という言葉は取って頭を下げた。哲司は昨日、容疑不十分で釈放された。

「ゼニバが警察の調査にパソコンをハッキングされた事実はないと言ったわけですから、罪には問えませんわな」

新海は答えなかった。自分でもまさか善場がそんなことを言うとは思わなかった。善場が被害届を出さないのは、新海が当選しようが落選しようが、最後まで堂々と振る舞うかを見るためであり、当選後には事件が立件され、警察がやってくると思っていた。

「僕はゼニバがあなたの秘密の写真でも持っていて、それを証拠にあなたとの契約を打ち切ったんやないかと思ってましたけど、それは思い過ごしだったようですね。あなたはそんなものは握られていない。あなたがゼニバに断られたということからして実際は違ってて、やっぱりあなたの方からゼニバを断ったんかな、と今は思うようになりました」

反省しているのか少し頭を下げ気味にして言った。ここに来たのはさっきの質問をするというよりは、自分の抱いた疑念を訂正するためだったのか。だとしたらこの男もそんなに悪い記者ではない。

「違ってはいませんよ。あなたの考えで当たっています」

「えっ、ほんなら、やっぱり証拠写真を握られてたんですか」

古見沢は口を開けて聞き返してきた。

「善場くんはそんなことはしませんよ。僕が当たっていると言ったのは、僕が善場くんに断られたということです」

「それやったらゼニバはやっぱり、新海さんの秘密を知り、これ以上代理人はできないと言うてきた、そういうことですか？」

図々しい風貌に反して案外マイノリティーの心に配慮ができる男だと思っていたが、やはり世間一般から言われている固定観念の域からは出られないようだ。自分たちにも普通の男女と同じで、いろんなタイプがいて、様々な恋愛がある。そのことが伝われればと、「ちょっといいですか」と近くに呼び、マウンドでキャッチャーと話す時のように左手で口を隠し、小声で説明した。

「古見沢さん、もっとシンプルに考えてください。あなたに好きな女性ができたとします。ですが女性には他にも相手がいて、思い続けたところで、あなただけを見てくれないと分かっていた。そんな時、あなたは自分の思いを相手に気づかれたと思った。あなたならどうされますか」

真顔で聞いていた古見沢は「他にも相手がいたって、それってどうしようもない女ですやん」と言った。だがすぐに「あっ」と口を押さえた。「もしかしてゼニバに片思いなのを気づかれたと思い、振られるのを心配して身を引いたんですか。いや、振られるなんて、そんな心を傷つけるようなことを言うたらいかんか」

　古見沢は自分の頬を叩く。長い顔が歪んだ。

「別にいいんですよ。こういうことは、誰でも一度くらい経験するじゃないですか。特別なことではありません」

　その時、係員によって国会の門が開いた。

「では」

　新海は、足を揃えてから聳《そび》え立つ議事堂に一礼し、門の中へと入っていった。

第六話　サタンの代償

1

談笑していたチームメイトの輪から離れ、手塚幸人《てづかゆきと》は自分のロッカーに戻った。アンダーシャツの上から背番号「59」のユニホームを着ると、鞄から携帯電話とイヤホンを出し、折り畳み椅子に背をもたせかける。これが手塚が試合前に必ず行っている儀式、いや験《げん》担ぎといった方がいいか。

開幕直前にメジャーリーグのロースターから外れた手塚は、もう野球ができないかもしれないと途方に暮れていた。それが代理人のおかげで四月中旬に東京セネターズと契約できた。日本のプロ野球は四年ぶりだったが、初登板した五月の試合、リリーフして抑えた直後に味方打線が逆転してくれ、勝ち投手になった。六月からは先発で起用されるようになり、オールスター休みまでに四連勝した。

マスコミは自分のことをシンデレラボーイと呼んでいる。三十二歳でボーイはないと思うが、そう呼んでもらえるのは悪い気はしない。なにせ日本のプロ野球にいた二十八歳までの十年間のほとんどが中継ぎで、負け試合で投げたことの方が多かった。アンダースローなので調子が良くても左の強打者が回ってくると代えられた。

米国にもＦＡやポスティングシステムで渡ったわけではない。自由契約になり、トライアウトを受けたがどこからも声がかからず、それでも野球を続けたいとマイナーリーグにテスト入団したのだ。３Ａまでは上がったが、メジャーのマウンドには一度も立てなかった。

イヤホンからは米国の球場でかかっていた八〇年代のロックミュージックが響く。目を瞑ったところで曲が止まり、電話の呼び出し音に切り替わった。代理人を任せている川井直之からだった。

〈手塚さん、どうしたんですか、着信が入ってましたけど〉

「善場さんと川井くんのチケットを関係者用ボックスに預けているのを言い忘れてて」

〈なんだ、そんなことですか。チケットくらい買うのに〉

「いいんだよ。俺の方から見に来てほしいとお願いしたんだから」

この日から後半戦がスタートする。セネターズは中里という高校の後輩がエースで、さらに外国人投手がいるが、その二本柱がオールスターに選ばれたため、手塚が大事な最初の試合の先発に抜擢された。

「ここまで俺が来られたのは川井くんのおかげなんだしね」

手塚が以前日本でプレーしていた時、川井はスポーツ紙の新人カメラマンだった。何度か話したことで、彼は米国に行ってからもたまに電話をくれた。今は善場圭一という有名な代理人の事務所で働いていると話した彼から「日本の球団に復帰してみませんか」と言われた時は耳を疑った。川井は善場から「一人くらい選手を見てみるか」と言われ、手塚を誘ってくれたようだ。

そうはいっても日本では、球団と交渉できる代理人には弁護士などの資格が必要なため、セネターズと交渉してくれたのは善場なのだろう。

「手塚さんはベテランですから心配はしていませんが、いつものように自分はエースだと思って投げてくださいね」

「川井くんのその忠告は肝に銘じているよ」

野球はピッチャーがボールを投げなきゃ試合は始まりません、だからマウンドに立った人がエースなんですよ――分かり切ったことだが、これまでの手塚はいつも監督、コーチ、そして仲間と、周りの目ばかり気にして投げていた気がする。

電話を終えてもう一度、イヤホンを耳に挿し込んだ。再生ボタンを押す前に肩を叩かれた。投手コーチが神妙な顔をしていた。

「手塚、きょうおまえは登板できない」

一瞬、なにが起きたのか分からなかった。理由を聞く前に、「おまえ、埼玉ソニックスの蟹谷《かにや》と会ったか」と聞かれた。

「蟹谷でしたら、一昨日の晩、飯を食いましたけど」

高校の後輩だ。蟹谷はオールスターに選ばれていて、一昨日はオールスター第二戦に出場した蟹谷と中里、さらに他チームに所属する後輩二人が集まった。

「蟹谷がおまえに殴られ、顎の骨にヒビが入ったと言っているんだ。ソニックスからも抗議が来た。うちの球団も事実がはっきりするまでおまえを投げさせないってことを決めた」

「そんな」

酒の席で蟹谷に絡まれた覚えはあるが、手塚は抑えたつもりだ。

それでも絶対にやっていないとは言い切れなかった。

なぜなら気づいたのは翌朝の自宅のベッド。西麻布のバーから自分がどうやって帰ったのかさえ、記憶になかったからだ。

2

連日の真夏日が続く七月の中旬、善場は川井直之とともに千代田区《ちよだ》のオフィス街を歩いていた。目的の法律事務所は雑居ビルにあった。

「意外と小さな事務所なんですね」

不安からか口数の少ない直之が呟いた。

「小さくても優秀な弁護士はたくさんいるさ。それと目的を忘れるな。俺たちは事情を聞くために来たのであって謝罪じゃないからな」

「はい、分かってます」

エレベーターで五階に上がり、すりガラスに五十嵐和雄《いがらしかずお》法律事務所と書かれたドアをノックする。声がしたので開けると、書類や書籍でちらかった部屋のソファーに、よれよれのスーツを着た痩《や》せた中年男が座っていた。

お辞儀をしてから近づいていくと、奥から水が流れる音がし、金髪にしたソニックスの主砲、蟹谷洋吾《ようご》が便所から出てきた。殴られたという顎には湿布のようなものが貼られている。

「おや、ゼニバさんまで来られたんですか」

憎々しいほどの顔つきで五十嵐の隣に座った。二度打点王を獲ったことのある蟹谷とは何度か球場で顔を合わせたことはあるが、「ゼニバ」と呼ばれる筋合いはない。

善場は名刺を渡したのに、五十嵐は出さない。五十嵐のことは来るまでに調べてきたが、示談には簡単に応じず、一筋縄ではいかない弁護士として知られているようだ。

「五十嵐先生はどうして蟹谷選手の代理人を引き受けられたんですか」

善場が尋ねたが、五十嵐は答えず、代わりに蟹谷が「親父の会社が前に頼んだことがあんだよ。ねえ、先生」と口を出した。五十嵐は硬い表情のまま返事もしない。

「そんなことより自分とこの選手が俺にケガをさせたんだからまずは謝罪でしょうが。

ゼニバさんって本当に有能な代理人なんですか」

　蟹谷が口を横に広げて笑った。

「いえ、手塚選手の担当は僕ですので」

　直之が口を出した。一六〇センチ台で細身の直之は、一八五センチはある蟹谷と向き合うと大人と子供ほど体格が違う。ずっと睨まれても、直之は指示を守り、頭を下げなかった。

　蟹谷は全治二週間の診断書を出し、「痛みがひどくて全然眠れませんよ」とか「復帰まで二週間以上はかかるみたいですわ」と、まるで鼻歌でも唄うかのような調子で説明する。

「三日前の状況を詳しく聞かせてもらえませんか」

　直之が頼むと蟹谷が話し出した。

　オールスター第二戦の試合中に同じ高校のメンバーで飲む話がまとまり、十一時頃に西麻布のバーに行った。そこにオールスターには出ていなかった手塚がいた。一時頃に中里たち三人が帰った後、酔った手塚が、蟹谷の普段の態度が悪いと難癖をつけてきた。「あなたに言われる筋合いはない」我慢しきれなくなって蟹谷は言い返したそうだ。すると手塚が向かってきたので、止めるつもりで胸倉を掴んだ。その時に手塚の右手が下から出てきて顎を殴られたという。蟹谷はボクシングのアッパーカットのように手の甲を下に向け、真下からパンチを出すジェスチャーまでつけた。

その話は、直之が手塚から聞いた話とは少し食い違っていた。手塚は絡んできたのは蟹谷だと話した。しかも「自分は相当飲んでいたし、そんな状態で蟹谷に手を出すはずはない」と。手塚は一七四センチとプロとしては小柄な部類に入る。

「あの人、昔から酔うと説教臭くなんだよ。俺が新人の頃はしょっちゅう集合かけられて偉そうなことを言われたし、二年目のオフには、一つ下の後輩が反抗的だといちゃもんをつけて、張り手を食らわしてたからな」

黙っていればいつまでも好き勝手を言いそうな気配に直之が質問した。

「ですけど日曜夜のことを昨日の火曜日になって言ったのはなぜですか」

蟹谷がなんと答えるかも興味はあったが、それより善場は弁護士の五十嵐の表情をじっと観察していた。彼は一切口を挿まず、蟹谷の言い分を聞いている。

「それはできるだけ穏便に済ませようとしたからだよ。一応、高校の先輩だし」

三年と一年の関係だ。答えるまでに少しの時間を要した。

「公表したのはなぜですか」

「試合直前まで悩んだよ。だけどこの状態で試合に出たらチームに迷惑をかけるだろ。だからコーチに話したんだ」

そのことも善場が聞いたこととは違っていた。今朝、古見沢という夕刊紙記者に確認したが、蟹谷から申し出たのではなく、彼は最後までケガを隠そうとした。しかしバットがまったく振れておらず、頻繁に顎を気にする。異変を感じたコーチが近寄り、顎の真下の部分が痣《あざ》になっていることに気づいたそうだ。

善場は蟹谷の説明を鵜《う》呑みにする気にはなれなかった。

「ところで五十嵐先生は本当に手塚選手が殴ったと思っておられるのですか」

五十嵐に聞いたのに、隣の蟹谷が目を吊り上げ、「俺が嘘ついてると言ってんのかよ」とチンピラが因縁をつけるように顔を斜めに傾けて脅してくる。

「それは分かりません。手塚選手も酔っていて覚えていないと言ってますし、飲んでいたのはバーの個室ですよね。その時には部屋には二人しかいなかったことですし」

善場の言い方に、再び蟹谷が文句を言おうとしたが、五十嵐が手を出して制した。

「ですけど善場さんがお認めにならないのであれば、警察に被害届を出します。そして警察に調べてもらおうと考えています」

現時点ではそれが最善策だろう。善場も賛成だ。ただ五十嵐の態度は、これまで見てきた弁護士とは異なるように感じた。おそらくこの人が考えていることは、自分とそう変わらないのではないか。

「蟹谷さん、手塚さんってアンダースローですけど、そのフォームを真似てくれませんか」

「はぁ」

「高校の後輩ならお詳しいかなと思いまして」・

彼は口を半開きにして隣の五十嵐を見る。五十嵐はやらなくていいと首を横に振ったが、蟹谷は立ち上がった。

「こんなヘナチョコな投げ方だけどな」

手塚のフォームを真似る。手の甲が地面を向いていた。

「さっきの殴られたといったパンチと同じような腕の振りですね」

「まぁ、あれは俺が油断していたからであって、普段なら簡単に避けて殴り返してたけどな」

「直も真似してみてくれ」

隣の直之に命じた。

「手塚さんのフォームですか?」

戸惑っていたが、直之は少し広い場所に移動して、セットポジションで足を上げるところから始めた。体を折り曲げ、地面すれすれから腕を前に出していく。

ボールをリリースするところで「そこでストップだ」と止めた。直之は倒れそうな姿勢で我慢していた。

「蟹谷さん、彼の手首を見てください」

「それがなんだって言うんだよ」

「手首が立ってますよね」

下手投げの投手でも、投げる瞬間は上手投げと同じで手の甲は上になる。直之が「この選手はどうですか」とマイナーで投げていた手塚のビデオを持ってきた時、日本で投げていた頃より強い球を放っていると感じた。その違いの一つが、日本では倒れかかっていた手首がしっかりと立ち、腕との間に角度がついていたことだ。だから以前は甘かったシンカーもよく落ちる。

「そんなの当たり前じゃないか。野球やってたら誰だって知ってるよ」

馬鹿にされたと思ったのか、蟹谷が早口で言い訳してくる。

「でもあなたはさっきそうしなかった。私が殴られたパンチと同じかと聞いた時も否定しなかったですよね」

黙った蟹谷に代わり、五十嵐が口を開いた。

「善場さんはアンダースローの手塚選手が、そんなパンチは出さないと言いたいのですか」

「私はそう思います」

下手投げが手の甲を下に向けて投げることはない。ただしボクサーのアッパーカットがすべて手の甲が下を向くわけではなく、甲を上にして殴ることはある。

善場にしても、手塚が絶対に殴っていないと決めつけて、今の喩《たと》えを出したわけではなかった。蟹谷の説明はどこか怪しい。裁判になるのは一向に構いませんが、こっちはいくらでも論破できますよという意思を、同じ弁護士である五十嵐に伝えたつもりだった。

「ふざけんな」

「やめなさい」

吠《ほ》えた蟹谷を、五十嵐が止めた。

「もう一度彼と話し合いますので、きょうのところはお引き取り願えますか」

五十嵐が話し合いの中断を申し出た。

3

セネターズの二軍選手たちは少しダラけていた。

七月に入って三十度を超える日が続き、ここ数日は三十七、八度を記録している。しかも今年はチームの調子がいいため昇格するチャンスが少なく、それが二軍選手のモチベーションの低さに繋がっている。

手塚がいた米国のマイナーリーグでは、四十度近い砂漠の街でゲームをやり、バスで深夜移動してまた炎天下でゲームをしたこともある。

まだ残り試合は半分あるのだからここは頑張り時だぞ——そう声をかけてやりたいが、謹慎中の身では余計な口出しはできなかった。

別メニューの練習を終え、他の選手より先にクラブハウスに戻った。着替えを終えて外に出ると、そこに川井直之が立っていた。背後にはもう一人男がいる。ポロシャツを着ていたので気づかなかったが、善場という彼の上司の代理人だった。

「手塚さん、蟹谷選手は暴行されたという発表を取り下げるそうです」

川井が笑顔を弾《はじ》けさせて言った。

「本当か」

張り詰めていた息が胸からすべて抜けていった。ここ二日はまともに眠れなかった。

「向こうの弁護士さんから電話があり、蟹谷さんも酔っていたため、本当に手塚さんが手を出したかどうかを立証できないということでした。でも僕は蟹谷さんは嘘をついていると思いましたから、本来ならこっちが損害賠償を求めてもいいくらいです。まあ、手塚さんの記憶も曖昧だというのでやめておきましょう」

カメラマンの時はいつもおどおどし、先輩から怒られていた川井が、今は頼もしく見える。これも善場が一緒だからなのだろう。善場は一歩下がり、川井にすべてを任せていた。

「蟹谷選手は以前、手塚さんが後輩に張り手したと言ってましたけど、あれも嘘ですよね」

「まさか、そんなことはするはずないよ」

「そうですよね。僕はアメリカに行く前から手塚さんを知っていますが、年下の選手にも優しいですものね」

そう言われてもあまり嬉しくはなかったのは、それが自分の欠点だと自覚しているからだ。アンダースローの生命線は内外角を広く使った投球術なのだが、手塚はどうしてもぶつけたくないという心理が働き、内角が甘くなる。二軍では通用しても一軍ではボール一つ分厳しくいけなかっただけで、余裕で見送られたり、打たれてしまう。

その甘さは米国帰りの今も不安として持っている。四勝のうちの二勝は、立ち上がりに失点しながらも打線の援護があって逆転勝ちしたものだ。いずれも試合後に川井から電話があり、「ぶつけてもいいくらいの気持ちで投げてもいいんじゃないですか」と手塚の心を射抜くような指摘を受けた。それもきっと善場が指示したのだろう。

「一度リーグに登録抹消したために再登録まで十日かかりますが、明日からはファームの選手と一緒に練習もできますし、イースタンの試合にも登板できます」

「それはありがたい」

中継ぎを長くやってきた手塚にとって、週に一度しか投げない先発は、体を休めるより次も抑えられるかという心配が先だってしまう。謹慎が解けたのなら安心だ。コーチに連絡して、早いうちに短いイニングでもいいから投げさせてもらおう。

「善場さんがいろいろ手を尽くしてくれたからですね。セネターズに声をかけてくれたのも善場さんですし、僕は危うくその期待を裏切ってしまうところでした」

善場に向かって頭を下げた。会ったのは入団会見後に次いで二回目だ。スーツを着ていた前回の善場は、会見が終わると「あとは直之とうまくやってください」とだけ言い残して去っていった。

その時の表情に温かみを感じた。その後、川井と食事会に行き、「善場さんからお金を貰ってきたので好きなものを食べてください」と寿司《すし》をご馳走になった。世間で言われているほど厳しい代理人ではないんだな、あの時はそう思った。

蟹谷との問題が解決したのだ。前回の表情が再現されると思って待っていたが、違った。

「手塚さんはどうして夜中まで飲んだのですか。二日後の後半戦の開幕戦で、先発が決まっていましたよね」

球団からも同じ注意をされた。

「それは僕の自覚の足りなさです。高校の後輩たちが集まったこともあり、つい気持ちが緩んでしまいました」

「でも中里さんだってその場にいましたし、登板前日ではないから、別にいいんじゃないですか」

川井が助けてくれた。

「直、私は前日とかそうでないとか言ってるわけじゃない。中里選手ら三人は二時間ほどで帰ったんだろ」

「川井くん、善場さんの言う通りだよ。シーズン中に意識がなくなるまで飲むなんて、僕はプロとして立場をわきまえていなかった。それこそきみから言われているエースと思って投げてくださいという気持ちだ。これから気を付けるよ」

改心した気持ちが善場に伝わればいいと思い、しっかりと話した。

「今後は代理人である善場さんに迷惑をかけないようにきちんと自己管理します」

もう一度頭を下げた。頭を戻しても善場の硬い表情は変わらなかった。

「いいえ、手塚さんの代理人は私ではなく、直之です。直之と相談してやってください」

入団発表の時と同じセリフだったが、あの時とは違い、突き放されたような響きだった。

――先輩、アメリカに三年間も行って、なにを学んできたんすか。

あの夜、店に三十分ほど遅れてやってきた蟹谷は、酒を飲み始めて間もなくして手塚に絡んできた。監督推薦で選ばれた球宴で一本もヒットを打てなかったこともあるが、理由はそれだけではない。手塚も好きな後輩ではないが、蟹谷が自分を嫌っているのも知っていた。

しかも彼は前年のオフ、FA権を取得してメジャー移籍を探ったが、日本人の野手はパワー不足だとマイナー契約しか提示されなかった。その悔しさもあり、結果を出せずに帰ってきた手塚が滑稽に見えたのだろう。

——おい、蟹谷、やめろよ。

蟹谷と同期である中里が注意してくれた。手塚の代は高校創立以来の最強のメンバーと呼ばれたが、県予選の決勝で敗れた。同点の九回、味方のエラーもあって二死満塁のピンチとなったが、相手は下位打線だったこともあり、手塚には抑える自信があった。それなのにここで失点したら仲間や応援してくれた人すべての夢を壊してしまうと普段以上に慎重になってしまい、死球の危険性のある内角には投げられなかった。

二球続けた外角球をバットに当てられた。金属バットの響きとともに、空気を切り裂くような打球が一、二塁間を抜けた。その瞬間、俺はどうしてこんな大事な場面で強気に攻められなかったんだと後悔でいっぱいになり、マウンドで崩れ落ちた。

一方、中里と蟹谷の代はそれほど前評判が高くなかったのに、甲子園に出場しベスト4まで勝ち進んだ。テレビで観戦したが、彼らは大観衆の中でも楽しんで野球をやっているように見えた。

当時は今ほど体格が良くなかった蟹谷や球速が一三〇キロ台しか出なかった中里だが、二人ともプロに入って体つきも技術も、スイングスピードや球速も高校時代とは別人のように変わり、一流選手へと成長していった。そうした運命の違いにも手塚は心のどこかで嫉妬していたのだと思う。

――中里、おまえは忘れたんか、俺とおまえがこの先輩に何度も説教されたんを。

あの晩、蟹谷が昔話を持ち出すと、中里は気まずそうな顔をした。

――この先輩ときたら、俺に向かって「おまえらそんなチャラチャラした髪形してるからプロで通用しないんだ」って説教垂れたんだぜ。

金色に染めている髪を弄って蟹谷は笑った。確かに髪形や服装で後輩にそのような注意をしたことはある。

――だけどその頃、手塚先輩だって、シーズンの半分くらいは二軍にいたんだぜ。偉そうなことを言える選手じゃねえのによ。

――俺たちのことを思って注意してくれたんじゃないか。

擁護してくれるが、中里だってどこまでそう思っているかは分からない。

その後も蟹谷はねちねちと嫌みを続けたが、手塚は無視して酒を飲んだ。だんだん意識が薄れ、彼の挑発が耳に入らなくなった。

もしかしたら意識を失ってから揉め事になり、その拍子に蟹谷に手を出したのではないか……。この二日間、本気で心配になり、そのたびにプロの投手としては小さな自分の右手を見た。顎の骨にヒビが入るほど殴れば痛みが残るはずだが、拳には異変は感じなかった。いや、正直に言えば、ほんの少しだけ、嫌な感覚が皮膚の先にあった。

クラブハウスを出てからは真っすぐ自宅に帰った。妻の徳子《のりこ》が玄関まで迎えに来た。

「処分されずに済んだ。蟹谷は俺から殴られたと言ったことを取り下げたよ」

話したが徳子はあまり喜んではいなかった。米国まで連れてって苦労をかけたこともあり、夫婦関係は良好とは言えない。それでも活躍して年俸をアップさせ、生活を楽にさせたいと思っている。

「将太《しょうた》はお義母さんのところか」

五歳の息子がいないので尋ねると、「そう」と返ってきた。

日本球界に復帰できたが、六百万円の年俸のほとんどは借金の返済に充てたので生活に困窮している。この家も彼女の両親に同じ敷地内に建ててもらった。肩身は狭いが、義母が将太の面倒を見てくれるのはありがたい。

徳子はなにか話そうとしているように見えた。それなのに手塚が顔を向けると、目線が逸れ、言い淀んだ。

「どうかしたのか」

聞くが、彼女は少し俯いたまま「ううん、なにも」と顔を振った。彼女の陰のある表情に、ちぎれていた記憶の断片が舞い戻った。

「なぁ、俺、まさか」

そう尋ねた。その時になって、彼女との距離が離れていることに気づいた。

謹慎が解けたというのに、その晩もなかなか寝付けなかった。

昔は右肩を下にして寝ていたが、去年の夏、肩に痛みを感じてから左向きにした。疲れている時は関係ないのだが、結果が出せなかったり、この日のように悩みが頭から離れなかったりすると、姿勢が気になってしまう。

灯りを消した部屋からは物音一つしない。肩痛で、3Aをクビになったのを機に、徳子と将太とは寝室を別にするようになった。

眠れそうにないと台所に行く。冷蔵庫を探したがビールはなかった。時計を見るとまだ零時だった。Tシャツにスエットのまま、財布と鍵だけ持って出かけた。徳子の実家は東京都内の私鉄沿線の駅近くなので、少し歩けば居酒屋がある。

出かけたが、すべて閉店していた。諦めて帰りかけたところでバーを見つけた。

「まだやってますか」

「ラストオーダーが一時ですが」

まだ三十分ある。それくらいがむしろちょうどいいとカウンターに座った。

頼んだ生ビールを半分ほど喉に流し込んだ。中里や蟹谷たちと一緒だった四日前は、彼らに遠慮して飲んだため、味も感じなかった。

あっと言う間に一杯飲み終えた。時間を確認するとまだ五分も経っていない。

もう一杯だけだと心に決め「同じものを」と注文した。

4

朝から直之がずっと不機嫌だった。朝というより昨日からだ。パソコンへのデータ入力を頼んでも返事もせず、無言で打っている。

「直、不満があるなら言えよ」

彼は打ち込んでいた手を止めた。

「昨日のことですよ。手塚さんにどうしてあんな言い方をしたんですか」

「手塚の代理人は俺ではないと言ったことだろ？　それなら最初から言った通りじゃ

ないか。そもそも直に一人面倒見てみるかと聞いたのがきっかけだ。そして直が手塚を見つけた。球団との交渉は立場上、俺がやったが、あくまでも担当はきみだ」

「でも、あれじゃ手塚さんが問題を起こしても善場さんは関係ないという風に聞こえましたよ。僕だって失敗したら自分のせいにされるんだと思いましたから」

彼は口を尖らせた。

「直のせいにされるんじゃなくて、直のせいになるんだよ。選手と代理人は一蓮托生《いちれんたくしょう》だ。選手が不祥事を起こせばそれは代理人の責任でもある。直が負う責任だ」

だからこそ手塚と契約した際も、善場が選手に求める現在の世界中のスポーツ界でけっして許されない三条件、刑法で罰せられることはなくてもスポーツ選手としては処罰される違反行為をきちんと聞いてから契約するよう伝えた。

「俺はマスコミからは、アメリカの金にうるさい代理人の真似をしていると言われているが、けっしてそのつもりはない。俺が目標にしている人は、メジャーで鉄人と呼ばれた選手の代理人を長く務めた弁護士だ。その人はメジャーリーグでドーピングが問題になり、選手会や他の代理人たちが検査を渋った時、真っ先に、検査すべきだと主張した」

言いながら以前にも話したことがある気がした。歳を取ったのか、最近はどうも同じ話をしてしまう。それでも直之がこの仕事をしていくのなら、絶対に忘れないでほしいと思って続けた。

「その代理人の理論は一貫していた。選手というのはリーグとファン、そして代理人の三者共通の財産だ。だから選手がファンから目を背けられる行動をとれば、それは代理人にとっても大きな損失になる」

「その話、お酒を飲んだ時に五回くらい聞きましたよ」

思っていた回数以上に話していたようだ。

「でも昨日の手塚さんに言わなくてもいいんじゃないですか。せっかく善場さんが五十嵐弁護士を説得したのに」

「アンダースローの手首の使い方を話したことか？　あんなのは手塚が殴っていない正当な理由にはならない。スポーツ選手が本気で喧嘩《けんか》したら、どんな形でも手は出る」

「弁護士は取り下げたじゃないですか」

「それは最初から蟹谷と弁護士の間に信頼関係がなかったからだよ。あの弁護士は実績もあり、業界でも名が知れている。蟹谷のデタラメに付き合い、間違った弁護をしたくなかったんだろう」

直之は納得したのか拗《す》ねていたのが直った。

「善場さんに注意されて、手塚さんは意識がなくなるまで飲んだことを反省してましたね」

手塚は言い訳もせずに謝った。あの瞬間は彼の素直さを感じた。

「善場さんの言った通り、手塚さんは中里さんたちと一緒に帰るべきだったんです。そういうところを僕自身、もっと手塚さんと話しておくべきだったと後悔しています」

すっかり項垂れた直之を見て、善場は使っていたノートパソコンを閉じ、立ち上がった。

「じゃあ、行こうか」

「行くってどこにですか」

「今回の件をもっと調べるんだよ。手塚は本当に蟹谷を殴ってないのか。殴っていないのなら蟹谷はどうして顎を骨折したのか」

「でもいいんですか？　さっき善場さんは僕が責任を負うって言ったじゃないですか」

「まだ直にとって一人目の選手だから手伝うさ。俺は知り合いの警察に聞きに行くから、直は彼らが飲んだバーに行ってくれ。さっきネットで確認したら昼間はカフェとしてランチ営業をしてるみたいだから」

お互いが聞き込みをし、新宿《しんじゅく》で待ち合わせてから次の目的地のある西武《せいぶ》新宿線に乗った。

善場が麻布署の刑事課に相談に行くと、対応に出た刑事はあの晩にそんな騒ぎは聞いていないと答えた。だが奥で、ボールペンの蓋で耳掃除をしているベテランが「同じことを聞きに来た弁護士がいたぞ」と言った。

「それって、五十嵐って弁護士さんですか」

厳つい顔をした刑事だった。自分から話したというのに、「名前までは言えねえな。そんなことしたらまたギャアギャア騒がれる」と言う。

「俺は弁護士も嫌いだが、ゼニバと呼ばれる代理人も好きじゃねえんだよ」

「刑事さんは野球ファンなんですね。それともスポーツ新聞をよく読まれるとか」

ゼニバと書くのはもっぱらスポーツ紙か週刊誌。それも最近は善場が抗議するので減っている。

「だけどあんた、手塚というアメリカ帰りの地味な選手も面倒見てんだっけ？　まぁ、そういう点は少し見直して、さっきの弁護士の話を伝えてやったっちゅうことよ」

弁護士よりはマシだと好意を示したつもりのようだが、いくら弁護士嫌いでも五十嵐がなにを聞いたかまでは答えないだろう。

「いいえ、手塚選手は私の契約選手ではありません。私の事務所にいる若手が担当です」

刑事は顔を歪め、「噂通りつまんねえ男だな」とまた耳かきを始めた。

西武新宿線に揺られながら直之からも報告を聞いた。

「あの店、ビルの四階、五階の両方で営業していて、五階は十人くらい入れる個室になっています。客から呼ばれない限り、店員は中には入らないそうです」

最初は選手五人に、若い女性が三人いたという。女性がいたのは初耳だった。

「一番年下のジェッツの選手が連れてきたレースクイーンらしいです」

スポーツ選手が、男同士で飲んでも楽しめないと、女性を呼ぶことは珍しくはない。酔った女性を無理やり連れて帰り、準強制性交等罪などの事件が起きることもあるが、そういう場所での出会いから交際、結婚に発展することもあるから、「今は一度の過ちで人生が台無しになりますから気を付けてください」くらいしか注意はできない。

「女性たちは中里さんたち三人が帰った時に一緒に帰りました」

「持ち帰ったということか」

それも中里は独身なので問題はない。

「違います。女子が帰って数分して、蟹谷さんの知り合いという男が二人入ってきて、その男性たちと入れ違いに中里さんら三選手は帰ったそうです」

「もしかして良くない連中だったのか」

「僕も一瞬、暴力団関係かと思いました。店員は実業家みたいな雰囲気だったと話してましたけど」

「中里はそのタイミングで帰ったんだろ。となると中里にも聞く必要があるな」

すぐに電話したいところだが、セネターズは大阪遠征中で、中里は明日金曜日に先発する。投げる前に余計なことをしたくないと今は我慢することにした。

「会計のことも、聞いときましたよ」

「誰が払ってた？」

「男たちが来るまでの分は中里さんです。残りは、帰り際に蟹谷選手が支払ったそうです」

中里が払ったということは彼なりに途中から来た男に怪しさを感じたのではないか。野球選手にはいまだに多くのタニマチが存在し、素性を隠して近づいてくる連中も多い。そういったところから黒い交際が始まるのだ。

それでも来たのが蟹谷の知り合いでありながら、残りの支払いが蟹谷だったのは意外だった。

話していると駅につき、そこから先は直之の携帯電話の地図を頼りに五分ほど歩いた。午後三時を過ぎているが、まだ日差しは強く、二人とも汗だくになった。

「ここです」

直之が「高木」と書かれた表札を指した。手塚の妻の実家だ。敷地に新旧二軒が建っているから、真新しい方が手塚宅なのだろう。

二つあるインターホンの下を押すと、女性が出た。直之が用件を告げると〈すみません、主人は今、練習中なんです〉と聞こえた。

「それは知っています。少し奥様にお話を聞かせていただきたいと思って来ました」

しばらく時間がかかり、玄関の扉が開いた。

髪を結んだ女性と、その後ろに子供が立っていた。おとなしそうで地味な女性だった。夫にまた何かあったのか心配しているのか、不安そうな表情だ。彼女はワンピースの上からカーディガンを羽織っていた。

「突然すみません。僕が手塚さんの担当をしています川井と申します。こちらが上司の善場です」

直之が自己紹介したが、妻はどう対応していいか困っているようだった。

善場はここは直之にすべて任せようと、少し体を屈めた。

幼稚園児ぐらいだろうか。垂れ目が手塚とよく似ている。

「こんにちは」

呼びかけたが、男児は母親の後ろから動かなかった。

5

渋滞していた日曜夕方の八重洲《やえす》通りで、前の車がようやく動いた。

手塚がアクセルを軽く踏んで前進させると、東京駅の出口からグレーのスーツにボストンバッグを肩に担いだ中里が出てきた。首を伸ばして探している。シルバーのホンダ車であることは伝えているが、車の量が多くて見つけられないのだろう。クラクションを鳴らすと、中里が顔を向けた。手を挙げると彼は少し足早に助手席に回った。

「お疲れ、今回はナイスピッチングだったな」

今やセネターズだけでなくリーグを代表するエースになった中里を称《たた》えた。大阪遠征で三連勝したセネターズだが、とくに第一戦、三安打完封勝利した中里のピッチングは圧巻だった。外国人打者にも内角をしつこくつき、内角を意識した打者が勝手にストライクゾーンを広げて、外の変化球に苦心していた。

「いい時もあれば悪い時もありますからね。今回は苦しいところで味方が得点を取ってくれたおかげで波に乗れました」

彼が言うのはもっともなことで、好投しているのに味方が好機で点を取れないと投手は精神を乱す。バントミスや初球からフライを打ち上げるなど雑なバッティングもそうだ。

そういうのが続くと投手はいっそう孤独になって自滅してしまう。今季の中里は、打線の援護がなくまだ六勝四敗と勝ち星は伸びていないが、よく辛抱して投げている。

「わざわざ東京駅まで迎えに来てもらってすみません」

「俺の方から話があるって呼んだんだからいいんだよ」

「先輩、きょうも練習あったんでしょ」

「やったよ。走っただけだけど」

昨日のイースタン戦で五回を投げた。最初の三イニングで五失点と調子は最悪だったが、コーチは「久々だし、きょうは調整登板だから」と続投させてくれた。四、五回も球は走っていなかった。だが川井直之から言われている「マウンドに立った人がエース」を自分に言い聞かせ、予定のイニングを投げ終えた。

「ところでこの前の店、帰るまでの分は中里が払ってくれたんだってな。高かったろ」

そのことは今朝、川井からの電話で知った。てっきり蟹谷の知人が払ったと思っていた。

「たいしたことないですよ。たまにですし」

「中里はシーズン中でもこの前みたいに飲んだりするのか」

「飲みますよ。でないとストレスが溜まっちゃうじゃないですか」

そうは言ったが、いいペースで飲んでいたのは最初の一杯くらいで、二杯目からは抑えていた。一杯目は抑えていたくせにだんだんペースが速くなった手塚とは正反対だ。

「善場さんからは、酒は飲むなと注意されないのか」

中里が善場に心酔しているのはこれまでも聞いていた。「今の先輩には善場さんがいるので大丈夫ですよ」と守《も》り立てられたこともある。だが自分に付いているのは川井であって善場ではない。

「善場さんは飲むなとは言わないですよ。むしろルーティンを大切にした方がいいですよ、と言われます」

「ルーティンって、たとえばどういうことだよ」

「シーズン中だから節制し、オフにその分まで飲むのはいけない。それならシーズン中もシーズンオフも同じように過ごしてくださいと言われてます。善場さんにそう言われてから、僕はオフもシーズン中と同じように、ピッチング練習をする前の晩は、酒を飲まないようにしました」

投球練習の前日までというのは手塚は考えたこともなかった。手塚は登板前日もブルペンに入るから、あの晩の翌日に投球練習が控えていた。なのにガブ飲みしてしまったのだ。どれだけ飲んでも二日酔いはほとんどないため、自分が酒で調子を崩すことはないと思ってきたが、アルコールが残った体で試合を想定した投球練習ができるはずがない。

「なぁ、中里、あの晩の俺、どうだった？」

「よく我慢されてたんじゃないですか。蟹谷から喧嘩を売られるようなことを言われても、上手に聞き流していたし」

「違うよ。聞きたかったのは、俺は相変わらず酒癖が悪かったかってことだ」

すぐに返事は返ってこなかった。車が動いていたので、前方確認してから横目で見る。彼はサイドガラスから外を眺めていた。

「良くはなかったですね」

時間を置いて返ってきた。やはりそうか、と憂鬱になる。

「前よりはいいと思ったんですけどね。でも今は結果も出されていますし、この前はたまたまだったんじゃないですか」

言い繕うように中里が続けたが、その言葉は気休めにもならなかった。いいと思ったということは、米国に行く前より酷《ひど》くなっていたということだ。

一軍でまともに活躍していなかった昔は、酔うと愚痴ばかり言っていたらしい。愚痴だけならまだいいが、一緒に飲んでいる人間にしつこく絡む。同じ関東のチームということで中里のこともよく誘ったが、米国に行く直前には断られることが多くなった。他の選手も同じだ。川井には「そんなことはするはずない」と嘘をついたが、プロ四年目には、説教に盾突いた後輩にビンタした。もっとも手塚は覚えておらず、どうして彼らが自分から遠ざかるのかすらも分からなかった。

「先輩は、今はお酒で失敗しないように気を付けてたんでしょ？　僕にも禁酒していると話してくれましたし」

セネターズへの入団が決まり、お祝いに行きますかと誘われた席でのことだ。「今は酒をやめてるんだ」と食事だけにした。

「なのに今回のこのこやってきて、平気で酒を飲んでいたからびっくりしたんだろ？」

「それはしょうがないですよ。ジェッツの谷《たに》が誘ったんですし、みんな飲んでましたから」

行ったとしても禁酒していると言って飲まなければ良かったのだ。活躍している今なら大丈夫だ、以前のようなねじ曲がった気持ちは持っていないと、あの夜は慢心していた。

「先輩は普段から気を遣い過ぎなんですよ。その我慢が飲んだ時に出てしまうんですよ」

「それは分かってるんだけどな」

中里の指摘の通りだ。だが気を遣っているというよりは、誰からも嫌われないようにそればかりに気が回ってしまう。

「我慢せずに腹が立ったら怒る、普段からそうすればいいんですよ」

そうしようと思ったことはある。けれども性格というのは簡単には変えられない。

「まぁ、今回は蟹谷は来ない予定でしたしね。僕だってあいつが来るなら行かなかったです」

「俺もあいつが来た時は、きょうはなにを言われても我慢しようと決めたんだけどな」

「それだったら、尚更《なおさら》、僕が帰りましょうと言った時、一緒に帰るべきだったんですよ」

なぜ残ったのだろうか。その時点ですでに手塚は自分の心をコントロールできる状態ではなかった。

中里が言うには途中で店長が個室に入ってきて、同席したい客がいるけれどいいかと蟹谷に確認したそうだ。蟹谷は一瞬、嫌な顔をして悩んでいたが、同意した。

「あの二人、たぶん危ない連中ですよ」

「ヤクザだったのか？」

「たぶん」

　おぼろげではあるが、そんな危険な連中には見えなかった。二人とも羽振りのいい会社経営者の印象だった。普通のスーツで、ネクタイも締めていたし、言葉遣いも丁寧だった。

「とくに後から入ってきた男は、恰好はまともでしたが、目つきがあっちの世界の人間のものでしたからね。ニヤニヤしてるのにどこか鋭くて。あの強気の蟹谷が怯えているように見えました。蟹谷、きっとあの連中に金を借りてるんですよ」

「あいつ、二億も年俸を貰ってんだろ」

「数年前に投資に失敗し、家も抵当に入っているようです。それであいつ、去年興味もないのにメジャー行きたいと言ったんですよ。向こうの方が年俸が高いからって」

「それで中里はそれまでの分は支払ったのか」

「そういう連中に借りを作ると、後で付け込まれますからね」

　身の毛がよだった。残りの分は蟹谷が払ったそうだが、蟹谷が払わなければ、自分もあの連中に付け入られたかもしれない。

「先輩はアメリカではそういう経験はなかったんですか」

　中里が自分に顔を向けているのは視線で分かった。信号で止まってから手塚は言った。

「アメリカでそういう連中とは飲まないよ」

「違いますよ。酒のことです」

「酒のなんだよ？」

自分が話していないことまで知っているのかと心配になり、中里の顔を見る。

「たとえば飲酒運転です。最近はメジャーリーガーがＤＵＩで出場停止処分とか新聞に出るじゃないですか。今、日本では選手も酒や睡眠薬を飲んで運転をしたら問題になりますけど、アメリカは普段からほとんど車移動でしょうし」

ドライビング・アンダー・ジ・インフルエンス（影響下での運転）、酒や薬物を服用しての運転を意味する。大概は罰金で済むが、その後にリーグから出場停止処分などが科せられる。

「ないよ」

また嘘をついた。一度だけある。去年九月、逮捕されて、日本円で五万円ほど罰金を払いその日のうちに釈放された。リーグから処分を受け、日本のマスコミにも伝わるかと怯えていたが、メジャーに昇格できずに、所属球団から解雇された後だったため、処分の報道はされなかった。今春、別のチームのキャンプに呼ばれた時も問われることはなかった。

「先輩は週にどれくらい飲んでるんですか」

「飲んでないよ。家に酒は置いてないし」

徳子にはそうしてくれと頼んでいる。頼んでおきながら時々自分で買いに行ってしまう。

「一人で飲みに行ったりは？」

「行くわけないじゃないか」

これも嘘だ。日本に帰国してからそれだけはするまいと我慢していたが、今回の事件後、自分で決めたそのルールも破ってしまった。

「善場さんに相談してみたらどうですか」

信号が青になり、車が動き出した時に言われた。視線を前方に戻して聞き返した。

「相談ってなにをだよ」

「先輩はアルコール依存症なんですよ。前からその傾向は感じてましたけど、アメリカで苦労して、より依存度が強くなったんだと思います」

「大丈夫だよ。俺が意識して飲まなければいいだけの問題だから」

深入りされたくないと笑って繕う。だが中里の突き刺さるような視線はいっそう強くなった。

「飲まないと思っても飲んでしまうんですって。別にアルコール依存症だからって法律に違反するわけではないです。もしかして重度と判断され、リハビリ施設に入らなきゃいけないかもしれませんけど、オフにそうすればいいんですし、それで治るのなら来年から安心してプレーできるじゃないですか。せっかく結果を出したのにもったいないですよ」

「たまたま勝ってるだけだよ。防御率だって中里とは雲泥の差だし」

六勝四敗の中里の防御率は二点台前半。一方、四勝〇敗の手塚は四点以上ある。

「そんなことはありませんよ。あの善場さんが自分の選手にしたいと思ったんですから」

また善場だ。その善場に「直之と相談してやってください」と言われたのだ。その前には「手塚さんの代理人は私ではなく、直之です」とも告げられた。

俺とおまえとでは立場が全然違うんだよ——中里の言葉が余計に手塚の心をささくれ立たせた。

6

日曜日の午後、善場は恋人の香苗と直之を連れて講演に来ていた。パネルには〈スポーツ選手のセカンドキャリア〉と大きくテーマが書かれている。壇上に立つのはマネージメント会社の社長、羽田貴子だ。

「スポーツ選手は社会人としても一流であるべきだという考えがあります。米国のある競技は、大学で教育を学ばせようと、高卒後すぐにはドラフト指名できないルールを作りました。ですが結局は能力のある学生は在籍途中でドラフトにエントリーします。リーグも若い才能を早く手に入れたいからと、大学進学は学生スポーツを盛り上げる以外、あまり意味をなしていません。事実、一流大学からプロ入りした選手がドラッグや暴力、時には殺人罪などで逮捕されることは頻繁に起きていますし、日本でも賭博や反社会的勢力との交際、レイプ事件など、現役選手の犯罪は社会問題化しています」

よく通る声に聴衆たちは聞き入っていた。スポーツ指導者のための講演だと聞いて来たが、客席には女性が多かった。同性に熱狂的な支持者がいると言われる羽田貴子の元には、様々な団体から講演の依頼が来るらしい。

「学歴という考えじたいもずいぶん変わってきました。大学進学は現役を引退した後でいい。それより早くプロ入りし、若いうちから高いレベルでプレーさせる。もちろん未熟なうちに大金や栄誉を得てしまうのですから、問題を起こす確率は上がります。でも彼らはそれまでスポーツだけして育ってきたのですから、すべての選手が人として一流であるべきだという考えからして、所詮は無理なのです」

「それを言ったら元も子もないいんじゃないかしら」

隣に座る香苗が呟いた。周りが静かなせいで、香苗の声は結構なところまで届いたようだ。最前列の女性が振り向いた。

「香苗さん、羽田さんに聞こえますよ」

直之が手を口に当てて注意したが、その時には壇上の羽田貴子は、善場たちが座る向かって右側の席に顔を向けていた。

「今、元も子もないという声がしましたが」

善場も香苗が責められるのではと心配した。

「あちゃ」直之は顔を押さえたが、羽田貴子は「ある意味、その通りかもしれません」と穏やかな声で言った。

「人間ですから失敗もするし、問題も起こします。そのような選手が非難されるのは当然ですし、処分は受けなくてはなりません。でも選手がちゃんと反省して心のケアができたら、今度は受け手である我々側に、許す度量が求められます。私はその寛容さこそ、今の日本社会に欠けていると思っているのです。私が心配するセカンドキャリアとは、引退や自由契約になった選手だけでなく、不祥事でスポーツ界から追放された選手のことも含みます。モラルを重んじるのも大事ですが、それ以前に彼らをもっと一人の人間として見てあげられる、社会復帰させてあげる、そんな世界を皆さんとともに作り上げていきましょう」

そう話すと割れんばかりの拍手が起こった。

講演終了後、善場は香苗たちと控室の羽田貴子に会いに行った。

「善場さんはアルコール依存症の克服法というのを私に聞きたいということでしたね」

事前に相談したいと説明したことを彼女は確認してきた。

「はい」返事をした時、彼女は上目で善場の表情を窺ってきた。

手塚の事件が酒の席で起きたことは当然、彼女も知っている。代理人がどうしてクライアントの秘密を暴くのか、それが疑問なのだろう。

善場は意識せずに、彼女に話した。

「要は本人が酒を飲まなければいいだけですし、それができなければ施設に入るという方法もあります。でもそうなってしまうと、覚せい剤などの薬物依存と同じになります。羽田さんとしては、それ以外にいい対策をご存じありませんか」

「依存するのはドラッグと同じですが、アルコールの場合、飲むことが犯罪になるわけではないですから、抑制力も弱いです。そういう意味ではドラッグ以上に、周囲の人の協力が不可欠ですね」

そう言って彼女は直之の顔を見た。直之も自分のことを言われたと感じたのだろう。

「それこそ代理人の仕事ですね」と頷いた。

「いいえ、球団が何十人もいる選手の日常をチェックすることはできませんから、これからの時代は私たちマネージメント会社や善場さんたち代理人が必要になるのがスポーツ界の主流になっていくのでしょうが、それでも私たちにしたって、自分たちならできると驕《おご》ってはいけないと思います。なにせ私たちは選手で商売しているわけですから、選手の良くない部分にはどうしても目を瞑りがちになります」

「そういった自分が不利になることもはっきりと言われる点が、羽田さんの人気の秘《ひ》訣《けつ》なのですね」

隣から香苗が皮肉を混ぜた。この春、善場と羽田貴子をめぐるちょっとした騒動があった。マスコミに出てから善場は事情を話したが、女性としてはやはり面白くないのだろう。羽田貴子は香苗には優しかった。笑顔を見せただけで言い返すことはない。

「いずれにせよ人間が自分自身で抑えられないという点では、アルコールはドラッグ以上に厄介なものかもしれません。それに二次的に起こしてしまう危険度で比較してもアルコールは軽く見ることができません。ドラッグはハイになったり朦朧《もうろう》となったりですが、アルコールで意識が完全に飛んでしまう人も多くいるのですから。そうなった時、人間というのは隠し持つもう一つの正体を表に出してしまうのです」

「もう一つの正体とは、具体的にはどういうことを指すのですか」

興味を持った善場がさらに尋ねる。

「それこそ人間にはサタンの人格が存在すると言ってもいいのかもしれません。大概の人は、そうした人格を持っていたとしても強い意思で抑えられているのですが、アルコールが怖いのは、本人はたいしたことはないと思っている中で、それが出てしまっていることです。その結果、人格者だと言われている人がパワハラをしたり、優等生が急に暴れたり、公共の場で裸になったり……さらには妻や恋人がいて幸せであるはずの人が、性犯罪を起こしてしまったり」

彼女が挙げたいくつかの事例は、実際に起こったスキャンダルとして思い浮かべることができた。

善場がオンもオフも同じ生活をしてほしいと選手に言うのも、羽目を外してしまうと、いくら常識のある選手でも、制御が利かなくなるからだ。

「ただし善場さんが悩まれている問題が、アルコール以外を起因とするのであれば、アルコールを断ったところで、根本的な解決にはなりませんが」

意味深なことを言った。

「どういうことですか」

香苗が、そして直之が相次いで聞く。羽田貴子は二人ではなく善場を見て話した。

「アルコールハラスメントは私の専門外です。ですけど私はその他の問題を専門的に勉強し、いくつかのNPO団体を支援しています。そのことで善場さんが来られたのであれば、私は喜んでお話しさせていただきますが」

7

日曜の夜、手塚が自宅についたのは午後十一時を回っていた。

「せっかくだからご飯食べて帰りませんか」

車で送っていく途中、中里から誘ってくれた。もちろん酒は一滴も飲んでいない。中里が先に財布を出したが「一人で帰すと俺がまた酒を飲むんじゃないかと心配してくれたんだろ」と言い、手塚が支払った。

車をガレージにしまい、玄関の扉を開ける。中は灯りが消えていた。

「ただいま」

声をかけるが、誰も出てこなかった。心配になって二階へ上がった。将太はいなくても、必ずいた徳子の姿までなかった。

急いで階段を降り、台所に入る。テーブルの上には予想していた通り、置き手紙があった。

〈あなたと出会った頃のことを振り返り、一生懸命野球をしている姿もたくさん思い出しました。今でもあなたを応援していますが、将太のことを考えると、もうこれ以上、あなたと一緒に住むことはできません。きょうから私と将太は両親の家で生活します〉

応援しているが、一緒には住めない――彼女からそう告げられたのはこれで二度目だった。

あの時は謝って許してもらったが、今度はダメかもしれない。

8

荒川《あらかわ》沿いの河川敷にあるセネターズの二軍練習場に善場は川井直之とともに到着した。

まだ練習開始の一時間前だというのに背番号「59」が外野を一人で走っていた。左翼から右翼まで走るとターンしてランニングを続ける。そこで善場たちに気づいたようだ。手塚の表情が翳《かげ》ったのは遠目からでも感じ取れた。

「手塚さん、蟹谷選手が指定暴力団から五千万円を借りていたことが判明しました。どうやら顎をケガさせたのはその男でした。警察が両者の関係を突き止め、球団に警告の電話を入れたようです。蟹谷選手は暴力団員とは知らなかったと言い張っているようですが、きょうの午後に球団が会見をし、無期限の出場停止処分が科せられるようです」

フェンス越しまで近づいてきた手塚に、善場は今朝、東日スポーツの古見沢から聞いた話を説明した。

「そうですか」

疑惑が完全に晴れたというのに手塚はあまり喜んでいなかった。帽子の隙間から滴り落ちる汗を拭うことなく、目は土手の草むらに向けられている。

その彷徨う目に向かい、善場は三つの違反行為についてもう一度、確認することにした。

「薬物」「反社会的勢力との交際」、そしてもう一つについて……。

契約前に直之が確認した時は、「そんなのあるわけないじゃないか」と手塚は否定している。

「蟹谷さんは弁護士に嘘をつきました。そのことで弁護士がいろいろと調べ始め、結果的に出場停止という大きな代償を支払うことになったのです。ですが手塚さん、あなたもこの川井に嘘をついたのではないですか」

「嘘って……」

小さな声が途中で止まる。

「家族に対して暴力を振るったことがあるかと聞いたこと、ＤＶについてです」

手塚は黙ってしまった。やはりＤＶはあった。隣の直之も同じように感じたのか、大きなため息を漏らした。

最初から疑っていたわけではなかった。五十嵐の事務所に行った時は、手塚は酒癖が良くないのかと思ったくらいだった。ただ、蟹谷が発した「後輩に張り手を食らわしてた」という言葉が気に掛かり、もう少し調べなければいけないと感じた。

スポーツ界において、後輩は絶対に反抗してこない立場の弱い相手だ。酒を飲んで性格が変わるのは後輩の前でだけなのか？　同じように絶対に逆らわない関係が成立していれば、その相手にも手が出るのではないか？

――先ほど私が、アルコールハラスメントを起こす人間が、平常の姿とは相反する正体を出してしまうと言ったこと、同じ症状がドメスティックバイオレンスの加害者にも散見されます。とくに日本のスポーツ現場は、監督や上級生が絶対で、優れた才能を持つ一部の選手を除けば、つねに抑圧された状態で長年過ごすことを余儀なくされます。そうしているうちに、自分の感情を内面に秘め、表に出せなくなる。一方で女性、子供など弱い人間の前にいると、心に溜まったものを見える形、すなわち暴力で爆発させてしまうのです。

羽田貴子の見解は、優しすぎる性格からプロで活躍できずにいると感じた手塚にも当て嵌まった。そうはいったところで、彼の家族と会っていなければ、専門家である羽田貴子に相談しようとは考えなかったが。

「将太くんでしたっけ？　私が声をかけてもお母さんの後ろに隠れたまま動かなかったんです。私が手塚さんと近い世代の男性だからではないですか」

「将太には日本に帰ってきてからはなにもしてません」

首を振り、汗を飛ばして否定するが、その言葉は善場が課したルールを守っていたことにはならない。

「日本ではというと、アメリカではあったのですね」

少し沈黙があったが、隠しきれないと思ったのか手塚は小声で話し始めた。

「去年九月に3Aをクビになり、酒の量が多くなりました。意識をなくして帰った時、愚図る息子に手を出したことがあったようです。僕はまったく覚えてないのですが」

「覚えていないといってもそれは記憶から無理やり消そうとしてるだけで、微かでもどこかに残っているんじゃないですか。あるいは時々思い出すとか」

羽田貴子がそう話していた。DVをしている人間の多くは、必ず言い訳をする。それが会社での冷遇だったり、子供の時に自分も受けていたと言ったり……酔っていて覚えていないも然《しか》りだ。その後に優しくなったりするのは、心のどこかに記憶が残っているからだそうだ。最初のうちは自己嫌悪に苛《さいな》まれるが、それよりも力で相手を屈服させた快感の方が強いため、次第に嫌悪感も薄れていく。そうしてゲームのように暴力を繰り返す、と。

「そうですね。覚えています」

「奥様はどうされましたか」

「許してくれましたが、その日以来、妻と子供とは別室で寝るようになりました。僕も反省し、日本に帰ってからは酒は飲まないようにしていました。でも緊張や不安で眠れない時、コンビニに買いに行ってしまうんです。そういうことが続いたので、妻は息子を実家に預けることが多くなりました」

「奥様の左の二の腕あたり、そこになにがあるか覚えがありませんか」

「えっ」

目を瞬かせた手塚だが、善場が目を見据えると「はい」と下を向いた。

うだるような暑さの中でも、カーディガンを羽織って出てきた妻に、どこか異様さを感じた。その後に子供が怯えていたように見えたこともあり、善場は彼女のカーディガンの下に痣でも隠れているのではないかと探った。

左の二の腕付近を見た時、視線に気づいた妻が体を引いた。それでも夫を気遣ったのだろう。善場が「ご主人に対してなにかお悩みはありませんか」と聞いても、「なにもないです」と否定した。

グラウンドに若い選手が次々と出てきた。

「おはようございます」

彼らは手塚に挨拶しては、外野の芝生《しばふ》付近で相次いでストレッチやランニングを始め出した。だが手塚は振り向きさえもしない。

「奥様には謝罪されましたか」

他の選手には聞こえないよう声を抑えた。

「いえ、それはまだ……」

瞬きしながら口籠る。「昨日から妻と子供は彼女の両親宅で生活するようになったので……でも謝るつもりです。妻と子供と暮らすため、今後は二度とアルコールは口にしないと約束します」

「それがいいと思います。手塚さんの場合、アルコール依存症だけでなく、暴力への願望を制御することも必要だと思いますが。専門家に聞きましたら、克服法はいろいろあるようです」

「そのためには善場さんはどうすればいいと思いますか。どうしたら僕は克服できますか」

手塚はそれまで逸らしがちだった目を善場に向けた。

「それは私の仕事ではありません」

善場は口調を強くしてそう言った。

「あなたは川井直之が確認した三つの違反行為に嘘の申告をしました。その段階で、私はあなたには何もしてあげられなくなりました」

「僕はどうなるのですか。善場さんがいなくてもこのままセネターズでプレーできますか」

手塚が突然、大きな声を発した。近くでストレッチをしていた選手がこちらを見た。走っていた選手までが立ち止まって手塚を見ている。

「今回のことは球団にも話させていただきます。決めるのは球団ですが、おそらく厳しい結論が出ると思ってください。ファンだって妻や子供に手を出すような選手のプレーを、お金を払ってまで見たいとは思わないでしょうから」

「じゃあ、僕はもう野球はできないってことですか？　そんな……そんなことって……」

手塚は数歩前に歩み、フェンス越しに善場の手を摑んだ。善場が無反応でいると、片手で善場の手を握ったまま、左手で隣にいる直之の腕を摑んだ。直之もなにも言わなかった。

「手塚さん、後ろで後輩選手が見てますよ」

「いいです。見られたって。善場さん、お願いです。もう一度、僕にチャンスをください」

水を頭からかぶった後のように顔から水滴が落ちてくる。汗に涙もまぎれているのかと思ったが、泣いてはいなかった。彼は強い視線で善場を見る。もう絶対にしませんと誓うような目で。

「無理です。私には手塚さんの交渉のお手伝いはできません」

汗で濡《ぬ》れた手塚の手を解いた。

9

部屋の電気を消し、玄関を出かけたところで、手塚はランニングシューズが乱れていることに気づいた。屈んで揃えて置き直す。

鍵をかけ、アパートの二階から鉄階段を降りていく。夏の強い太陽は八月の終わりになっても弱まる気配はなく、階段の鉄板は火傷《やけど》しそうなほど熱くなっている。

いつもは自転車を使うのだが、この日は徒歩で向かうことにした。歩きかけるとショルダーバッグをクロス掛けした小柄な男が見えた。鼻の頭に無数の汗粒が浮かんでいる。

「おはようございます、手塚さん」

「うちまで来なくても病院で待っていてくれたらいいのに」

「歩きながら、話せたらいいなと思いまして」

週に二度、心療内科に通っている手塚に、川井は毎回付き合ってくれる。

「悪いね。でもきみがいてくれるのといないのとでは全然違うよ」

「今はアメリカにいた時よりも辛い時期ですものね」

そこで会話が止まってしまった。辛い時期だから飲んでしまう――続く言葉があるとしたらそうなるのではないか。実際、夜になると不安に襲われる。唯一の救いが川井で、彼がくれるメールに返していくうちに気持ちが紛れていく。

「もう絶対に飲まないから大丈夫だよ」

手塚が笑顔で沈黙を破ると、川井も「僕も信じています」と笑った。

セネターズからは解雇を告げられた。

理由は「家庭内暴力があったため」と発表された。日本でそのような行為で処分された例がなかったため、結構な騒ぎになった。囲み取材を受けた手塚は、「せっかくチャンスをいただいたのに、ご迷惑をかけてしまい申し訳ありません」と謝罪しただけで、詳しい内容は説明しなかった。

マスコミが自宅に訪れる前に、家を出てアパートを借りた。それでも彼らは実家を訪れているようだ。徳子や将太もずいぶん怖い思いをしているのではないか。とはいえ二人には、酒を飲んだ時の自分の方が、より恐怖だったに違いない。

「きょうでカウンセリングも六回目ですね。なんだか会うたびに手塚さんから不安が消えていくように見えます」

「そうだといいんだけど」

川井と約束したのは一人の医者からお墨付きが出た後に、他の心療内科医にも診てもらい判断を下してもらうことだった。ただし結果が良くてもなにか事態が大きく変わるわけではない。川井は「今も僕は手塚さんの代理人ですから」と言ってくれている。

セネターズは現在四位でクライマックスシリーズ進出を争っている。中里が大阪以来六連勝中で、打線も好調だが、投手の駒が足りず三位以内は難しそうだ。ある夕刊紙が「手塚の離脱が痛かった」と書いてくれたが、手塚を戻すべきだという論調が聞こえてくることはない。それでも通院日以外は河川敷や近くの公園でトレーニングは続けている。

「なぁ、川井くん、このまま治療が進み二人の先生から大丈夫だと言われたら、善場さんは僕をどこかの球団に売り込んでくれるかな」

ほんの少しだけ期待を込めて聞いたが、花が咲いたような川井の明るい顔が夕暮れ時のように萎《しぼ》んでいった。

「それは無理だと思います。善場さんは、たとえ法を犯した選手であってもセカンドチャンスは与えるべきだという考えなのですが」

「だったら……」

「他の選手に自分が決めたルールを守ってもらっている以上、特例を作れば他の選手も一度くらいは許されると思ってしまいます。だから一度信頼が切れた選手の代理人は二度としないと決めているようです」

信頼が切れた——小さな言葉なのに、まるで取り返しのつかない犯罪を犯してしまったかのように、背中に重くのしかかる。

「それなら、どこかの球団が声をかけてくれないかな」

米国でもスポーツ選手のＤＶは社会問題となっていて、何十億も稼ぐトッププレーヤーが一年間出場停止になったり、解雇されたまま引退に追い込まれたことがある。だが初回だからという理由で謹慎処分だけで、復活できたり、他球団に拾ってもらった選手もいた。自分だって今季は短期間で四勝もしたのだ。どこからか誘いがあってもいい。

そう思って聞いたのだが、川井は黙ってしまった。

「そうだよな、やっぱり難しいよな」

善場が言っている三つのことが、スポーツ選手にとってどれだけ重罪なのか、改めて痛感した。まして自分が家族に手を出したのは一度ではない。これでは自分はなんのために病院に通って心のリハビリをしているのか、とくじけてしまいそうだ。

「その前にまず、奥様や将太くんに許してもらうことですよ。将太くん、時々、お父さんはどこ行ったのと奥様に聞いて困らせているようです」

「そうなのか」

「選手として復帰できるかは、それからでもいいんじゃないですか。野球選手でいることより家族と一緒に過ごす時間の方が、手塚さんの人生の中ではずっと長いんですから」

手塚が目標を見失いかけるたびに、彼はこうやって激励してくれる。一緒にいるからといって、なにか具体的なことが出るわけではないが、それでも自分一人で不安を抱えていた頃より、気持ちはずっと楽かもしれない。

そこでグローブとボールを持った小学生の二人組とすれ違った。彼らは手塚に興味を示すことなく通り過ぎた。寂しい気持ちになるが、これも仕方がない。

「あ、そうだ。将太くん、昨日、おじいちゃんとキャッチボールしたそうですよ。だけどおじいちゃんがいくら言っても、僕はこうするって、アンダースローで投げるのをやめないんですって。ソフトボールみたいに下から投げてるだけで、あっちこっちに行くから、おじいちゃんはへとへとに疲れちゃったみたいですけど」

「将太は頑固なところがあるからな。意志が強いのは徳子譲りだ」

「奥様は、息子はパパ似なんですっておっしゃってましたよ」

どうやら本当に、自分にはまだ待ってくれているファンがいるようだ。

そのファンがかけがえのない二人だと思うと、歩いている道が少しずつ拓《ひら》けていくように思えた。

解説

佳多山大地
（ミステリ評論家）

まり投げて見たき広場や春の草（正岡子規）

球春、到来せず。まさか、こんなことを書くときが来るなんて思いもしなかった。

今年（二〇二〇年）三月十一日、新型コロナウイルスの感染拡大を受け、第九十二回選抜高校野球大会（同月十九日開会予定）の中止が決定された。一九二四年に〝春のセンバツ〟が始まって以来、太平洋戦争による五年の中断はあったものの、開催が中止されるのは史上初めての出来事だ。さらに、プロ野球のペナントレースも、当初予定されていた三月二十日の開幕が延期に。新型コロナの世界的大流行《パンデミック》の波がいよいよ日本にも押し寄せようとする――この原稿を書いているのは、東京や大阪など七都府県に緊急事態宣言が出て間もない四月半ば――現在、もはや新たな開幕日を設定することさえ難しい状況だ……。

近年、特に新聞記者《ブンヤ》物の小説で令名を馳せる本城雅人（二〇一七年、『ミッドナイト・ジャーナル』で吉川英治文学新人賞受賞。翌一八年、『傍流の記者』で直木賞に推挙される）は、予《かね》て野球小説ジャンルの第一人者である。そんな本城の手になる本書『代理人　善場圭一の事件簿』は、元プロ野球選手にして今は複数の現役スター選手を顧客に抱える代理人、善場圭一が辣腕をふるう短篇小説集だ。

日本では弁護士資格を必要とする代理人は、選手の要請にこたえて球団側との年俸交渉に臨み、より良い条件を引き出すのが仕事。主人公の善場は、スポーツマスコミから「ゼニバ」と渾名されるほど金の亡者ぶりを発揮し、まさに憎まれっ子球界にはばかる名物代理人なのである。——と、こんなふうに紹介すると、契約更改の舞台裏を描いた野球小説のようで、確かにそうした要素は含むのだけれど、むしろ善場を駆け回らせるのは顧客選手の主に私生活《プライベート》に関わる〈問題〉であり、時に法曹の資格が実際面で役に立つ〈事件〉だったりするのだ。球界のトラブルシューター、善場圭一が主役を務める野球ミステリシリーズの刊行データをまとめておこう。

①『オールマイティ』二〇一一年三月、文藝春秋 ↓ 改題『ビーンボール　スポーツ代理人・善場圭一の事件簿』一四年三月、文春文庫

②『代理人《エージェント》』二〇一七年十一月、実業之日本社 ↓『代理人　善場圭一の事件簿』二〇年六月、実業之日本社文庫　※本書

初登場の①で、当時三十四歳の善場圭一は、ただでさえ忙しいストーブリーグのさなか、かつて強豪チームで四番を張った瀬司《せし》英明《ひであき》の居所を尋ね回るはめになる。失踪人探し、といえば私立探偵小説の代名詞であるが、瀬司が甲子園のスター球児だった過去にまで溯って失踪の原因を探る様子は、ハードボイルドヒーローさながら。作品の冒頭、故障明けのため二軍戦で調整中の瀬司が、ビーンボールを放った相手投手に対し「（野球を）やめろ！」と怒鳴る回想シーンが置かれているのだが、その挑発的な言葉の裏には思いがけない真相《ドラマ》が潜んでいる。プロ野球の狭き門をくぐった、同い年の野球エリートたちの光と影を描いた長篇野球ミステリだ。

シリーズ続篇にあたる②で、善場は三つ年を取って三十七歳。相変わらず球界では名望よりも悪名が高い善場が、代理人として解決に乗り出した六つの難題がファイルされている。①でスポーツカメラマンだった青年が②では善場の助手を務めているように、レギュラーキャラクターの成長・変化にくすぐられるが、どちらから先に手に取られても単独で愉しめる作品になっている。――で、ここは敢えて差をつけてしまうのだが、野球小説として、また野球ミステリとして善場圭一シリーズを評価するとき、熱心な野球ファンでありミステリファンであると自負する解説子は、第二弾の本書のほうに軍配を上げたい。

正直、長篇である①を読んだとき、惜しい、と感じた。冒頭のビーンボールをめぐるグラウンド上の反転劇は、じつに短篇に仕立てたほうが印象が濃いものになったのではないかと。もし善場シリーズをまったく未見であれば、先に短篇集の②でその魅力の精髄に触れてから①をひもとくことをオススメしたい。そのほうが、中盤の失踪人探しパートを、「善場は、こんなにストレートに私立探偵っぽい真似もするんだ」と意外性を感じながら味読できるはずである。

さあ、肝腎の本書『代理人』について詳しく見ていこう。名選手にして名将だった野村克也は、「野球は間違いなく、頭のスポーツ。頭脳戦だ」（参考：宝島社刊『野村克也　100の言葉』）という名言を遺したが、本城の物する野球小説も間違いなく頭を使って読むことで愉しみが弥増《いやま》す。

皮切りの第一話「**標的の表裏**」で、善場圭一は、女性に性交を無理強いした容疑で逮捕状が出た千葉オーシャンズの内野手、谷上宏樹の弁護を依頼される。谷上選手は両者合意のうえでの行為だったと主張しているが、果たして相手女性の告発が虚偽であると証明できるのか？　ミステリにおける古典的なパターンのひとつに、証拠や証言から犯人の利き腕が左右いずれであったかを推理する〈右利き左利き問題〉がある。本作は野球ならではのポジションと関係する〈右投げ左投げ問題〉を扱った秀作だ。

続く第二話「**モンティホールの罠**」で、読者はここ一番、頭を使わなくてはいけない。肘を再手術すれば充分に復活を果たす可能性があるベテラン投手との契約を、なぜ球団側は性急に打ち切ろうとするのか？　打者に対する配球の妙と実際の数学的確率論を二重写しにした手際が鮮やかで、もし解説子が野球ミステリのアンソロジー編纂を任される打席《チャンス》が回ってくれば、ぜひ収録を乞いたい逸品である。

第三話「鼓動の悲鳴」は、人間模様が濃《こま》やか。東京セネターズの高卒二年目の投手が自殺した一件の裏には、寮長による暴力事件があったとの噂がささやかれるが……。プロ野球からドラフト指名を受けた者は、若くして非常に高額な契約金を得る。そのことは、時に選手にとって人生の重荷ともなるだろう。

野球の打順なら、四番に入るのはホームランバッター。だが、本書の第四話「禁断の恋」は、言わば〝つなぎの四番〟である。広島レッズの育成選手と、シンクロナイズドスイミングの五輪メダリストとの恋愛スキャンダルの行方やいかに？　結婚と野球成績との因果関係を云々《うんぬん》するのは、良くも悪くもプロ野球界の伝統であり、だからスポーツマスコミは色めき立つ。

第五話「秘密の金庫」は、元プロ野球選手の新海尊伸が参議院選挙を戦った顚末を描く。江本孟紀や中畑清をはじめ、元プロ野球選手が国政選挙に打って出た例は少なからずある。新海を出馬させた政党は、せいぜい客寄せパンダと考えていたかもしれないが、彼には秘めた信念がある。善場の清き一票も、きっと新海に投じられたはずだ。

掉尾《とうび》を飾る第六話「サタンの代償」で、主人公の善場は、酔っぱらって後輩選手に怪我をさせた疑いがかかるベテラン投手、手塚幸人の弁護に回る。後輩選手の告発に、手塚の投球フォームが下手投げであることから〝蟻の一穴〟を見いだす弁論が強《したた》か。

以上、読みごたえ充分の野球ミステリ集の舞台は、改めて言うが、野球エリートたちの世界だ。とんでもなく網の目が広い篩《ふるい》にかけられて、それでも落ちなかった強者たちの世界。だが、プロ野球が国民的娯楽としてずっと親しまれているのは、どうしてだろう？　近年、いわゆる信用スコア――個人の信用度合いを、経歴や支払い能力などから数値化したもの――に基づくサービスが注目されているが、とっくの昔からプロ野球の世界では選手個々のあらゆる能力が数値化され、毎年のフトコロ具合の多《た》寡《か》まで公にされてきた。しかも、選手寿命は約九年と恐ろしく短い（参考：日本プロ野球選手会公式ホームページ）。そうしたところに野球ファンは〝人世の縮図〟をまざまざと見て、わが身に引き比べもしてきたはずだ。そんな野球のない人生は、やはり寂しい。

球春、到来せよ。今年の、二〇二〇年の野球シーズンが幕を開ける〈春〉は、野球ファンのみならず、すべての人の〈春〉になる。

付記

解説本文を入稿後に、本城雅人からニュース・リリースがあった。インターネットで自らの野球小説『スカウト・デイズ』と『球界消滅』、『トリダシ』の三冊を無料配信（四月二十四日から三週間）する取り組みを始めるとのことだ。リリースによれば、「まだしばらく我慢の時期が続きますが、小説を読んで、必死にプレーする選手や野球場の景色、ドキドキする緊迫感を思い出し、皆で開幕する日を喜び合えたらと、希望を抱いています」と。未曾有のコロナウイルス禍に対する、野球小説の第一人者らしい戦い方だ。

単行本『代理人《エージェント》』（二〇一七年十一月　実業之日本社刊）を文庫化にあたり、改題しました。

＊本作品はフィクションです。実在の人物、団体などとは、いっさい関係ありません。（編集部）

実業之日本社文庫　最新刊

赤川次郎
花嫁をガードせよ!
警察官の仁美は政治家をかばい撃たれてしまい、その怪我が原因で婚約破棄になりそう。捕まえた犯人は取り調べ中に自殺をしてしまい――。シリーズ第31弾
あ1 19

梓林太郎
遠州浜松殺人奏曲　私立探偵・小仏太郎
静岡・奥浜名湖にある井伊直虎ゆかりの寺院で倒れていた男に名前を騙られた私立探偵・小仏太郎。謎の男の正体をさぐるが意外な真相が…傑作旅情ミステリー!
あ3 14

安達 瑶
悪女列車
間違って女性専用車両に飛び乗ってしまった僕。通勤電車、新幹線、寝台特急……機密情報入りのUSBを持って鉄路で逃げる謎の美女を追え!
あ8 6

草凪 優
知らない女が僕の部屋で死んでいた
眼が覚めると、知らない女が自宅のベッドで、死んでいた。女は誰なのか? 記憶を失った男は、女の正体を探る。怒濤の恋愛サスペンス!(解説・東えりか)
く6 7

田中啓文
文豪宮本武蔵
剣豪・宮本武蔵が、なぜか時を越え明治時代の東京に。人力車の車夫になった武蔵だが、樋口一葉、夏目漱石らと知り合い、小説を書く羽目に…爆笑時代エンタメ。
た6 5

津本 陽・二木謙一
信長・秀吉・家康　天下人の夢
戦国時代を終わらせた三人の英雄の戦いや政策、人間像を、第一人者の対談で解き明かす。津本作品の名場面再録、歴史的事件の詳細解説、図版も多数収録。
つ2 5

花房観音
秘めゆり
「夫と私、どちらが気持ちいい?」――男と女、女と女が秘める恋。万葉集から岡本かの子まで、和歌を題材にとった極上の性愛短編集。(解説・及川眠子)
は2 6

本城雅人
代理人　善場圭一の事件簿
女性問題、暴行、違法な賭け事……契約選手をめぐる様々なトラブル解決に辣腕をふるう代理人の奮闘を活写。異色スポーツミステリー!(解説・佳多山大地)
ほ4 1

睦月影郎
昭和好色一代男　再び性春
昭和元年生まれの昭一郎は偶然幽体離脱し、魂が孫の若い肉体と入れ替わってしまう。久々の快感を得たいと町へ出ると、人妻や処女との出会いが待っていた!
む2 12

実業之日本社文庫　好評既刊

葉月奏太
いけない人妻　復讐代行屋・矢島香澄
色っぽい人妻から、復讐代行の依頼が舞い込んだ。彼女は半グレ集団により、特殊詐欺の手伝いをさせられていたのだ。著者渾身のセクシー×サスペンス！
は67

葉月奏太
人妻合宿免許
独身中年・吉岡大吉は、配属変更で運転免許が必要になり合宿免許へ。色白の未亡人、セクシー美人教官、黒髪の人妻と…。心温まるほっこり官能！
は68

早見 俊
覆面刑事 貫太郎　ヒバリーヒルズ署事件簿
ダメおやじ刑事と準キャリアの女刑事の凸凹コンビが、複雑怪奇な事件を追う。時代シリーズの雄が描く警察小説の新傑作！（解説・細谷正充）
は71

畑野智美
運転、見合わせ中
電車が止まった。人生、変わった？ 朝のラッシュ時、予想外のアクシデントに見舞われた男女の〝今この瞬間〟を切り取る人生応援小説。（解説・西田藍）
は81

原田ひ香
三人屋
朝・昼・晩で業態がガラリと変わる飲食店、通称「三人屋」。経営者のワケあり三姉妹と常連たちが織りなす、味わい深い人情ドラマ！（解説・北大路公子）
は91

幡 大介
幕末愚連隊　叛逆の戊辰戦争
幕末の大失業時代、戦いに飛び込んだ男たち。下野、会津、越後、信濃と戦場を巡る、激闘の日々。戊辰戦争の真実とは。渾身の歴史長編！（解説・細谷正充）
は101

実業之日本社文庫　好評既刊

東野圭吾
白銀ジャック
ゲレンデの下に爆弾が埋まっている――圧倒的な疾走感で読者を翻弄する、痛快サスペンス！　発売直後に100万部突破の、いきなり文庫化作品。
ひ11

東野圭吾
疾風ロンド
生物兵器を雪山に埋めた犯人からの手がかりは、スキー場らしき場所で撮られたテディベアの写真のみ。ラスト1頁まで気が抜けない娯楽快作、文庫書き下ろし！
ひ12

東野圭吾
雪煙チェイス
殺人の容疑をかけられた青年が、アリバイを証明できる唯一の人物――謎の美人スノーボーダーを追う。どんでん返し連続の痛快ノンストップ・ミステリー！
ひ13

東野圭吾
恋のゴンドラ
広太は合コンで知り合った桃美とスノボ旅行へ。ところがゴンドラに同乗してきたのは、同棲中の婚約者だった！　真冬のゲレンデを舞台に起きる愛憎劇！
ひ14

平山瑞穂
プロトコル
ネット通販会社に勤めるOLの、仕事・家庭・恋愛事情を「プロトコル」に託して描くキャラ立ち系・neoお仕事小説。（解説・津村記久子）
ひ21

火坂雅志
上杉かぶき衆
前田慶次郎、水原親憲ら、直江兼続とともに上杉景勝を盛り立てた戦国の「もののふ」の生き様を描く「天地人」外伝、待望の文庫化！（解説・末國善己）
ひ31

実業之日本社文庫　好評既刊

藤沢周平
初つばめ　「松平定知の藤沢周平をよむ」選
「チャンネル銀河」の人気番組が選ぶ、藤沢周平の市井物を10編収録したオリジナル短編集。作品の舞台を巡る散歩マップつき。（解説・松平定知）
ふ2 1

福田栄一
夏色ジャンクション　僕とイサムとリサの8日間
旅する青年、おちゃめな老人、アメリカ娘。3つの人生がクロスする、笑えて、泣けて、心にしみる、一気読み必至の爽快青春小説！（解説・石井千湖）
ふ3 1

福田和代
走れ病院
地域医療危機×青春お仕事小説。元サラリーマンで医師免許を持たない主人公は、父の遺した市で唯一の大型病院を倒産から救えるか!?（解説・村田幸生）
ふ4 1

深町秋生
死は望むところ
神奈川県の山中で女刑事らが殲滅された。急襲したのは、武装犯罪組織・栄グループ。警視庁特捜隊は仲間を殺戮され、復讐を期す。血まみれの暗黒警察小説！
ふ5 1

藤岡陽子
むかえびと
一分一秒を争う現場で、生まれくる命を守るために働く志高き助産師（むかえびと）たち。現役看護師作家がリアルに描く、渾身の医療小説。（解説・三浦天紗子）
ふ6 1

誉田哲也
主よ、永遠の休息を
静かな狂気に呑みこまれていく若き事件記者の彷徨。驚愕の結末。快進撃中の人気作家が描く哀切のクライム・エンターテインメント！（解説・大矢博子）
ほ1 1

実業之日本社文庫　好評既刊

本多静六
私の財産告白
現代の私たちにいまなお新鮮に響く、日本が生んだ最高の「お金持ち哲学」。伝説の億万長者が明かす金銭と人生の真実。待望の初文庫化！（解説・岡本吏郎）
ほ２１

本多静六
私の生活流儀
偉大な学者でありながら、巨億の富を築いた哲人が説く、健康・家庭円満・利殖の秘訣。時代を超えた先人の知恵、いよいよ初文庫化。（解説・渡部昇一）
ほ２２

本多静六
人生計画の立て方
東大教授から蓄財の神様に！　理想を実現した成功者が贈る、豊かに生きるための設計図。いまなお光を放つ本多哲学の集大成、初文庫化。（解説・本田 健）
ほ２３

穂高 明
夜明けのカノープス
仕事も恋も、うまくいかない。自分を持て余す日々を送る主人公が、生き別れた父親との再会を機に得たものとは……。落涙必至の感動長編。（解説・渡部潤一）
ほ３１

前川 裕
文豪芥川教授の殺人講座
無双大学文学部教授でミステリー作家でもある芥川竜介。大学内外で起きる事件を迷推理？　現役大学教授作家が贈る異色文学講座＆犯罪ミステリー！
ま３１

枡野浩一
もう頬づえをついてもいいですか？ 映画と短歌A to Z
歌人・枡野浩一が独自のセレクトによる26本の映画について鋭い視点で語る、写真家八二一（はに・はじめ）とのフォトコラム短歌集。山本文緒氏推薦。
ま１１

実業之日本社文庫　好評既刊

真梨幸子
6月31日の同窓会
同窓会の案内状が届くと死ぬ!?　伝統ある女子校・聖蘭学園のOG連続死を調べる弁護士の凜子だが……先読み不能、一気読み必至の長編ミステリー！
ま21

宮木あや子
学園大奥
女子校だと思って入学したら、二人きりの男子生徒を囲む「大奥」のある共学校だった！　いきなり文庫化のハイテンションコメディ。（解説・豊島ミホ）
み11

宮下奈都
よろこびの歌
受験に失敗し挫折感を抱えた主人公が、合唱コンクールをきっかけに同級生たちと心を通わせ、成長する姿を美しく紡ぎ出した傑作。（解説・大島真寿美）
み21

宮下奈都
終わらない歌
声楽、ミュージカル。夢の遠さに惑う二十歳のふたりは、突然訪れたチャンスにどんな歌声を響かせるのか。青春群像劇『よろこびの歌』続編！（解説・成井豊）
み22

宮下奈都
はじめからその話をすればよかった
身辺雑記、自著解説、瑞々しい掌編小説。著者の魅力を満載した初のエッセイ集。文庫化に際し掌編小説二編とエッセイ一編を新規収録。ファン必携、極上の一冊！
み23

三浦雄一郎　三浦敬三　三浦豪太
三浦家のDNA
80歳でエベレスト登頂を果たした雄一郎。氏の冒険スピリットはどこから来るのか？　父敬三、息子豪太の手記を交えて冒険家族の秘密に迫る。
み31

実業之日本社文庫 ほ41

代理人《だいりにん》　善場圭一《ぜんばけいいち》の事件簿《じけんぼ》

2020年6月15日　初版第1刷発行

著　者　本城雅人《ほんじょうまさと》

発行者　岩野裕一
発行所　株式会社実業之日本社
〒107-0062　東京都港区南青山5-4-30
CoSTUME NATIONAL Aoyama Complex 2F
電話［編集］03(6809)0473［販売］03(6809)0495
ホームページ　https://www.j-n.co.jp/
DTP　ラッシュ
印刷所　大日本印刷株式会社
製本所　大日本印刷株式会社

フォーマットデザイン　鈴木正道（Suzuki Design）

ISBN978-4-408-55599-7（第二文芸）